李杏霖　著

少年走过蓝木街

百花洲文艺出版社
BAIHUAZHOU LITERATURE AND ART PRESS

图书在版编目（CIP）数据

少年走过蓝木街 / 李杏霖著. –– 南昌：百花洲文艺出版社，2021.6
（2022.8重印）
ISBN 978-7-5500-4201-8

Ⅰ . ①少… Ⅱ . ①李… Ⅲ . ①小说集 – 中国 – 当代Ⅳ. ①I247

中国版本图书馆CIP数据核字（2021）第037681号

少年走过蓝木街

李杏霖　著

出 版 人	章华荣
选题策划	胡青松
责任编辑	余丽丽
书籍设计	方　方
封面插画	李路平
制　　作	何　丹
出版发行	百花洲文艺出版社
社　　址	南昌市红谷滩区世贸路898号博能中心一期A座20楼
邮　　编	330038
经　　销	全国新华书店
印　　刷	江西省和平印务有限公司
开　　本	889mm×1230mm 1/32　　印张 9.5
版　　次	2021年6月第1版
印　　次	2021年6月第1次印刷
	2022年8月第4次印刷
字　　数	150千字
书　　号	ISBN 978-7-5500-4201-8
定　　价	54.00元

赣版权登字　05-2021-128
版权所有，盗版必究

邮购联系　0791-86895108
网　　址　http://www.bhzwy.com
图书若有印装错误，影响阅读，可向承印厂联系调换。

前面的话

　　培养江西文学后备力量，让江西文学队伍呈现良好的梯次结构，从来就是江西作协的工作重点之一。

　　2020年开始，这一工作有了一个具体的名称："青苗哺育"工程。

　　编辑出版"江西8090·重点作品创作扶持项目"丛书，是组织实施这一工程的重要举措之一。

　　我们这一工作的目标，是出版一套1985年1月1日以后出生的、已经取得了一定创作成绩、有了初步创作风格的青年文学作者作品丛书，以此检阅和展示他们的创作成绩，打造一支属于江西的文学梦之队。

　　今年8月初，我们向全省公开征集书稿。征集工作得到了许多青年作者的响应。有十四位江西青年作者参加了应征。

　　我们组织了文学评论家、知名作家、诗人进行评审。李杏霖的小说集《少年走过蓝木街》，欧阳国的散文集《身体里的石头》，丁薇诗集《波澜后的涟漪》、刘九流诗集《到处都是轰鸣》、林长芯诗集《流水和白马》成功入选。

　　这五位作者，都十分年轻，他们最大的出生于1986年，最小的出生于1997年，才23岁。

这五位作者，已经有了一定的创作成绩：他们有的在重要文学期刊发表过组诗、散文和小说作品，有的参加新概念作文大赛等征文活动获奖。

他们的作品集，已经呈现了很好的潜质，比如从李杏霖的小说中，可以看出她已经有了很好的文本意识和语言的驾驭能力；刘九流有相当明确的主题意识；林长芯的诗歌，显示了他与世界已经建立了良好的交流通道，并努力谋求传统和现代在诗歌中的和解；丁薇的写作，努力拓展个人的精神边界，已经有了较为明晰的美学风格；欧阳国的散文，充满了对故土的深情凝视和对亲情的惦念，显得无比疼痛与哀伤。

毫无疑问，他们还有很多不成熟之处，但我们从他们的作品中看到了他们的追求，他们的潜质。这追求和潜质让我们欣喜和期待——

期待他们能拥抱更辽阔的生活旷野，树立更大的文学雄心，冶炼更加纯粹的文学技艺，抵达更高的文学境界。

期待他们乃至更多的江西青年作者，这依然柔嫩的青苗们，能早日长成江西文坛乃至中国文坛的高大乔木。

江西省作家协会

2020年11月

最久的事情（自序）

每当我想起自己是什么时候开始写小说，记忆就会回到高一那个十六岁的夏天，此时我刚从理科班转到文科班，原本活泼外向的我一时间无所适从，同时我初中毕业的好朋友也正式宣告她再也没有读书的机会，就暂时用陶楠这个名字称呼她吧。陶楠初三毕业后，没有和我一样考上重点中学，她是作为留守儿童长大的，初三毕业的夏天，被父母叫到福建打暑假工，父母承诺她打完暑假工之后，挣的钱让她去职校读书，学一门技术。但是等到秋季开学，父母却一拖再拖不帮她联系学校。一年过去，她真正知道，父母欺骗了她。他们并没有让她能够继续读书，陶楠父母想要让作为大女儿的她，早点出来工作补贴家用，因为弟弟妹妹还要读书，爸妈还准备要盖一套新房子，弟弟妹妹都在父母身边长大，而只有陶楠，在老家跟着奶奶一起生活。在封闭管理且压抑的小城高中里面，我得知了这个消息，那段时间本该是她更难过，但是她却在开导安慰刚刚转班不适应的我。

于是我开始有了写东西的冲动，我希望把这个朋友的故事写下来，我完成了第一篇小说的初稿，现在看起来有所有写作者刚开始写作时候有的毛病，语句累赘、结构散乱、过度抒情。几年后我再把她的故事重新写了一遍，就是本文中的《女同学》，后来在某个平台发表了。

如果说这个朋友是萌发我写作冲动的人，那么真正带我走入文学的人是我小学五年级的语文老师——刘双双，她是一位很耐心的语文老师，对我们要求严格，经常布置许多与作文有关的训练，但是同时又会悉心评点。我的周记就是某天被她在班上念出来，因为她的认可，我才知道原来我的作文可以得到老师的鼓励。因为有了虚荣心，为了获得她持续的赞美，我想方设法地继续提高自己的语文水平，也就是这个时候，我开始接触一些关于文学的书。后来随着升学，刘老师也调离原先工作的学校，我失去她的联系方式。不过略微有些令我意外且遗憾的是，在2020年夏天，一次意外的搜索发现她成为一名数学老师。

可以说刚开始写小说，更多是去抒发青春期的苦闷，所以我自然而然在刚开始走上了青春写作的道路，参加了曾经以青春写作而火爆的新概念作文大赛，不过我参加的时候它已经褪去了往日的火爆，归于平静当中。但还是很幸运，我顺利得到去上海比赛的机会，获得了二等奖，并且参赛的小说《少年走过蓝术街》发在了《萌芽》，这是我发表的第一篇作品。当然这个比赛给我带来的不仅仅是这些，还有朋友。在小城的高中里面，升学是第一任务，写作成为我的难以说出口的秘密，而我在相关的贴吧论坛上面，认识了全国各地的高中文学爱好者，彼此交流对文学的憧憬。现在回想起来，其中很多都是浅薄的看法，或者一些难以企及的梦想。但也正因为这些，我模糊间有了想要把写作这个爱好坚持下来的想法。

后来随着高中毕业、大学升学，与很多人失去联系，其实很多人已经不再写作了，包括当时一起获奖的参赛者。他们的放弃有各种原因，而我却出乎意料成为这群人里面坚持最久的一个。

我其实在不断思考，我为什么要写作。青春期的回答成为过去，而如今我却不能准确回答，我只知道，我想写，我想把故事写出来。莫言说，他就是那个讲故事的人，我想某种程度上我也是想当个讲故事的人。

于是大学这几年，陆陆续续在写，但是写得不多，不大勤快。发表了一些小说散文，也认识一群新的青年写作者，他们有的灵气逼人，有的阅读广泛，有的默默深耕，写作确实是一件孤单的事情，能够有一些朋友互相鼓励支持，某种程度上不会那么寂寞。

曾经一些不再写作的朋友，看到我还在坚持写，都发出过感言："真好，你还在坚持，我希望你可以继续写下去呀。"对他们而言，在我身上某种程度看到了青春时期对写作的热忱，还有当初青春时期对写作满怀热爱的自己。

我很幸运能够得到这个机会，把写作七年来的小说整理出来汇成一本书，其中有些青春作品还很青涩，在往传统文学转型的过程中，依旧不够成熟。所以很难定义这部小说集到底是青春文学，还是严肃文学，亦或是两者有之的四不像，这时就需要读者提出批评了。

最后我想说的是，我是个很容易放弃的人，但是此刻我可以说："写作是我坚持做过最久的事情。"

李杏霖

2020年9月31日

目录

目|
录

第三辑｜寻找一棵树

第一辑

青春啊青春

少年走过蓝木街

一

小镇里的唯一一个邮局坐落在蓝木街上。

蓝木街其实并不是这条街真正的名字，只是因为靠江那旁的树木用蓝色栅栏围起。而这条街出生在上世纪八十年代，那时人们给它起了一个很洋气的名字：滨江大道。后来小镇里居民又嫌滨江大道这名字太长，就应景地叫它蓝木街。

李夏至想，蓝木街多好听的名字啊，文雅又不失清新。

初夏的余热开始升温，踱在蓝木街上，阳光透过稀疏树叶孔落在李夏至冻了一个冬天的胳膊上，不热不凉，带起的风像是温泉水流淌过身边，不用眯起眼睛也能看见不远处的墨绿。

邮局就在前面了。

说实话，这是夏至第一次寄信，记得第一次写信还是四年级，那是语文一个单元后有的作文题。不然她可能连写信的格式都不知道。

　　她突然想在这个如约而至的夏天写信，就是想把这个突然来临的小秘密讲给别人听。就像是吃了一颗独特的糖，迫不及待地想和别人分享其中妙不可言的滋味，但是糖太少，吝啬得不肯同身边的人分享。这样一种矛盾的想法，纠结了她许久。

　　曾经她在贴吧发现那里堆满寻找笔友的帖子，"现代人真奇怪，"她喃喃着，"明明现在通信技术那么发达，一条短信，一条微信，一个电话就过去了，为什么还要用这种原始般的沟通方式？"丝毫没有察觉现在自己也在寻找这种近乎原始的方式进行沟通。

　　夏至趴在邮局大厅的前台，用胶水粘着刚从脸色冷冰冰的邮局工作员叔叔手里买来的邮票，当他告诉夏至大厅门口左侧油漆已经斑驳的大盒子就是邮筒时，疑惑爬上了她的心。记忆里的邮筒应该是圆滚滚地站着，伸出大大的嘴巴，吞下过往的信件，把它们小心地伴着思念传向远方。

　　她愣了愣："为什么是吞下？"

　　——嗯，大概是因为抓在手里的信会被调皮的风吹走吧。

　　夏至站在邮筒面前犹豫了好久，还是转身跑进邮局问坐在前台的叔叔："叔叔，请问邮箱在哪里呀？"

　　他盯着放在台子上的手机屏幕："不是说了在门口的左侧吗！"头也不抬地回答她。

　　"可是门口的那么旧，取信的小窗口像是要掉下来。"还是不甘心小声嘀咕着，"真的有人会来取信吗？"

"取信的窗口已经不用了，邮递员会派件到收件人的家里。"他还是继续用食指拨动屏幕。

"哦——"夏至拖长尾音。

又来到绿邮箱前，她看着锁邮箱的那扇铁皮像垂死的老人一般挂在那里苟延残喘，夏至的手贴在斑驳的邮箱上，喃喃着："连你也被抛弃了呢。"但听着"咚"的一声消失，心中那点愁绪也逐渐散去。

二

——我站在文科班的教室门口等着他回来，强装淡定的表情下是打鼓一般的心，脑海中重复着不知进行过多少次的演习。在心中问自己："我是这样讲，还是该那样？"上齿不自觉地咬着下嘴唇。这个时候我已经来不及再次演习，因为他已经回到教室，准备坐下了……

夏至看着自己写的信，思绪又回到那个多少次出现在她脑海里的场景。

"陈诺，能请你出来下吗？"那个时候的自己是在微微低下头看着刚刚坐下的他，左手无意识地纠结着衣摆，她看见他眸子里的疑惑。

但他还是和她一起走出教室，站在那里一言不发，似乎在等待自己先说什么。

那个时候的夏至是有豁出去的准备，抿了一下嘴，然后看着陈诺说："是这样的，我准备理转文，但是不知道文科班的氛围如何，理转文会不会不适应。所以想听听你的看法，因为我知道你是理转文的。"差点说出他转文是什么时候了。

"哦，是这样啊。"男生微微耷下眼，应该是在想该怎么回答，接着伴随着他丝丝沙哑的声音响起，"我个人觉得还好吧，就是文科生比理科生更活泼些，所以怎么说呢，算是比较热闹吧。"

"这样我就放心啦！其实以前我也准备学文的，后来因为老师总劝我学理，再加上我比较恋旧，舍不得原来班级上的同学，所以就学了理。"夏至就是想把自己转文的原因告诉他，哪怕这个理由不完整。

"那么，你呢？"夏至随口问。

"什么？"透过黑框眼镜的瞳仁透出疑惑，让夏至怀疑他有没有听自己讲话。

"因为自己更喜欢文科呀。"他的眉眼稍稍弯起，"说起来我学理的原因跟你差不多呢。"

可惜课间时间太短，还没来得及把那句话问出就响起铃声。

看着灯下的又铺开的一张白纸，影影绰绰的笔尖落在白纸上，简短的剧情出现在脑海中的频率大概比芒果台播放《还珠格格》的次数还要多，只是不知道怎么叙述。

还泛蓝的夜晚笼罩着小镇时，她听见了左胸膛跳动的声音，天上忽明忽暗的星子仿佛听见了少女的秘密，少女看着白纸又看看夜空，好像在和它们许下一个约定。

"都怪那讨厌的铃声，不然我肯定会和他继续聊下去……"夏至继续在信中写道。不过后来问他要了企鹅号，正是因为有了这个工具，自己才会和他拉近不少距离。

夏至又想起那天中午给班主任打电话告诉他自己想转文时，班主任只是叫她写张申请书就挂了电话，她没有想到班主任会答应得如此爽快。

也许自己是真的很差劲。

第二天的中午她就去了文科班，陈诺看见夏至时，夏至刚好也瞥见他的到来，朝他一笑，陈诺也是礼貌性点头。本以为可以和陈诺在一个班多相处几天，可是在文科班的第三天的中午，教育局就来查补课的情况，这些留下自愿补课的同学们也开始高中的第一个暑假。夏至倒是希望她的暑假可以来得更晚，这是她第一次不讨厌补课的呀。

"姐姐，你知道吗，我发现我好了解他哎，或许你会问我，但是我可以用女生的直觉这句很俗的话回答你吗？"

三

夏至的酷热快要被淡薄的秋意所安静，而夏至还沉浸在文综里。她忆起刚放假的时候鼓足了勇气邀请陈诺一起去书店买辅导书，然后陈诺发来一个抱歉的表情，并说："我已经在厦门了。"那时，夏至只觉得自己的脸上挂满了尴尬。

只见手机屏幕又显示：因为父母都在厦门工作。

夏至马上释怀，续而与陈诺讨论厦门这个城市。

陈诺说："厦门是我的第二故乡呢。"

陈诺说："厦门是个很美丽的城市。"

陈诺说："厦门大学是我的目标。"

陈诺说："李夏至你是我的知己。"

陈诺说……

她记不清陈诺到底跟自己说了多少关于厦门的事，只是感觉，他们之间因为这些文字搭上了一条桥，而他们走在这条桥上。

就算没有，至少陈诺会听夏至停不下的唠叨。

至少陈诺会听夏至对很多事情的见解。

至少陈诺会听夏至对文科的规划。

似乎过了那么久，自己小小的心间早已经被陈诺占满。怎么办？这样一定会跟不上陈诺的步伐。夏至在心中懊恼，但心中又是忍不住的小甜蜜。

"今天中午我去参观了郑成功纪念馆！外头有两个女游客，一个问郑成功和郑和是同一个人吗，没想到另一个人居然回答好像是呢。"夏至一登录企鹅号就看见这条消息。

"那你为什么不纠正她们呀？"夏至在屏幕上敲上这几个字发

送过去。

对方马上回复："如果已经成为思维定式，我那么一点量变是引不起质变的。最关键的是，我才不想和历史白痴讲话呢。"

夏至看到后半句便扑哧一笑，没想到他也会有这样孩子气的时候。

夏至的余光里映着一张明信片，一封来自笔友回复的明信片，上面拓印着一辆古老的绿皮火车，一辆正行驶在一望无际的原野上的火车。

夏至想，那一定是正进行着旅途的火车，驶过的地方都留下锈红的印记，很小却很清晰，像是经过却又不曾平静的心。

淡淡的墨水字在背面晕染出颇有深意的话语。

——之于年少，或大或小的年纪，总需要一场际遇，或许棱角分明了些，也便成了不可磨灭的回忆。

飘逸的行楷，这是一个如风一般的女子吧。

四

姐姐：

我还要告诉你一个小秘密哦，其实我很早以前就认识陈诺了，并不是因为知道他是理转文，才会去问他文科班怎么样。

　　第一次见到陈诺的时候，还是开学典礼的时候，很俗气的一个场景，他就坐在我的旁边，那个时候礼堂里闹哄哄的，可是丝毫没有影响到他，他那么安静，手里捧着一本杂志，他就像是有股力量吸引住我。然后我就一直盯着他手里的杂志。你知道的，我一直有着一枚好奇的心，我好奇到底是什么样的书才让一个男生在这样的环境里不为之所动，等到他翻页的那刻，我用眼睛的余光瞄到那本书的封面，立刻认出这是什么杂志，那时的我强忍着笑，没想到一个大男生居然看这种杂志欸。姐姐你猜得到吗？

　　《花火》哎，你有没有被雷倒的感觉，于是我又好奇这是个怎样的男生，然后变成看着他看着他。

　　他的脸微白，侧着的半脸，从坐的角度看过去有点狭长。黑框眼镜下的眼睛盯着杂志，更像是在沉思，水洗蓝色牛仔和格子衬衫搭配起来更像是个文艺青年。

　　在那一天，这个清秀的少年没有经过我的同意就闯进了我的世界。

　　每天早上我都可以看见他一个人穿着不同的衬衫经过我的窗前，他的身影在我的脑海也越来越明晰。

　　我每天还是没心没肺大大咧咧开着朋友的小玩笑，但是我知道有什么开始不一样，或许是自己隐藏得太好，或是内心存在的自卑，在高一上学期都没有打听过他的喜好，甚至连他名字都不知道。或许，我只是把他当成内心小小的欢喜。

高一下学期文理分科的时候，我只知道他学理，父母希望我学文，那个时候我明明连牛顿三大定律都还没认清却还是毅然选择理科。

只是没想到我们的班级不再是同一班，甚至隔了一层，我觉得那段时间里有种叫失落的东西填满了我的心，因为那样就意味着我基本看不着他。

也许是冥冥之中自有安排，高一上学期的同桌转去他班级，恰巧来帮我同桌收拾东西的就是他。

我以为时光会将少年的身影从我脑海中褪去，将成为年少时最美的秘密时，又给了我继续守候的权利。

同桌没有搬去他们班级的寝室，还是留在我们班的寝室，而她会时不时地提起陈诺，那个时候才知道他的名字原来叫陈诺。只要同桌一提及陈诺，我会听得比天体运动还聚精会神。

同桌会时不时地提及他的喜好，甚至是他学理的原因。

我想，她是喜欢他的吧，不过我也不讨厌，因为这样我也能悄悄地了解他的一切。

学校在高一下学期兴起课改，六个人的小组面对面坐在一起，而同桌是和陈诺在一个小组，我承认我嫉妒了同桌但我又不得不依靠她来获得关于陈诺的信息，然后装作不经意地拓展一下，问个关于他的问题。偶尔问到内心紧张得要死，生怕同桌会看出点端倪，然后来句笑话式："你是不是看上他了，问他那么多消息要干吗呢。"

直到暑假补课期间文科班的朋友告诉我陈诺转文了，听到这个消息心中不知道是什么滋味。

这件事还向同桌确认。

被细胞结构能量守恒折磨的我早有了转文的心思，他转文这件事更像是催化剂，让我加快做决定。

等我正视心中那颗小芽，它已经枝繁叶茂。

于是就有了第一封信里的那幕，其实我清楚他为什么转文，因为他本来就是喜欢文科，只是不忍心拂去他爸爸的期待。

姐姐，在暑假里与他越发深入了解，越发地发现我们之间的相同兴趣很多，他喜欢历史喜欢政治。知道更多后，我却越发不敢对他讲出"我喜欢你"这四个字。

我不知道一向勇敢的我什么时候变得那么胆小。

是什么时候开始，就觉得自己有很多的不够好。我没有齐肩的长发，我没有穿上过裙子，我一点也不温柔。而且我怕对他说出那四个字以后两个人相处会变得很尴尬，然后结束这场不温不火的友谊，那不是我想要的。

姐姐，你说我该怎么办呢？

夏至

2013年7月26日

午后的蓝木街被隐藏在华冠盖般的树冠下，盛夏在这里不再是暴躁易怒，而是温顺得像个熟睡的孩子。

夏至现在学聪明了，为了不再看到邮局叔叔冷冰冰的脸色，在寄信的时候一下子买了十张邮票。从邮局里踱步出来走在蓝木街上，她想，这个时候要是能起风该多好啊，那样就可以看到自己的蓝色的百褶裙在风中飞舞的样子。

现在头发的长度只到脖颈边，发梢刺得后面的皮肤感觉像是童年在老家的小伙伴用狗尾巴草偷偷在身上摩挲的感觉，那种介于痒与痛的刺感，曾经让夏至哈哈大笑。现在夏至也想笑，但是她现在只能轻轻地扬起嘴角，不然一个穿着这么淑女的女孩在蓝木街上咯咯大笑会让多少行人侧目啊！

夏至仰望头上的浓荫，榕树叶子那么绿，好像向世人展示自己多么勇敢。一两缕细碎的阳光不小心跃入眼角，微微的痒痛感还是会有让人流泪的冲动，逼得她不得不乜斜住双眼，睫毛也跟着打战。

应该是八月到了。

五

"你什么时候回来？"夏至在屏幕上输入这几个字后发送过去。

"大概就在这几天吧。"回复得有些慢。

夏至感觉心里闷闷的："你回来那天告诉我吧。"然后找了借口说有事，匆忙下线。有时候真的觉得自己很烦人，总喜欢有事没事打扰陈诺，这时候心中有个低低的声音在申诉："我只是想让陈诺更了解我啊！"

当知道，两个人都爱看《百家讲坛》时，就去同他讨论哪个教授讲得更有个性。

当知道他喜欢看人物传记时，非得在他面前讲出撒切尔夫人的得与失。

就连某天学会做一道新菜都要在他面前报备。

可是为什么自己从最初的欢欣慢慢觉得这是一种负担？

两个人之间的相处模式又让自己觉得很怪。夏至自认为自己不是那种充满少女心事的人，而两个人之间越来越像是多年的老友。可是这一个多月来在他面前讲了那么多，难道仅仅是因为自己太寂寞，想找一个人来听自己的啰唆吗？当听到陈诺说把自己当知己的时候心中那时候不知名的感觉又是什么？

夏至觉得很难过，她不知道要不要继续隐藏住内心的欢喜。少年的心事又是极容易破灭。她怕心中长成的参天大树会迫不及待地想要见到阳光，甚至是得到雨露。

"还是一直当知己？"这个念头的突然冒出，开始像野草一样在脑海中蔓延。

夏至此刻觉得头都大了，她仰望星空，还有几颗寥落的星子挂在那里。"你们也是想让我自己思考吗？"她对着夜空说，星子仿佛听见了她说的话，悄悄走进乌云里面，给夏至思考的时间。

"之于年少，或大或小的年纪，总需要一场际遇，或许棱角分明了些，也便成了不可磨灭的回忆。"夏至很闷，嘴里反复喃喃这句话。

远方不知名的姐姐，你想告诉我什么呢？你又会告诉我什么？

午夜如期而至的雨敲打着窗户，睡梦中的夏至一脸恬静。

六

"在喜欢的人面前，我们总会不自觉地觉得自己不够好，但其实你也很好。姑娘，无须自卑，记住白玫瑰的话语：我足以与你相配。"

一张躺在邮箱中静静绽放的白玫瑰上留下的话，夏至把这段话誊抄在日记本里。

八月十二，离开学还有三天。陈诺已经在两天前回来了，昨天夏至问他什么时候回来，还没来得及发出我来车站接你，手机收到的信息显示：我已经回来了。

八月十三，离开学还有两天，夏至第三次走在蓝木街。

这个时候，风真正吹起蓝色的百褶裙，像一朵鸢尾在风中摇曳。发梢刺激脖颈的痒痛感早已消失，不知不觉夏至已经习惯穿裙子的感觉，就像习惯这个燥热的夏天，但是不小心可以瞥见蓝木街上的树木上个别叶子已经发黄，原来这个夏天快要过去。

昆德拉的对布拉格的爱突然在夏至脑海中响起：

如果你在波西米亚，

我留着长长的黑发；

我在月桂树下等你，

一定会有那么一棵树；

从创世纪开始，

就把我们的故事雕刻在每片叶子上。

夏至准备再往这个风蜡残年的"老人"嘴里扔东西时，还是忍不住看了依旧坐在前台的工作员叔叔，他还是低着头，右手有微小的颤动。

然后深深呼吸，把信塞进"老人"嘴里，鼻腔里还是夏日躁动的味道。

现在的蓝木街和信上描述的一样呢。

经过一个夏天的历练，这样叶子的能量足够度过南方小城里湿冷的冬季。远方的你谢谢你陪我度过漫长又闷热的夏天，我的决定已经做好，你会支持我的吧。我在想，下次你给我的话又会是怎样的隽永。

蓝木街的榕树从嫩绿到墨色晕染，我的短发到了齐肩，水洗白的牛仔裤到蓝色百褶裙，从最初的忐忑心情到归于平静。不知不觉又走完一次。

智齿

一

"啊，啊，啊……"吴玥长吸一口气，"嘶……"她已经数不清这是这段时间第几次脸颊内部被牙槽上的智齿咬到。物理学的知识在这里体现得淋漓尽致，果然接触面越小，压强越大，只是受到伤害越严重的也是她。吴玥用舌头往口腔内壁一顶，这次好像是把皮都咬破了，舌头尝到血的味道，同时也感觉到冒着血珠周边地方的坑洼。

同桌陈颂音对她这几天来的一惊一乍早已习以为常，继续为摊在课桌上试卷的立体几何画着辅助线，推导下一步该怎么解，眉头紧皱，却不忘悠悠来一句："我早几天就叫你去拔牙，好吧，你不听，活该受罪那么多天。"

"可是拔牙本来就很疼，我一下子还要拔四颗牙欸！"吴玥比出四个手指头在同桌面前晃悠。

同桌无奈地放下笔，瞥了她一眼："就你这话唠，有你讲话咬到口腔内壁的疼，早就折过你拔那四颗牙齿的疼好不好。"继而转过身面向吴玥，"麻烦你对比一下，你这话唠是一辈子，再这样子下去，你的脸颊迟早会被你咬破一个洞。"

吴玥听过，做出惊恐状，双手分别捂着脸颊两侧："不会吧？"

同桌看着她幼稚的模样："就你还长着象征成熟与智慧的智齿，我看你吧倒是熟了的模样，智商反而是越长越回去了。"

"陈颂音，你！"吴玥羞愤，脸色大窘。突然倾向同桌往她腰身偷袭，同桌招架不住拧着身子"嘻嘻……"笑出声。

"我看你还敢不敢说我熟了，哼！"

"不敢了，不敢了。"同桌做作揖状，笑得喘不过气问她求饶。

像是感受到什么，两个人马上正襟危坐敷衍班上十几双看过来的眼睛，吴玥摊开试卷，拿起笔，低下头，又似乎想到什么，侧过头，同桌脸上还有红晕，也与她相视一笑。

宽大的教室原本坐四十个人是绰绰有余，但随着同学们将高中大部分课本带来这里，外加不断发下的教辅书与试卷，这里已经显得空间不足。小得容不下一丝玩笑，小得容不下四十个少年的心。

这周末就去拔牙，这是她入睡前的最后一个念头。

"喂，你真准备去拔牙呀，你这是谋杀好不好！"可惜声音太过于软糯，控诉起来完全没有威慑力。

吴玥迷糊回应："废话，再不去拔牙它就要谋杀我了。"咕哝完转过身去。

这时声音有点着急："智齿，你要拔的是智齿，你知道拔掉后会有什么后果吗？"

"不就是疼几天，不可以吃饭吗？"吴玥依旧眯着双眼，嘴里继续吐出几个字，"我总不至于拔了几颗智齿就变成傻子吧。"

"Bingo！"说话人想打出响指，奈何发现自己不适合这个动作，"不过变成傻子是不至于，只是让你记忆力更差，至于体现在你的身上就是丢三落四的毛病更严重。"

丢三落四？吴玥想起妈妈老是训斥她不长记性，刚放下的东西都不知道放在哪里。揭别人的短可是会让当事人恼怒的呀！左手探到床头灯的开关，一时间没适应光线的刺眼，让她用右手挡住了射入眼里的灯光。"我说你有完没完，我拔牙干你什么事。"这时已经适应了光亮，右手不耐烦地一挥而下，准备对眼前的人翻白眼。然而眼前只有几米外的书桌，上面交叉放着五三与试卷，自己的左边就是原木色的衣橱，而右边的窗外仍旧是一片漆黑，外面传来呼呼的北风声音偶尔把玻璃窗震得发出一两声响声。室内橙黄色的灯光晕染在这个二十平方米的小房间，吴玥半眯着眼睛，摇着头试图甩去刚从梦中醒来的眩晕感。

"我是太累了说梦话吗？"吴玥纳闷，准备按下床头灯继续睡。

"别按！"一个细小但尖锐的声音响起。

吴玥意识到刚刚不是说梦话，感觉到那声音是从背后传来。她内心开始打鼓，有些颤抖，不会是《午夜凶铃》一类的吧。但又想起自己可是新时代的人，学了马克思的唯物主义，好奇心驱使她看向声源处，慢慢地向后转。她看到蓝色的枕套上有一个食指指甲大小的小白点，伸手往那探过去，这颗小白点顺势跳上她的右手。

兴许是感受到她的颤抖："我这么可爱，你害怕什么呀？"那个"呀"字拖长了音调，诉说着它的不满。

"你是什么怪物？"吴玥压抑住紧张的气息，小心翼翼对着被托举到眼前的小白点说道。

"我不是怪物！"小白点在她掌心蹦跳，"我是智齿的守护神。"

"守护神？"吴玥内心呵呵了，眼前这个小白点就像电视上高露洁牙膏广告的Q版牙齿的缩小版。"你别逗我，这都什么年代了，你以为演古希腊神话吗？"接着说，"如果你说你是哪家的科技产物或者来自未来之类的，我才会更相信你的话。"

"喂，我可是身份高贵的守护神，从你们人类诞生开始就有了，别拿那些年纪轻轻的小玩意和我比较。"还要发出哼哼声示意。

吴玥看着它这样子，有些忍俊不禁："那请问高贵的守护神你来找我干什么？"

"作为智齿的守护神，就是守护智齿啊！"说完后吴玥居然看出一颗牙齿对她露出嫌弃的表情，似乎在说你真笨，连这个都不懂。

"智齿有什么好守护的啊？"吴玥真心不懂，连个牙齿都有守护神，那这世界得多恐怖。

眼前的小胖牙听到这话陷入了沉思。

"喂！你怎么了？"吴玥用小拇指拨弄这颗留在她手心里装忧郁的牙齿。

小胖牙想通了："本来我们作为守护神是基本不会露面的，但是我们遭遇到生存的困境，随着人类生产力的进步，他们逐渐习惯吃软食，而智齿的锋利是帮助人类嚼碎食物的。工业革命之后，吃软食的越来越多，而我们作为守护神也意识到这样下去，智齿的作用就消失了，大概就像你们人类所说的生物进化论吧。而且再加上软食吃多了，人类口腔颚骨自然不用像以前吃生食一样张得那么大，人类新长出来的智齿便在口腔里没有足够的生存空间，于是你们更多选择去拔掉让你们痛苦的智齿。"说完这段话还悠悠地望了某人一眼，"可能以后人类再也不会长智齿了，我们失去了作用自然也会从这个世界消失。而像你能在这个正常年纪长出四颗智齿的人少之又少。"

吴玥听完这么一段话倒是有些心软了，人类喜欢将对自己没有价值的东西遗弃，哪怕这些东西曾经给予他们很大的帮助。"其实我也不想要拔掉那四颗牙齿的，只是它让我太痛苦了。"

"是不是只要让你不再痛苦你就不会拔掉他们？"守护神终于发现了保护这四颗智齿的办法。

"废话，不然谁愿意遭受那个罪去拔掉四颗牙齿呀！"吴玥想起被智齿折磨的痛苦经历就没好气地回应它，接着打了哈欠，"我困了。"

"那我们这样说定了，我有办法让你不再难受，你只要给我讲故事就好，故事不用太多，我大概会陪你到高考结束，这期间我会找你几次，不用担心没有故事可说。"小胖牙感觉自己成功完成任务而沾沾自喜时发现自己突然被倾倒并且是以自由落体的速度往下掉，"喂，我说你是猪呀，要睡也不说一声。"

这时外面的夜已经很深了，唯有这一室的柔光，映射在后面还未搬入住户的居民楼，北风依旧穿堂而过，这里独显得温暖万分，吴玥就这样陷入睡梦之中，脸上露出惬意之情，让人忍不住想知道她又做了一个怎样的美梦。

二

吴玥隐约觉得自己昨晚做了一个很怪的梦，早上起来发现自己的床头灯还亮着，腊月的冬日，外面依旧漆黑，一点微光就显得十分明亮。难道是我昨晚忘记关灯了？不过幸好妈妈没有发现晚上睡觉没关灯，不然又得被训一顿。

早读时候趁语文老师走出教室的空档，对同桌耳语道昨晚的梦。

"守护神？你整天在想一些什么呀。"颂音恨铁不成钢地叹气，"现在离高考还有125天，现在你要担心的是如何把成绩提高一个档次，好啦，快去背书。"

"也是，我怎么还想这些乱七八糟的东西。"眼角的余光瞄到语文老师从后门走了进来，马上念起手中竖放在课桌上的课本："北冥有鱼，其名为鲲，鲲之大，不知其几千里也……"

教室里朗诵声愈加响亮，背诵各种篇目的声音夹在一块，不自觉就发现原来你在这些篇目里度过的是你的高中，随着一丝丝阳光从窗户中涌入教室，从一群少年鼻翼中，口中呼出的各种水汽凝结成水雾冉冉升起，正在幻化成一个又一个美丽而古老的梦想。

"妈，这周末我去拔牙。"午饭桌上，吴玥对母亲如是说道。

"拔牙？"母亲疑惑，继而夹起一块豆腐，"年纪轻轻拔什么牙呀。"

"我前段时间不是告诉你我长了四颗牙齿吗，那四颗是智齿。"吴玥怕母亲不清楚智齿是什么，"智齿就是四颗特别尖的牙齿，吃饭说话不小心就会咬到肉，特别痛。"作势还捂起脸颊。

"拔牙挺贵的吧，家里为你读书方便刚买了房子，家里有些拮据，你看你能不能自己克服一下，说话吃饭时小心点。"母亲与她打着商量。

吴玥抿嘴："嗯，其实也没多大事，用不着拔牙。"强压下心中的酸涩，加快吃着碗里的饭。

空气中还有新装修不久的油漆味道，长形白桌上放着两只圆碟，里面都是她爱吃的菜，这刻那么刺眼与突兀，饭桌旁的两个默默嚼着饭，一时无言。

"妈，我吃饱了，回房间做作业了。"吴玥放下碗筷。

"你等下，"母亲起身，走向厨房，端来一碗汤，"给你炖的，水放少了，结果只剩下这么一碗。"一边用围裙抹着自己手一边对吴玥说："趁热喝吧，你现在这个时期，正是要补充营养。"

吴玥在母亲注视下喝下半碗，留了半碗。

"我说了没必要每天给我弄这些，我喝不下那么多，回房间写作业了。"在母亲"逼迫"下她喝完剩下那半碗后赶回了房间。

"你这孩子！"母亲的絮叨声传来。

吴玥靠在床头，抱着手里的枕头，心中酸涩。不自觉地用舌尖把四颗智齿顶一遍，瞬间传来的刺痛感把吴玥心中的酸涩压下几分。

"你怎么可以说话不算数！"枕头上突然出现昨晚睡梦中的小胖牙。

吴玥揉着眼睛，睁开后发现眼前的小胖牙并没有消失。"你！你！"指着它，又想起妈妈还在外面，压低声音，"原来我没有做梦！"便捻起小胖牙放在掌心后递到眼前，"那个不好意思，我以为昨晚是做梦。"

吴玥这次明显看到了小胖牙瞪她的表情，少女心都给萌化了。"对啦，我想起来，你昨晚说只要给你讲故事就可以帮助我不再受到智齿的折磨是吗？"

不情愿回答："是的。"

"可是我觉得我没有什么故事讲给你听呀！"吴玥失落。

小胖牙转动眼睛提议："比如你可以说说你和你妈妈的故事。"

"我妈？"吴玥望着自己房门，像是透过这扇门看到自己母亲在房里忙碌的身影，自己真是极少看到她闲着，而自己对她了解太少。大概这个年龄段对母亲的印象都是她唠叨，管得太多吧。

"我妈呀，就是喜欢唠叨，这个年龄段的女人大多是这样。还有吧，你说她很大方吧，说服我爸买了学区房方便我读书，但是又造成家里拮据的现象，变得过分节约，不该省的都节省，你看！"指向窗帘处，"你发现什么没？"

小胖牙摇摇身子。

吴玥接着说："别人家的窗帘都会装一个钩子方便收拢，我妈就觉得把窗帘往边上一推就可以，完全不需要多安装个钩子。"叹口气继续说，"结果就是每次拖地都麻烦得要死，窗帘那块地板清理的时候都要用一只手拿起窗帘来，剩下那只手拖地，这样子就把自己弄得满头大汗。"吴玥盯着窗帘那，好像又看到妈妈艰难拖地的样子，被压下的酸涩感又涌起，甚至比之前更甚。"虽然我说了她这么多缺点，但是她这些不都是为了我吗，知道我住寝室有很多不适，为了方便我学习而买了学区房，她抠下的一分一毫都给了我，我又有什么资格去责怪她这些小毛病小缺点呢？"就像是想起很美好的事情，吴玥脸上绽放出微笑。

小胖牙严肃思考后得出结论："是的！你不能去责怪你妈妈。"

午后冬日的阳光斜斜地射入吴玥的小房间，被子也染上阳光的味道，她就在这样的情况下缓缓阖上眼睛。小胖牙看着这个鼻翼两边冒出小痘痘的女生，睡着的时候可以清晰地看出黑眼圈，一头齐肩的黑发却被她弄得乱蓬蓬，心想这真是一个可爱的女孩子。

三

"可非，你的充电宝，我已经把电充满了。"吴玥微笑地从书包里掏出充电宝递给正在座位上背书的刘可非。

女孩面容白皙，齐刘海下有着棕色的大眸子，淡粉色的嘴唇轻声对她说出"谢谢"。

吴玥咧开嘴，嘴角快延伸到眼角，爽朗地对她说"不用客气"，便走向了自己的位置。

"我说吴玥，你怎么每天都有闲情帮这些人充电。"同桌数落道，眼睛虽然盯着错题本，但是前几秒应该是盯着某个角落发生的一幕。

"你们住校不方便嘛，学校寝室又没插座。"回应同桌的同时一边从书包里掏出书本，"再说都是朋友呀。"

"朋友？"颂音冷哼，"我看不见得吧，你把她当朋友，她倒是没怎么把你这个朋友放在心上。再说你天天帮她充电助她用手机是害她好不好，你都不知道她在寝室干些什么。"说完已经紧闭双唇，严肃看着自己的错题本，不再说话。

朝阳照射在坐在教室门口的刘可非身上，一丝丝雾气随着她晨读张开的口型上升，水雾在明亮的阳光下更是勾勒出各种模样，这个披着淡黄色头发的女孩子，从吴玥坐的最后排看过去十分不真确。"朋友"心中默念，吴玥低下头，翻开单词本，一时间不适应教室阴暗的眼睛竟然涌出泪花。

"你好，我是吴玥！"我微笑地对着邻床刚放下行李的女孩子说道。

"你好，我是刘可非。"

眼前的女孩有些许拘谨，贝齿轻咬下唇，棕色的瞳仁里透露出紧张与不安，偏瘦的体型却比自己高了近半个脑袋，淡黄色的头发一丝不苟地被扎在后脑勺，形成一个高挺的马尾辫。在高一新入住的寝室里，她的整整齐齐与这里的杂乱无章格格不入。

这就是我见到可非的第一面。

也许是我胆大热情又无时无刻不在的微笑给了可非安全感，可非迅速对我产生好感，并与我成为形影不离的一对，当然之后也发现我其实就是个"逗比"的本质。

"你看，我觉得你留刘海很好看呀，头发披下来显得你更淑女。"我看着镜子里的两个人留成一样的发型，对着明显不适应这个新发型的可非说道，"而且我觉得我叫你剪这个发型真的十分合适。"

"我觉得还好吧。"可非回答，便同我走出了理发店。

回到寝室我成为众女抨击的对象。"可非头发那么长你居然怂恿她剪得那么短。"这是爱发如命的人说的。"你居然让她留刘海。"这是没留刘海发现少了一个伴的人说的。"你居然还教她烫刘海。"这是自己刘海不直的人说的。

而可非面对众人的评议却什么都没说，也许她的性子如此。

吴玥把两年半以前的事情重新回忆一遍，对这个刚告诉她它叫牙牙的小胖牙说道："其实我很愧疚，真的，我觉得如果不是因为我，可非不会变成现在这个样子。"刚刚回忆起美好的过去脸上露出开心笑颜的吴玥却突然间脸色变得暗淡，就连声音也开始变得颤抖。

"欸，可非，你看那个男孩子。"我朝她耳语。

正在下楼梯的男孩子瘦而且高，从后面看过去，他穿着一件简单的衬衫，但是并没有留着与一般喜欢穿衬衫男孩子留的发型。他头发的上半部分烫了小卷，并且染上了金黄色。学校楼梯靠墙那端的墙壁，距离地面一米处涂上深绿的油漆，油漆上方墙壁上的石灰一次又一次地粉刷过后，依旧抵挡不住岁月的侵蚀，脱落的斑驳你可以看出一层，两层，三层，甚至更多层的痕迹。只是，这样一个带有青春叛逆气息的男孩子走在这凸显岁月沉淀的地方却丝毫不显违和感。

"什么？"可非皱动眉角看向我。

"你不觉得烫卷发的男生好好笑吗？"我努努嘴回应，"哎，他快要走了。"

于是我站在第一层楼梯上看着他从转角消失，这次我终于看清了他的样子！高挺的鼻梁，带笑的眼睛让他棕色的眉毛都不自觉地往上翘。

"是很有意思呢。"可非回应。

我不知道她有没有看清楚这个男生的脸："我觉得这个男生长得好看，今天都是第四次我们下楼梯走在他身后。"这么有缘，一定要找到联系方式。

"欸，你要不要那么花痴，我记得你前段时间还和我说过觉得隔壁班那个穿格子衬衫戴黑框眼镜的男生好看。"可非瞥我一记白眼，"快去食堂，又这么磨叽，活该中饭又吃到剩菜。"说完就径直往前走。

"哎，等等我呀！"我跨大脚步跟上可非迈大的步伐。

吴玥不知道怎么还是可以把这么久以前的小细节回忆起，大概是一旦有了想要珍惜的人，与她之间过去发生的点滴，只要拂去回忆的灰尘，这段记忆依旧闪光，但这段光给人的感觉就像是沉溺在黑暗太久的人渴望看到的光芒，但突然出现的微光也会把毫无准备人的眼睛刺痛得冒出整眼的泪花。

"哎，你不会哭了吧？"小胖牙看着这个披着头发，用双手揽住双腿，脸捂在膝盖上的女孩。"哎呀，我说都过去了。"发现女孩没有抬头的意思，发现自己没有安慰到她，有些着急，不自觉跳起来。

吴玥一回神就看见一颗像弹珠的白牙在她面前跳来跳去，不由得扑哧一声笑出来，转而望向窗外，乌黑的夜空偶尔可以看到一两颗星子闪过，极真确又如床上这个小东西一样极其不真确。

"其实后来吧也就差不多那个样子，我要到那个男生的联系方式，他叫徐立。我猜得没错，他就是小混混类型，只是我也不相信，眼睛里有笑意的男孩子会坏到哪里去呢。"

今天的夜晚注定特别，夜晚布满了星子，在南方小城里点缀着这里每个人的梦乡，同样这也会是将心底最深的故事讲出来的时候。

"其实我觉得自己挺过分的。"吴玥牙齿紧紧闭着，还是不确定要不要把接下来的话说出来，"我要凑热闹还把可非拖下水，大概是存着也让可非多认识朋友的念头吧，结果我成为家长口中带自家小孩误入歧途的坏孩子。"

高一刚入学的男女生们或多或少都怀着对高中的憧憬，尤其是初中受小言荼毒的女孩子，希望高中可以有一场际遇。那是多么美丽的幻想，那是多么美丽的年龄。

"人都是喜欢美丽的东西，可非迅速成为徐立圈子里的红人。只是后面比较狗血，徐立没有追求到她，反而是与他所谓的兄弟好像是王雷在一起。而我因为某些原因，后来与可非差不多见面只是打个招呼，与徐立的圈子也断得干干净净。"

"所以你是因为你把可非带入那个圈子而愧疚吗？"小胖牙问道。

"算是吧，要不是她进入那个圈子，名声也不会变得那么不好听，成绩也不会变得那么差。"

"可是这与你的干系不大吧，你当初把她带入这个圈子，她有选择拒绝的权利，后面她做的种种选择更是与你无关。"说完又做出一股老成的腔调，"你们这个年龄段的女孩子呀，谁没有点虚荣心。"可惜它奶声奶气地说出来直引人发笑。

"这真的与我关系不大吗？"明明是询问小胖牙，却更像是问自己。

"早点睡吧。"小胖牙似乎变得善解人意啦。

"嗯，晚安。"

四

英语老师还在讲台上聒噪地讲着语法，吴玥选择"聪明"地刷着完形填空，而旁边的颂音仍旧盯着黑板上老师写下来的语法点，高三下学期仔细听语法的人确实不多了。更多是像吴玥一样训练着高考题型，提高做题速度。颂音就是这样执着，上课只干上课该干的事情。吴玥看着她，她有小巧的鼻梁配上刚到脖颈的短发，看过去飒爽又坚毅。

吴玥觉得自己真幸运，高三一次向班主任提议一个人去班级的最后面坐，而没有预料到不久颂音也坐了过来，这次无意间的举动，让两个原本在高二那一年基本没有说过什么话的人成为那么好的朋友，可以彼此相互鼓励与支持走过高三这段日子。

"下课时间到了，老师您辛苦了。"随着改良版的下课广播响起，吴玥马上摘下眼镜，趴在课桌上，准备进行短暂的小憩，只是前面一对冤家的对话响起。

男："你要不要这么吃下去，再吃会胖死。"

女："你管我呀，我有高度怕什么。"

男："比我矮还好意思在我面前说有高度。"

女："你有本事比我矮呀，矮呀，矮呀。"后面三个"矮呀"一音更比一音高，为了助长节奏，女生还站起来直接拍上桌子。

吴玥想班级上一定有和她一样怄火的人，好不容易有个课间十分钟可以趴在桌子上正大光明地睡觉，却被那对冤家打搅。这样一来睡意都被赶跑，抬头望窗户外的天空，湛蓝无云的天空配上暖阳，让人想去外面呼吸阳光的味道。

走廊上靠墙那端挤满了晒太阳的人，颂音靠着斑驳的墙壁，丝毫不介意石灰会蹭脏她的衣服，后脑勺微仰，双手交叉在背后，眯着双眼，只见睫毛有细小的颤动。

吴玥挤过靠墙的人群，站到颂音旁边："颂音？"确定她是不是那么强大靠墙睡着了。

"嗯？"回应道。

走廊上真是个好去处，你可以在这里听到最新资讯，"某某谈恋爱了""你听说没六班数学老师和十二班物理老师在一起了""昨晚我们数学老师又喝多了""听说晓荣（分管我们年级的副校长）又骂了我们班主任"……果然八卦是不分对象，不分时段的。而仿佛只有此刻，高考的压力不在，原来我们还是一群十七八岁的少年，再多的试卷也压制不了少年的一颗热血沸腾想飞的心。

"颂音，你说高考到底是什么呀？"吴玥问道。

"一场很重要的考试吧。"颂音回答。

"可是我们为这一场考试付出十二年甚至更多年值得吗？"一句轻微的问句在喧闹的走廊中不见回响。

"值得？"颂音反问，"你说我们读了那么多年仅仅是为了一场考试吗？十二年来更是教会我们成长，经历的一些事，遇见的一些人，都成为我们人生画卷上的一笔，而这场考试像是来给我们的十二年画上一个句号，又给我们开始，这个时候已经不是用值不值得来衡量了。"

"这些事，那些人。"吴玥细品，眼睛的余光看到了俞越一个人站在那端，他还是一个人特立独行，他是自己心中的软刺，你可以当那根刺不在，但不小心触碰到就会泛着疼。

其实高三的日子就在大量刷题和测验中过去，吴玥发现吃饭说话的时候再也没有被智齿咬到腮帮子，而那颗小胖牙也在听完那段故事后消失。这让她一度怀疑是不是真的在她生命里出现过守护神。母亲在小胖牙听完故事的那个周末询问过她是否要带她去拔牙。吴玥快要忘记生命中这段让人听起来觉得荒谬的插曲，只有偶尔舌尖顶到那一颗颗尖牙才会发觉，原来我做了一个很美的童话梦，梦里有一个叫牙牙的守护神，它会听属于我的故事。

"哎，你怎么过了这么久才出现。"吴玥躺下准备关灯时在枕头上又见到那颗消失近两个月的牙齿。

"我是世界上所有智齿的守护神,当然是在全世界奔波阻止你们有四颗智齿的人类拔掉它。"说完学着吴玥的样子躺下来,要不是吴玥在近处看着它,这样子真不像躺着的。

"我可是没有什么故事了。"吴玥眯着双眼回应,"再说你听过世界各地人的故事,也应该不会差我一个。"

"这你就错了,故事有千千万万,并且每天都在发生。即使发生的故事类似,但讲述它们的主体不一样,而由每个故事的主体说出来更会是不一样的。倾听别人的甜蜜或快乐,悲伤或者忧郁,那是不一样的感觉。从这些人的故事中你会知道,每个人都是世界上独立的个体,他们都会有属于自己的故事。他们内心深处也会想,哪怕我再平凡,我的故事再小,我也会想让别人知道我的故事,虽然自己不曾开口。"小胖牙一口气说完。

这些话给吴玥极大的震撼。"我也会想让别人知道我的故事。"吴玥在细喃。那些压抑在内心的东西如同洪水涌出。

"我和你说说我的暗恋吧。"这是吴玥第一次鼓起勇气说出来。初中甚至是高一时,吴玥与她的好朋友们都喜欢问彼此是否有喜欢的人,那时候是提起来都会面红耳赤,心跳加速,而现在提起没有半点羞涩,反而像在品一壶清茶,想起来就是淡淡的温馨。吴玥并没有与颂音提过自己的暗恋,但是如果自己与她说,颂音一定会选择倾听。

"窗外真是个美丽的地方,它可以容纳你上课走神的心,给你无限大的空间去想象，在某节物理课失神后忘记下课时间，于是乎就那样子看到他经过我的窗外，被速度增大的加速度给折磨晕的我就这样真的晕了，那时候我只对可非说原来隔壁班有个男生长得不错，戴着一副黑框眼镜，每天穿着不同颜色的格子衬衫，那时候我觉得他的格子衬衫多得让我数不完。"就算是现在也仍旧记得每天等待他经过自己的窗外，于是看到有镶嵌他各种样子的天空。那时候的悸动，曾一度让自己慌了神。

"那你准备告诉这个人吗？"牙牙顿时化身为爱情分析师，"我觉得你喜欢他那么久，总要让他知道吧，不然得多遗憾。"

"再说吧，后来虽然兜兜转转之间我们做了两年的同班同学，然而我却没与他有太大的交集，我给你看一个东西。"说完便走向衣橱，回南天里刚建不久的房子异常潮湿，墙壁上不断冒出水珠，被放在衣橱里的相册，手指触摸上封面也能感受到它的潮意。"你看"，回到床上示意给牙牙看。

吴玥翻开相册，在最后一页找到了那张照片。女主人披着黑绸缎似的头发，穿着白色公主裙，斜靠在湖边的大树旁，手里拿着刚摘下的宽沿大草帽，眸子里的笑意让眼角都往上俏了几分，微露出的几颗贝齿，凸显出亚洲人少有的美人沟下巴，真正的明眸皓齿无非也是那个样子。

"这是我妈妈20岁的样子，很漂亮吧。"吴玥对牙牙说。

"嗯，很漂亮。"眨巴着眼睛回应。

"其实所有妈妈年轻的时候都是一个美人，不是吗？"这是吴玥关上灯在黑暗中对小胖牙说的今天的最后一句话。

黑暗中，吴玥还记得第一次看到那张照片，若不是看到自己与主角有相似的眉眼，怎么会相信这是如今肤色暗淡，皮肤松弛的妈妈。那时候才发现妈妈也曾青春年少过，也和自己一样眼睛清澈如水。

那天她合上相册对自己暗下许诺："一定要再看看妈妈穿裙子的样子。"

五

夏装——秋装——冬装——春装——夏装。

着装的变化也预示着高考到来，最后一次模拟考期间的晚自习，任课老师被安排进行阅卷，留给他们难得的自习时间。由于模考，班级打乱位置重组，也许是冥冥之中的安排，可非坐在吴玥的前面。

可能是五月末的燥热，抑或是模考的不顺心，吴玥不想再翻着资料复习明天的考试科目，她看着依旧披着头发的可非，在前方静静地坐着，突然产生冲动，碰触她的肩膀："可非，我们聊聊天吧。"

"嗯，好呀。"转过身来。

像是久久不曾看过可非的样子，眉毛依旧纤长，眼睛里的棕色瞳孔多了许多自己看不懂的东西，三十多度的高温她仍旧执着披着头发，几颗汗珠顺着额头流向稍长的下巴，高挺的鼻梁周边并没有像自己一样冒出痘痘。快三年了，这是自己如此印象深刻地感受一个人的变化，心中滋味难以一时言明。

也不知道是怎样开的头，大约是受到今晚教室里同学们到高三后期无心读书而开始窃窃私语气氛的感染，她们从八卦开始逐渐聊开。

"其实我挺讨厌现在的自己。"可非突然这么说道，眼睑也开始下垂。吴玥不知道怎么搭腔，毕竟她们已经很久没有像这样子坐下来好好聊天。

"现在我的成绩这么差，我真的很害怕高考，而且很后悔曾经谈恋爱。"说完自嘲笑笑。

吴玥倒是听说过他与王雷分分合合的事情，之后也又交过男朋友，心思很大一部分被这些事情分散，颂音就曾无意间提起她在寝室并不是同大部分学生一样继续读书，而是花费很多课后时间在手机上。

要不要亲自问她那句话，年少敏感的心会因为小小的愧疚而一直记在心中，"你不会恨我？"吴玥终于问出那句话。

"什么？"可非疑惑，"我恨你干吗？"

吴玥听到这句话，束在心中许久的那根绳子开始断裂，但她依旧不确定，继而解释："如果当初我没有拉你进入徐立那个圈子，或许你现在不是这个样子。"

可非扑哧一笑："这和你有多大关系呀，后来发生的那些事都是我自己的选择，那些种种导致我无心学业，才荒废成现在这个样子。"

"那我不遵守和你的承诺去了理科班，你当初是不是觉得我很那个？"吴玥继续问道。

"刚开始觉得很生气，在知道你交的志愿表是理科时，后来又觉得你自己有自己的选择，我没有理由因为承诺去束缚你，再说你不是又回文科班和我一起读书了吗？"可非露出两个小酒窝笑着回答，"虽然自从你不住校后，我们变得很疏远，但是今晚我们能这样子好好再聊一次天，我真的很开心。"

吴玥注视着可非的眼睛，缓缓又坚定地说出："能和你再这样子聊聊天，我也真的很开心。"

后面讲了一些什么吴玥已经记不清了，自己给自己的担子已经放下，这一刻觉得无比轻松。

晚自习回家后吴玥在房间里复习明天的考试科目，后边的居民楼也在今年搬进来几家住户，据说也是为了方便小孩读书，于是这个时候往窗外一看不再是漆黑一片。

"玥玥，"母亲敲着她的房间门，"快十二点了，别熬到那么晚，早点睡。"

这就是母亲呀。

"好的，我看完这道例题就去睡觉，你也早点休息。"吴玥画完例题中的关键词，其实她还在等牙牙的出现，她有预感，消失快两个月的小胖子会在今晚出现。

果然在她合起书准备躺下的时候又出现了。

"可非她没有怪我。"迫不及待与它分享。

"我早就说她不会怪你的，你们都是善良的好孩子，嘻嘻。"那软萌的声音又响起，"对啦。"

"怎么了？"吴玥自诩预感过人，现在她似乎讨厌自己接下来会发生什么的预感。

"我要走了，这次不会再回来了。"小胖牙声音不再清脆。

"哦。"吴玥只能想到这个字回复。

"谢谢你给我讲那么多故事，还有呀，"难为情说道，"我之前说拔掉智齿记忆力会变差是骗你的。"闭上双眼，准备接受吴玥的炮轰。

只是预想中的情况并没有发生。"嗯，我知道，还有也谢谢你愿意听我讲我的故事。"

"那我走了。"它没有说再见。

吴玥紧紧闭着眼睛忍住酸涩，说"再见"心里默念着我不想再也不见。

六

吴玥仿佛做了一个很美的梦，她又问颂音，你相信有守护神吗？颂音只是给她白眼，指着黑边黑板上大大的倒计时，顺便提醒她离高考还有三天，过了这几天，有多少神话故事随她看，只是现在要忍住。

也许自己真的可以在神话中找到智齿的守护神，这是吴玥自己的秘密。

高考那天万里无云，天空湛蓝得照入人的内心。可非在四楼考试，而颂音与自己在同一层楼。

"我说你还要等到什么时候。"看着来来往往的考生，面孔中很难找到一个熟脸，站在楼梯口的颂音有些不耐烦。

"我就想在可非进考场前给她一次鼓励啦。"吴玥说完对颂音做出"拜托"的姿势便看到刚上到四楼的可非，走过去张开双臂拥抱她，可非看着她的样子也及时张开臂膀。吴玥在她耳旁说道："亲爱的，加油！"

可非回应："嗯！"下巴点在她肩膀上，"你也加油！"

颂音就抱着手臂看着她们俩，吴玥挥手向可非告别，也转身突然抱住颂音："亲爱的同桌，你要加油！"

一时没来得及反应的颂音僵硬回答："你也是。"还没来得及煽情便被吴玥拖着走上五楼，颂音走向更里边的教室，吴玥就在门口等待扫描中看着颂音往里边走，也看到了俞越站在那里同颂音一样等待扫描，不自觉就朝俞越大声说出口："俞越，高考加油！"

俞越看向声源处，准备回应，只是轮到他被金属探测仪扫描，没来得及说上话，只能用微笑示意。

吴玥进场后坐在靠窗的位置，这里真是个好地方，她想。

这是一场考试，然而这又不是一场考试，试卷发下来那刻，内心无比平静。检查试卷是否缺漏页，拿起笔开始做题，填涂答题卡，再检查一遍。

最后一场考试在检查完第二遍英语填涂的答题卡后，她又望向窗外，只是当收卷铃声响起，在监考老师驱赶出去时她眼神仍旧没有离开窗外，直到到了走廊上再没有看到格子衬衫的少年经过她的窗前，她的高中就这样子结束了。

吴玥在翻遍各式各样的神话故事，用了各种各样的搜索引擎后，仍旧没有找到有关智齿有守护神的信息。

直到反应过来七月到了，吴玥要母亲陪她逛街买衣服，挽着妈妈的手走在步行街上，步入一家卖年纪偏大一点的女装店，看着母亲疑惑的模样，吴玥对妈妈说，今天由我来打扮你，虽然这是花你的钱。

吴玥挑了一条与那张照片上裙子最相似的裙子给妈妈，此刻妈妈竟有些羞涩地笑道："我这个年纪怎么好意思穿裙子啊。"

吴玥回答："我妈妈永远是最年轻的模样，我说了今天由我打扮你。"

母亲接过裙子，看了价格标签，才走进更衣室。

吴玥在更衣室门口等待妈妈出来，希望自己是第一个被惊艳到的人。在以为妈妈快要出来时吴玥却被更衣室的妈妈告知裙子太紧，连拉链都拉不上。

吴玥忘记了，这么些年，母亲的身躯早变得臃肿。

等妈妈出来吴玥固执地又找来几条裙子要妈妈换上，妈妈拉着她的手走出那家店。最后妈妈买的并不是裙子，只是她穿上这套衣服那样一看，发现妈妈并不是会消失在人海中。即使不穿裙子了，也别有味道，那是岁月的沉淀。反而是吴玥，妈妈给她挑了一套白裙子，穿上那刻，就像是看到照片上的妈妈。

吴玥突然间想通了，自己既然不再固执想要再看一次妈妈穿上白裙子的样子，又何必依旧固执想要知道有关智齿的守护神是否存在这个世界上。智齿拥有守护神，自己何尝又没有呢，他们以特殊的形式出现在自己的生命里，妈妈，颂音，可非，俞越……正是这些人伴随着自己成长。

以后每次想起曾经有过那么一段不可思议的故事发生在自己身上会是多么美好的回忆。

子夜

一、空织无经纬，求匹自难理

夏风穿过弄堂，蚕房中响起阵阵沙沙声，这窗外的蝉呀知了知了叫个没停，离晌午还有大半个日头，织坊里的两个织女脚踏着纺车，手上下拨动丝线。只见两个织女一人上身着浅绿色对襟襦衫，下身着几何图案花纹裙，腰间用一块白色帛带系扎，发髻随意用一钗子盘住，真可谓是"细腰宜窄衣，长钗巧挟鬓"。而另一织女身披粉色广袖短襦，长裙曳地，随着踏车动作裙摆上下流动，可惜灼灼春光已过，让人忍不住认为她要与桃花争艳。

这绿衣女子名为子夜，乃是吴郡城内诗书人家之女，家庭虽富足，但父母要求严格，女子该要学会的手工活一样都没落下。而这粉衣女子唤采宁，也是生于书香门第。只见纺机上子夜织的锦缎简单大方，采宁的可是纷繁复杂。

说起来她们相识倒也简单，子夜方过及笄之年，三月三的上巳节去姑苏山上踏青，大好春光，杜鹃在翠竹里啼叫，冬日里盛开的寒梅树如今长着郁郁青青的小叶，梅林两旁的石径路的细缝中泥土更见红艳，让子夜怀疑那是红梅染的。当然更多人只是穿过这片梅林，目的地是那半山腰盛开的桃花，这美景引得无数及笄女子和束冠的男子来到这里。观赏春光这倒是其次，重要的是为觅得良人，男女之间在这郊外看对眼了直接许下秦晋之好的也不在少数。

　　子夜就是在这场春光宴上认识的采宁，那日采宁着浅粉色春衫，广袖流裙，可谓是要把这桃花压下，让人以为仙子下凡。奈何这广袖流裙在这桃花林中行走不便，且采宁为采摘一支枝头的桃花，不小心把这裙子划破，一时尴尬无比，随从的仆人中无一人带有其他衫子，刚刚她把一干女子风头压下，这时都等着看她出丑。子夜刚好让仆人带着披风，为防这乍寒乍暖的天气，便借予采宁。这雪中送炭人少，采宁有感于子夜的帮助，对她投去感激的眼神。子夜倒是没想到这小小的无心之举，竟让两个以前无交集的女子走在一块。

　　日后采宁去子夜家寻她日益勤快，她俩同样家学渊源，认同那《周易》上"同心之言，其臭如兰"，采宁家中只有两位兄长，便提议学习那义结金兰的做法。子夜本想拒绝，考虑到自己上有一位长兄，下无姊妹，略微思索也便同意。

　　只是这日后两人越深入接触，这分歧也就越大。

　　子夜喜静，采宁爱闹。子夜简单，采宁繁杂。子夜对那良人要求是相互欢喜，不求那甚的大富大贵，采宁先是爱那富贵荣华。

这子夜看似素雅安静，性格倒也是果决，这段时间愈发觉得那采宁与自己不是一路人，硌硬着自己也不舒服，一直寻找着恰当的时机好把两人关系挑断。

子夜看着采宁花团锦簇的锦缎，再看自己锦缎的素雅纹路，连合织匹布帛都难，如何成双继续友谊。自己布帛已经织好，便停下动作："采宁，我有一事和你相说。"

"什么？"采宁这块锦缎也将完工。

子夜硬下心肠，拿起手边利剪，划破自己刚织好的素锦，采宁惊呼："你这是做什么。"

子夜把腹稿言出："有感于你我实在差异太大，这金兰怕是没法继续下去，汉末有管宁割席，现有我子夜划锦断义，我们以后还是不要来往了。"

采宁脸色大变，顿时怒火中烧。"好啊，好啊，好啊，"连续感叹数声，"既然你自比管宁，又为何让陆公子做那求取名禄之事。"说罢拂袖而去。

子夜一震，无言地看着采宁织机上炫彩夺目的布匹。

二、侬作北辰星，千年无转移

子夜初识陆玑公子也是在那去年的上巳节，夹道上相逢，她与同游的公子让路，谢过他的时候，作揖抬眸对他的匆匆一瞥。

两个月后五月五的端午，子夜和家中丫鬟去平江河上祭祀屈子，筐中青粽悉数入水后，准备返回。不料甫一上岸，便被一青衣丫鬟见礼，"小姐，我家公子邀请你到上边凉亭一聚"，嘴角挂着浅笑。

子夜往那斜上方一看，正是那日姑苏山上让路的公子，今日那公子身穿白色大袖长衫，头戴小冠，站在那凉亭里自有一番丰神俊朗。那公子见子夜看过去，双手合起低头作揖。

子夜见他招呼也打了，自己再拒绝也不大好，且江南民风开放，又值此佳节，男女相会也是常有的事情。况又有小厮仆人在场，去相见一番也无妨。

入得凉亭，公子又是一番见礼，随后自我介绍一番："在下名陆玑，字士璇，扬州人士，自小便仰慕姑苏风土人情，自及冠后往姑苏游历，日前暂住于姑父家中。"

子夜回礼后言道："小女名唤子夜，城内徐家女。"说罢抿唇一笑。

陆玑听完，左手轻撩广袖，右手拿起桌上酒壶倒入酒觞中，一边介绍："此乃端午常见的雄黄酒，用来祛除夏日邪气，不知小生是否有幸邀子夜姑娘共饮一杯？"

"公子邀请，哪有不从之礼。"接过陆玑递上的雄黄酒，一杯入喉，苦辛的味道有些呛鼻。

陆公子也将雄黄酒一饮而尽："不瞒小姐，士璇自上巳节遇见便有意于你。"

"你……"子夜脸皮薄，听到这话便想离去，望去周边的丫鬟仆人都不见了。

"子夜小姐是我唐突了，只是希望你能听小生一言。"说罢又作揖。

子夜听此，便安静坐在石凳上，只是脸上两团红云出卖了她。

"桃花林里初相见，士璇有感于姑娘的一颦一笑的魅力，但是子并非那浅薄之人，子夜姑娘将一披风予另一女子，将她解救于尴尬之中，"陆公子稍作停顿，看了一眼面前的姑娘，"《论语》有一言，子夏问孔子'巧笑倩兮，美目盼兮，素以为绚兮，何谓也？'子曰：'绘事后素。'想必子夜姑娘便是这种人。"

这酒怎么后劲这么大，子夜想，不然为何脸颊如此发烫。可以说子夜先也是有被陆玑那浓眉大眼的五官吸引，身形挺拔，颇有茂林修竹之感，才会答应在凉亭一会，没想到他与一般男子还是不一样，又怎不让自己心生欢喜，尤其是那"绘事后素"，更深得己心。

子夜向陆玑略微低头："公子谬赞，侬惶恐。"那声音可是夹杂着小女儿的欢喜。

陆玑接着讲道："只是与小姐只有那夹道上短短交集，未曾料到再次相见竟然是两月之后，士璇打听到你是徐家女儿，且尚未婚配。常于你家后院徘徊，望能再见小姐一面以慰相思之苦，可始终未得与小姐相见。"说罢自己倒有些羞赧。

这下子夜可真是闹了个大红脸，见到丫鬟回来，站在凉亭外踯躅，"你这个登徒子"。将稍作掩面的衣袖用力一拂，怒嗔陆玑，立身而起，快步离开这凉亭。

可是陆玑看来她这眼波里流转的可是满满情意，没阻拦要离去的子夜，看着她远去的背影，不由得大笑，又倒下雄黄酒而饮。

子夜回去途中将丫鬟训斥一顿，又要她们不许告知府上任何一人。

自端午来，子夜在这两天夜里辗转难眠，想到那陆公子也许就在自家后院墙外徘徊，那胸膛处更是扑通扑通跳个没停。时常那念头想起，要不就去后院偷偷看一下那陆公子是不是真在那，可是女儿又怕得邻里说闲话，定会惹得爹爹娘亲大怒，得费好大心思才把那不该有的念头压下。

今夜实在燥热难安，那去后院看看的念头一浮起，就怎样都压不下去，等到反应过来自己已经披起薄衫来到后院小门处，靠在木门上附耳倾听，似乎真有那木屐的踏步声，配合那胸膛处传来的"咚咚"声响，冲动之下把门扉打开。

子夜见陆公子顺着墙角踏步，他闻得声音望去，眸子里迸发出欣喜，朦胧的月光下，衬得明目比天上的星子还亮。

在陆玑看来，子夜那双美目也是欲说还休，小巧的躯体被春衫
包裹，更显无限娇怜，不知怎么的竟上前去拥住她。

自那日后两人达成心照不宣的默契，子夜趁家中父母仆人安歇
后偷偷从后院出门。

这段时日里陆玑陪着她，迎暗扑流萤，乘月采芙蓉。

气清明月朗，夜与郎共嬉。

黄柏林前，子夜将那披肩丝发屈伸在陆玑身上，听他讲起扬州
府的风土人情，谈起异人志略，如此也不曾觉夜里酷热难熬。

夜夜幽会，多段时日定会惹得子夜爹娘兄长怀疑，幸好采宁与
子夜来往得日益频繁，这女儿家还是更懂女儿家的心事，子夜向她
一诉，采宁倒也愿意帮她做掩护，常常白日邀请子夜出玩。

子夜与陆玑相会愈发如鱼得水。

朝登凉台，夕宿兰池。

朱口发歌，玉指弄弦。

伸手采莲，依依相偎。

子夜更是巧笑倩两犀，美目扬双蛾。

子夜与陆玑频繁的相会被邻里瞥见，子夜父母自然大怒，料想
到定是采宁帮她掩护。纵使江南民风开放，闺中女子声誉还是颇为
重要，于是对子夜出门加以规限，采宁只能入府中与她相见。

这素尺锦帛怎能解相思之情，感觉日子过得再漫长那仲秋也

至，只见庭院中梧桐叶将落尽，剩余梧桐子还挂在枝头，只愿这苍天可怜，让它无霜雪困扰，那梧子也就可以留千年。

半月后梧桐只剩枝干，一场霜雪裹在梧子上。

是夜，子夜父母与她长谈，途经庭院，月凉如水，父亲的言语还响应于脑海，他希望自己能嫁到官宦人家。父亲生不逢时，求取功名之时正逢永嘉之乱，后心思转换追求老庄之学，所以也对子夜不多做约束，即使与陆公子私下相会也未及大怒。但毕竟不是纯粹道家人物，儒家那份济世安民的情怀还在，这晋王朝南迁，要站稳根基还靠世家扶持，这世家都在招纳幕僚人才。恨哀吾衰矣，这是父亲的不甘，但兄长无入仕之才，不能承愿。

母亲的体己话也是令自己深思："我知道你现在与那陆公子交好，母亲也无意做那破坏女儿爱情的人，只是我们对那陆公子不甚了解，只知他是扬州人士，来我们姑苏游历。囡儿你是个伶俐的人儿，切勿被那爱情冲昏头脑。"

抬头看那北辰星，依旧在朔方不曾改变位置。看着后院门庭处，想起今日采宁入府告知自己，士璇今夜将在后院处与自己相见一面，如今因为父母耽搁时间，不知他是否仍在。

一个多月未曾相见，夜中辗转反侧，思念入髓，陆玑的音容笑貌在脑海中描绘无数次。思及此，直接奔赴后门。气候是越来越冷，胸腔仍如夏口那晚灼热，不，是更热。

果然，陆玑还在冷冽的月光下候着自己。陆玑抒发着对子夜的思念，子夜亦是。思念尚未散尽，离别却已经升起。

陆玑道："我及冠之年外出游历，如今时日过去大半年光阴，纵然有万般不舍，三日后却也得回去。"他感受到怀中的子夜身子一僵，"莫怕，我陆玑不是那负心之人，待我回去，便道与父母你我之事，遣媒人前来提亲，只是……"

"只是什么？"子夜唯恐有变。

"父亲希望我明年入得仕途，那么我们定无时间成亲，不知你可否答应等我两年，我仕途稳定后定将你风光娶进陆家。"陆玑解释，"只是要你等待两年……"

子夜打断陆玑的话："侬作北辰星，千年无转移。"

三、摛门不安横，无复相关意

子夜将陆玑求娶她的事情告知母亲，并告诉她陆玑即将入仕途，子夜的母亲也曾多方打听，得知陆家在扬州也说得上是大户，听闻陆玑品行上佳。女儿这么一说，和夫君商量一番，也算是默认这门亲事，也没阻拦女儿对陆玑的送别。

离别清晨，吴郡城外，长亭边。除去陆玑姑父家的表弟，此番送行的还有陈家公子，据士璇说他们相识于上巳节，互相倾慕对方文采，于吴郡内，张公子对他多有照拂。

说起张公子，他名景行，在吴郡也被传为美谈。他乃吴郡太守的长子，丝毫没有官宦陋习，为人美姿仪，低调谦逊，虚怀若谷，教过他的名师都对他赞不绝口，倒是没有辜负"高山仰止，景行行止"之名。十七岁时候建议父亲疏通吴郡的年久失修的河道，那年邻近的郡县夏日都不同程度涨水受灾，而吴郡安然无恙，一时让他名声大噪，子夜还记得那年与他有过一面之缘呢。还未及冠，府上的门槛都快被喜娘踏破，只是一直没有传来他和哪家姑娘定亲的消息。每年踏春之时，引得姑娘频频相顾，都不为所动。

"多谢有棋兄对士璇的照顾，它日你到扬州府我定当尽地主之谊，我们明年建康相会再叙。"陆玑向张公子深深作揖。

张公子也回礼深深作揖："有棋与陆兄交往学习良多，可惜时日不多，只能明年再与之清谈。"

告别完毕他们一行人倒是留出空间让子夜与陆玑共处，一些情话和誓言他们早已说完，子夜只是对陆玑道："趁现在年少，千万勿蹉跎度日，白白耽误许多光阴，否则便像那霜下之草。此番远去，侬不求君能如何富贵，只求君千万珍重，顾惜体魄。"

陆玑再次被子夜折服："定不负吾妻意。"

冬日别离，来年二月二陆家遣来的媒人果然上门，交换庚帖，下聘礼，还带着陆玑交予子夜的布帛，布帛只是陆玑写下的琐碎之事，子夜看了也无限甜蜜，便写予一封回信，也是日常琐事。

布帛倒是为子夜解一番相思之情。

话说回来，子夜与采宁翻脸，夜中也在思索，她真的是华歆的话也不见得自己做得成管宁。想起采宁曾经帮助自己良多，内心又多几分煎熬，只是话已出口，料想采宁性子，两人算是彻底掰了，即使和好，也心生罅隙。这样安慰自己想着，也就昏沉睡去。

夏日漫漫，织坊只剩子夜一人，母亲还纳闷过为何采宁这段时间鲜少来往府中，子夜只好找个理由打发。子夜一人在纺机前拨动丝线，那魂魄早已经神游，她想也就是去年这光景，她和陆玑的一起游玩的场景还历历在目，仿若昨日。

除去陆玑年前遣媒人带来的锦书，他原本说好会在建康驿寄书信而来，六月芙蕖盛绽，仍未收到任何消息。"这不会暗生什么变故吧"，念头甫一想起，"哎呀"惊叫一声，是指头被针给刺着了。

这几日颇为心慌，又因相思恐日长。

陆玑又怎会是负心之人，书信未及时收到，许是路上耽搁。

七月流火，八月萑苇。母亲告知子夜采宁将要出嫁，她看出这两姐妹闹矛盾，两月没来往，女子出嫁后，怕是很难再见上一面。

子夜想起今年春日采宁红霞布满双颊，兴奋地与她说自己许配给建康一大户人家，还描绘往后的样子。没想到时日过得又快又漫长，她即将出嫁。心中踌躇，是否去见采宁一面，只怕是见面也相对无言，何况往后应无甚交集，又为何要在她大喜的日子给她添堵。

不日采宁出嫁，子夜在吴郡城墙处登高，默默看着采宁的红妆消失在原野。

又是一年立冬，子夜还未收到来自建康的书信。庭院的梧子没有熬过霜雪，坠落在地面，其心已经腐烂。天上的北辰星还在冬夜里发出明光，一直不变换位置。

在冬至时刻子夜终于等到陆家的来信，却没想到这是一封退婚书。先是客套云云，后直接言明陆玑已经和建康王姓世家的女子完婚，请徐家另觅佳婿。

父母虽气愤，但又偏爱女儿，考虑子夜心情，也未责怪子夜。子夜兄长倒是想去扬州陆家讨要说法，可女子名声终究重要，以后子夜再许人家怕是困难。

母亲和嫂嫂都来安慰子夜，要是寻常女子，早已是哭哭啼啼，可她只在初知道被退婚消息时眼眶通红，强忍眼泪，手中的罗帕在手中绞破。

白日里照常纺织，织坊中子夜常使用的织机已经有损坏，她照常放入丝线，只是如何也织不出成匹的丝绸，就像这本就品行不端的男子，即使付出再多真心也求不得完满。

子夜恨呐，夜中辗转不能眠，听得更鼓声阵阵。为何陆玑那负心人要来招惹自己，让自己生欢喜，如今又使自己肝肠寸断。想到他在建康城已和其他女子成婚，想起过去种种，让自己如何不恨，可是那又能怎样呢？

世间男子多薄情。

大雪节气到临，一年最寒的时刻也到来。徐家来了媒人，说是张太守给自己大儿子张景行求娶子夜。徐家父母本就担心退婚会影响女儿再嫁，却没想到女儿可以嫁去太守家，张公子相貌品行为上佳，可谓是再难有一番比这更完美的亲事了。

四、敢辞岁月久，但使逢春阳

婚姻本就是父母之命，媒妁之言，子夜之前的做法是越矩，如今还能遂父亲愿望嫁入官宦人家，那张公子不介意自己与陆玑的过往，自己又何生芥蒂，还不如大大方方接受。

两人的亲事就定在来年六月。

又是一年上巳节，子夜以准备嫁妆为由，推脱嫂子邀游之请。嫂子是吴郡本地女子，有着江南女子的温婉，不乏坚韧："好小姑，无人陪侬游玩，你今年就要去当别家新妇，怕是以后再也没机会喽。"

子夜不好拒绝，嫂子是去年入门，素日里也与自己关系好，这要求拒绝显得自己不近人情。

姑苏山上的梅林在春日里总是无人赏光，自己多次错过梅林精致。桃花依旧笑迎春风，赏花的妖童媛女换了一批。

嫂子穿过梅林，似乎发出感慨："已负梅约，莫负桃花。"说罢不等着自己先迈入桃花林中。

子夜企图追逐嫂子的步伐，却被眼前突然出现的人挡路："恳请徐小姐借一步说话。"原来是那张景行，他说罢深深作揖。

听闻大哥也与过张景行相交，看来这是大哥与嫂子早有预谋，子夜虽然与张景行订婚，除去前年冬日那面，两人即使下婚约后也未曾得见，如今看来这张公子，身量长了不少，脸上轮廓更加分明。

子夜不拘泥，落落大方同意。

"有棋谢姑娘肯与相见，你我两人虽订婚，但是一直无从得见姑娘。"凉亭落座后，张公子说道。

子夜微微一笑不知如何接话。

"是有棋唐突，有棋真心悦姑娘良久，真心想要与之百年好合，不曾介意子夜的过去。"说罢有些懊恼，意识到自己说错话。

子夜想到陆玑也和她说过要百年好合呢，三月后就要和面前男子成婚，而他知道自己与陆玑的过去还愿意娶自己。"愿与君百年好合。"她口不对心低头答道，做出害羞状，毕竟世间男子多薄情不是吗，男子誓言又可听进几分。

却未看到对面男子眼中迸发的欣喜。

三月后子夜嫁入张府，半年来子夜与夫君相敬如宾，侍奉公婆，协助婆婆将府中管理得井井有条，夫君已经开始入仕，正式帮助父亲管理郡中事宜。

　　她和夫君两人主动避开陆玑相关话题，子夜帮助夫君整理书房时也未曾见到他们的书信往来。冬日晚间，子夜帮助夫君研墨，有棋叫她在左案角找份公文给他，子夜翻找中看到夫君一封新盖着火漆的信件，寄往扬州陆家，从信封上看是给陆家老爷，也就是陆玑的父亲。

　　有棋见子夜看到信件，连忙将案角公文搬过，说道："公文太多，为夫还是自己翻寻，如今夜深，还请夫人先去歇息。"

　　子夜未曾多问，躺在床上，却又思索，为何有棋写信的是给陆玑父亲，若是托他父亲转交给陆玑，这不是多麻烦一趟，为何不直接写给建康城的陆玑，而写给陆玑的父亲。若这封信是对友人父亲的问候，为何又不见得有棋与陆玑有信件往来，难道是有棋一直和陆玑有书信往来，只是为避着自己。子夜承认，内心还是忘不了陆玑。

　　一夜无眠，同样的还有辗转反侧的夫君。

　　这件事情过去半月后，有棋对自己多有避让，她在晨起梳妆时，从铜镜中见他欲言又止，似乎对自己有话要说，且对她无往前那般亲密。"难道是因为陆家信件芥蒂我与陆玑的过去？"子夜想。这几日，颇为心思不宁，怕是自己对有棋产生男女之情罢了，竟然怕他会介意自己过去，又暗自警醒，男女之情碰不得，即使嫁予他，可还有《氓》中女子的前车之鉴。

　　然而一封建康的来信真的让子夜慌神，书信是嫁到建康的采宁寄来，她写道陆玑去年于金陵的时候因为风寒，转化为肺痨死去，他料想到自己与你许下千年无转移的誓言，怕你一时间想不开，更何况怕你承担克夫罪名，倒不如骗你自己负心娶其他女子，如此便会死心，且女子退婚名声损失总比克夫损失得小。

子夜一时无法相信这个事实，心中忐忑，一时竟然晕过去。梦中她重新经历两人在一起的场景，桃林初见，夏夜采芙，譬喻北辰，又想起有棋对陆玑的避而不谈，自己见到陆家书信时候的慌乱，心里开始相信采宁说的是真的。梦境变换，最后是陆玑向她告别，子夜伸手挽留，最后陆玑还是消失在她梦中，一时惊醒，看到她床头守着的有棋。

他一双眼睛饱含无数话语，子夜此刻多么希望听到他告诉自己采宁说的一切都是假的，而他告诉自己这都是真的，子夜将头侧往里头，眼中一颗颗珠子无声落下。

"我知道骗你是我的不是，可是我是真的心悦于你。不知道你记不记得，五年前吴郡大雨，我与你一面之缘，虽然河道疏通让吴郡免遭水患，但是难免一些贫苦人家房子被侵蚀，一些人家逃往城中，而我陪父亲视察的时候，看到你陪同父亲兄长亲自分发食物铜钱给他们，丝毫不像普通小姐一样嫌弃这些人脏乱，还给予安慰。后来我打听到你是徐家女儿，大雪寻梅，上巳踏春，我都有去，只为与你相识，即使我是一群男女中醒目的存在，可是你从未与我接近。后来与你长兄结交，借此机会多了解你，待你及笄，我及冠就遣媒人去你家提亲。"有棋停顿一番，"前年上巳节我相识陆兄，颇有志同道合之感，我俩一同见你解救采宁姑娘于尴尬之中，陆兄眼中对你颇为赞赏，夹道相逢他主动与你打招呼，而你未曾看到他旁边的我，后来你们交好，君子成人之美，我只能黯然退场。"

说完长话，他言语中也染上悲伤："我及冠后去建康游学，再见陆兄，原是他在扬州府赶赴建康途中感染风寒，未曾想到化为痨病，他知自己命不久矣，且他也知我心悦于你，便将你托付与我，我们原想瞒住你。陆兄父亲壮年失子，我与他互为知己，自然对他父亲多有照顾，那日我见你看到书信，本想告诉你关于陆兄始末，却不知如何开口，直到你看到采宁来信。我知你们曾许下诺言，如今夫妻半载，你也应知我心意，如今你有身孕，我希望我俩往后依旧两心如一。"说罢帮她掖好被角，走出房去。

子夜听完这番话，内心百感交集，手不禁轻轻抚摸小腹，心中虽悲痛难耐，心思却愈加明朗。

三年后，子夜于陆玑墓前，看着这里长躺的人，轻轻拂过墓碑，下辈子我愿再做北辰星。说罢离去牵起在小径等待她的有棋的手，对他细语："郎君，我们回去吧。"只听得张景行含笑回道："采宁从建康府来信了，说是祝贺你当上扬州府夫人呢，还要让自家女儿与我们家孩儿定娃娃亲呢。""哎呀，你不会是答应了吧，万一她那女儿性格像她那么盛，怕是到时候会和我这个婆婆不合呢。"她娇嗔，在张景行的搀扶下上了马车。

马车逐渐消失在山原中。

岁月辞去，春阳依旧，芳草萋萋，两心如一。

与你有关的波澜壮阔

一

大学寝室文化中最重要的环节绝对少不了卧谈会，我们聊起高中同学，向室友分享以前的生活经历，成为促进姐妹友情的良好催化剂。有一天晚上，彼此问起是否和高中同学还有联系，有没有记得的最特别的一个人。此时我已经大二，经过大一一年无拘无束的浪荡日子，和高中生活相比，如今早就像断线风筝，离以前控制我的那团线越来越远，高中的生活在如今看来是不可思议，居然能够熬过来。

当然如果要说那个最特别的人，一定有，她在我的联系列表，我们在彼此朋友圈发表着动态，心照不宣却没有一句问好，她大概是我贫瘠高中生活中遇到的最怪异的女孩。

别人的高中是三年，而我四年。她叫洛雨，是我高考复读期间遇到的女孩。在选择复读后，本来以为我的高四是平平淡淡在压抑与倒计时中度过，却没想到我的所有波澜壮阔都与她有关。

彼时，我刚来到一个新的学校，而且还以高考复读生的身份，难免会有些陌生不适应。还好我是个适应能力强的人，一两个礼拜习惯这里的生活节奏，当然时间也由不得我不去适应。只是因为基本上没有以前认识的同学，变得独来独往。

"那个陈见渝等等我。"我嘴里正吃着刚刚从食堂买出来的包子，听见后面有人叫我，一时顿住，把嘴中的包子赶紧咽下去，后面叫我的女生已经走到我的身边，一看是洛雨。我与她并不熟，正奇怪她找我做什么。

洛雨穿着一件黑色卫衣，黑色紧身裤，一头乌黑的头发披着，显得更加唇红齿白。而这样子的穿衣风格也显得她有点酷，还有点神秘。"我有话对你说，陈见渝我很喜欢你这种类型的女孩子，觉得你有才又低调，我希望我们可以成为朋友。"洛雨说道。

这是洛雨第一次和我说话，我们之前仅限于点头之交，见面微笑的类型，她说的话明显超出我的预期。在我还没有来得及回复她，甚至不知道怎么回复她的时候，她的话解除了我的困窘："那我先去教室背书了哦，回见。"

早自习课在恍恍惚惚中过去，我在想她为什么这样子夸我，唯一可能的是来自我的同桌晓叶，因为她们是室友，而且貌似关系不错，我只有和晓叶说起过曾经在某个知名作文比赛得过奖，以及发过·两篇文章。洛雨的话是我第一次被陌生人直白明显地赞美，但是不得不承认，这种感觉并不坏。

之后慢慢地与洛雨熟悉起来，下课后在走廊上望天的时候，我们遇上也会闲聊几句。当然本以为我们关系大概不温不火进行的时候，洛雨的同桌李莹先找上我。

二

李莹是来向我提出与她换座位的。我问为什么要换位置，她回答道："我们之间性格不大合得来，彼此都有些自我，所以遇上事情容易争吵，现在大家都没有时间来折腾。"

"可是你为什么来找我换呢？"我疑问。

"因为感觉你们关系比较好，"李莹答，"再加上洛雨说起可以向你提出换座位的。"

"那好吧，我想想。"其实我并不想换座位，但是不习惯拒绝人。

晚自习的课间，我在走廊望着月亮，临近中秋，而我已经将近一个月没有回家，第一次摸底考试出来，取得一个还不错的成绩，但是还不足以回家交差。这时候洛雨悄然走近，她穿着马丁靴踩出来的脚步声实在太好辨认。

"在想什么呢？"她靠近我的肩膀说道。

"我在看月亮啊，你看又是中秋，终于要回家了，一年前我想着这天本来应该是在某所大学看月亮想家，结果依旧是在中学里面看月亮。"我答。

"你看，大家不都一样吗，不止你一个人还在中学看月亮。对了，上午那个李莹叫你换座位的事情你考虑得怎么样啊。"

我猜到她来找我的缘故。"为什么要换呢？"我再次问重复的问题，"同桌之间有矛盾摩擦很正常吧。"

也许是夜晚太美。"我觉得你是那个能包容我的人啊。"她咧开嘴笑，露出左侧尖尖的小虎牙，诱惑着我下决定。于是我在笑容中迷失，恍惚间答应她的请求，也许是她真的有魔法，让我想靠近她，接受她身上的一往无前的勇气。

经过我与李莹的协商，向班主任提出换位置的要求，很快得到了应允，本以为高四生活安安静静继续进行的时候，生活又出现变故。这次可以说得上不大不小的麻烦，来源于我与室友。高四我离开家，第一次开始住宿生活，因为作息时间不同，加上我不熟悉如何在宿舍与人相处，将个人物品放在公共空间，室友们不提出来，缺乏沟通，最终与一个作为寝室长的室友爆发冲突。

寝室长晚上睡觉早，而且睡眠浅，而我是夜猫子，外加有时候不注意弄出小小的动静都会将她吵醒，而她没有和我说。一次忘记把桌子上的垃圾带走不小心弄到她的桌子上，她积攒的所有不满找到了宣泄口，突然间对我发火，我一脸无辜，不知道为什么遗留下的垃圾会惹得寝室长王茗如此生气。

毕竟我们还要在一个寝室待完将近儿个月，如果我们关系不好势必影响心情，会对成绩产生影响，我选择向王茗道歉，但是她在气头上，拒绝与我对话。我内心忐忑，是第一次遇见这种情况，害怕闹得寝室关系不和谐，甚至担心传出关于自己不好的言语。我之前向来独来独往，与寝室里的人关系并非紧密，当时唯一听我诉说的只有洛雨。洛雨叫我先去道歉，她说毕竟是你不对在先，然后再去问和王茗关系很好的室友李梨，看看她为什么发那么大的火，一份小小的垃圾不足以产生这样大的矛盾，你们之间一定还有其他问题。

洛雨说完便和后桌路子星嬉笑打闹起来，而我隐隐约约觉得，他们的关系不大一样。从第一天坐到这边开始，看到路子星给她带早餐，而且吃晚餐的时候他们偶尔一起去，但是我们目前关系没有到合适问她私密问题的程度。

因为王茗和我吵架的缘故，李梨与我的关系冷淡下来，大概这种会因为和其中一个人吵架，进而影响对方与彼此之间朋友的关系不仅仅存在于小学初中，即使快成年的我们，也无法从这个怪异圈子中逃出去。

从李梨的讲述中我才知道王茗对我积怨已久，而我也向她受我打扰而道歉。"不要和我说，我睡得比你晚，打扰不到我，你去和王茗说吧。"王茗依旧拒绝沟通，我在寝室中多次向她道歉，并保证以后会多次注意。她也装作没听见，我们的关系一度成为寝室最尴尬的存在。

三

当我后续告诉洛雨的时候，洛雨似乎通过我脸上的表情看透我心中的纠结："既然她不理你就算了，你也已经真诚地道歉了，而她不接受拒绝沟通，没必要一直等她的回话。"她扶住我的双肩，眼睛看向我，"你只需要把之前错误的改正就行，不可能每个人都会喜欢你，记得做好你自己。"

这个时候我似乎看到快意恩仇仗剑走天涯的侠女，她活得肆意潇洒，不会要求自己得到每个人的称赞，但是她做自己。做自己，多么美好的一个词，而我看似开朗大方的性格下，掩饰着胆小怯懦，我害怕得罪每个人，也不敢宣泄出自己的情感，最后把自己搞得伤痕累累。

"我真的好羡慕你可以这么坦然，好喜欢你啊！"我向来羞怯于表达自己的情感，大概是洛雨给我的勇气，让我可以说出心底的想法。

"哈哈哈，我知道我很酷啦，又撩到一个小迷妹。"洛雨从书中抬起头，"我和你说，在以前的高中我可是大姐大，罩着我的朋友，不过不要以为我是那种无理取闹的人啊，但是我在高中确实很酷。"她示意我低下头："我和你说，之前我在卫生间的时候，听到一群女学生，在说我朋友的坏话啊，而且还是虚构不真实的，然后那群人我认识，她们不爽学校的一个所谓的坏男生团体和我关系那么好，不服气就乱说话，不敢得罪我，就说我那个胆子小的朋友。然后我和我的朋友们下课后去堵她们，当然没有打架，只是吓她们不要乱说话，然后她们就尿了。既然会怕，那就不要乱说别人的坏话，要知道做错事总会有后果的。"

晚上母亲给我打电话，向我询问学习生活的情况，她的话永远只有那么几句，从来不能与她如同姐妹一样分享秘密。"你和室友关系还好吧？""挺好的。"我答。"不要吵架惹事啊，遇到事情多忍忍。"她在絮叨一堆，以前我会回答"嗯嗯，哦哦，好的，知道了，是的"，但今晚却不想继续敷衍："我要去洗漱，等下没时间了。"找个借口挂掉电话。

距离与洛雨深层次聊天过去没几天，她突然愁眉苦脸趴在桌子上。我在进教室前，看到路子星拍她肩膀，问她怎么了，但是被她甩开说出不要你管。路子星向我求助，想让我询问洛雨到底怎么了。我与洛雨做同桌十多天后，差不多是国庆假期结束回来，明显觉得洛雨在疏远路子星，但现在不是深究他们关系的时候，而是弄清楚洛雨为什么伤心。

洛雨没有拒绝我的询问。她娓娓道来：之前高中有个比她小一届的学妹，如今读高三，因为家庭突然发生变故，高考报名费现在都缴不清，学校知道她家情况已经减免学费，但是高考总复习需要使用的资料书上千元，而她家现在还负债十多万，这种情况下，她都想要辍学。

"你知道吗见渝，"她严肃起来的时候，喜欢扶正我的肩膀，让我正视她那双乌黑又深邃的眸子，"没有底线的善良是最大的恶，她家庭本来也是幸福美满的，但是他的爸爸为了所谓的朋友义气，把他家的房子帮一个借高利贷的朋友做担保，还给所谓的朋友签借款借条，现在他爸所谓的朋友跑路了，他爸现在成为高利贷讨债的对象，不仅家里的房子没了，钱没了，现在还倒欠十多万，我学妹还有她弟弟上学成了问题，而她的妈妈濒临崩溃。"

洛雨继续说道："我不反对讲义气，但是得根据具体情况，首先她爸爸帮助的那个人，本身品德不够好，再次他爸爸做事情没有考虑后果，把家庭所有财产拿去帮助所谓的哥们，丝毫没有顾老婆子女的意见，为他们着想过。"

我赞成洛雨的说法。"那现在最重要的是怎么办，你学妹现在的书本费和高考报考费现在这么着急。"我问道，心中也十分心疼她学妹的遭遇。

"我自己现在还有600左右，然后我去找我表哥要600，这样子就差不多。"洛雨说，"只是接下来这段时间要省着点花钱。"

经过这几次的事情，洛雨的形象在我脑海里渐渐清晰丰满，而我有感于她的善良，但是确实有选择的，也不盲目讲义气。在她面前我感到羞愧，我的银行卡中有之前挣的稿费，而我却吝啬于对她说我可以先借一些给你资助学妹，因为我害怕她还不起。我有太多的考量与思索，所以永远无法像洛雨那样干脆果决。

四

不久后洛雨收到一封明信片，她说是学妹寄给她的，感谢她的帮助。

"我能看一下吗？我不看内容，就是看邮戳。"我向她解释我有收集各地邮戳的爱好，喜欢看各地邮政局邮戳的图案。

"啊，这样子啊，"洛雨仍然低着头，就像刚刚和我说起收到明信片不经意提起的模样，"她给我寄到家里了。"

我虽然有疑惑但是没有再问及，洛雨应该是不想给我看，因为她明明前段时间问我写信的格式，她要亲笔写信去鼓励学妹，并且告诉我学妹会给她回信。

而这段日子，洛雨和路子星的关系极度恶化。之前路子星问我洛雨为什么难过，洛雨制止我告诉他，之后洛雨对路子星更加爱理不理。

"你能不能不要再纠缠我？"洛雨对着路子星说道，此时下午下课后的教室空无一人，都赶着去食堂吃饭，而我尴尬等着洛雨。

"可是我总是要知道原因，我做错什么了，你对我不像之前那样。"路子星穷追不舍。

洛雨看着他："我之前对你怎样？"

"我们不是在一起了吗？"路子星嗫嚅说着。

"我什么时候和你在一起了？和你多说几次话，和你吃几次饭就是在一起？你知道我最讨厌你什么样子吗？就是现在懦弱不敢直面我，我都这样子对你了，你连话都不敢大声说，不够果敢断绝，又喜欢穷追不舍的样子。"说完讽刺一笑，"你知道吗？还有好好读书吧。"就拉着我去吃饭。

吃饭的时候我心不在焉，我害怕洛雨知道我也是一个懦弱的人，更害怕她会像对路子星一样对我。

"没心情吃饭了啊？"洛雨看着我，"是不是被我吓到了？放心我不是那种随便发火的人，我之前喜欢和他玩而已，已经说了不喜欢和他玩后，还这样子纠缠，真的一点意思都没有。"

虽然洛雨的安慰并没有让我好起来，而我也知道洛雨的一个秘密，试图理解她对路子星的反常。她离家近，每周回家，一次回家后，她把弟弟的照片发在朋友圈，来学校后，我对她提及："你的弟弟好可爱，我以为你是独生女呢。"

"对啊，而且他还超级黏我，这次来学校的时候他还拦着不让我来，要不是阿姨抱住她，我都来不了。"她虽然抱怨，但是挡不住甜蜜，看得出和弟弟关系很好。

"阿姨？"我奇怪的关注点，"为什么不是你妈妈拦住，难道是家里的保姆吗？"

"我后妈啦。"她轻描淡写略过。

我有撞破别人秘密的难堪，特别是之前的教育告诉我要顾忌离异家庭敏感孩子的心理，立马道歉："不好意思啊洛雨，我不知道。"

"啊，没关系，我都习惯了。"洛雨开始收拾书桌。

我仍然不知好歹追问："习惯什么？"

洛雨长吁一口气："就是每当有朋友同学知道我是单亲家庭的孩子之后，都要和我道歉，这个有什么好对不起的，我后妈对我还是蛮好的，我亲妈即使重组了家庭，依旧对我很不错啊，虽然确实他们离婚让我不相信爱情。"

那么洛雨对待路子星应该仅仅是因为所谓的感情，所以才会对他冷淡乃至发脾气，洛雨说她不相信爱情，我又想起她曾经说过之前高中交的所谓男朋友，也只是玩玩而已，她追求的是那种新鲜感觉，而不是要在一起，一旦对方表现出来要和她长久交往下去，洛雨就会拒绝。

自我安慰的我相信着洛雨不会这样子对我，而且之前与室友的矛盾危机已经解决，王茗主动和我谈话，也道歉之前态度不够良好，大家约定如果彼此做得不对的地方要说出来，不要把不满藏在心里，我们的寝室的关系反而比起以前更加友好。如果不是洛雨，我应该不能很好解决这次寝室危机。

我身边的一切似乎都在变得好起来，然而真是"长恨人心不如水，等闲平地起波澜"，像墨菲定律一般，越害怕的越会发生，洛雨终于与我发生冲突。

五

如同她之前对路子星一般，她迅速对我冷淡下来，虽然我感知她的变化，而我先前以为她心情不好，前两天便没有问及，直到第三天的时候，反而是洛雨主动挑起："没想到你也是懦弱的人？"她突然说出这话。

我停下手中写字的笔："什么？"

"你不是好奇我为什么对你这么冷淡嘛？你为什么不直接问呢？是不是害怕了？"洛雨三个问题甩下来。

而我感到恐惧，洛雨她似乎能够读懂我的一切，包括那个胆小懦弱我一直不敢正视的自己，如同扯去我的遮羞布，除开她主动提及的相关事情，而我对她内心却一无所知。

"哪有，"我强装镇定，激烈跳动的心却出卖了我，"我这几天以为你心情不好。"

"哧："她不屑一笑，"我就不相信你感受不出来我是真的心情不好还是仅仅对你冷淡，既然你装作不知道，那我就明着和你说，我发现欸，陈见渝，你一点都改不了。"

"什么？"这个时候我真的疑惑。

"懦弱啊，你看，之前你室友的事情想要当和事佬，不敢说出自己想说的话。然后路子星的事情，你不想得罪他，然后就夹杂在他和我之间为难，还有现在，明明很生气却不敢对我发火，我这样

子你认为的对你莫名其妙的态度，你不应该生气吗？"她质问，
"陈见渝，你为什么不生气？"

"你真的是莫名其妙，我就当你心情不好。"我松开拳，重新
拿起笔写作业，只是杂乱的心绪，比以往粗重的呼吸声音，还有略
微颤抖的笔，无不显示着我现在很生气。

洛雨还在说："我就说嘛，性格这种东西怎么可能改变呢。"

晚自习洛雨没有来，我看着她空荡荡的座位，心情一时难以言
喻，后面的路子星和她早已经成为陌路，而他见证着早上洛雨对我
发火的经过，他对我略表同情："你看，她就是这个样子，我觉得
她是不是有问题，这种人还是和她少接触。"他说。

我没有答话，静静写着老师布置下来写不完的作业，而我确实
不能再花心思在这些乱七八糟的地方。

第二天早上，洛雨出现，主动微笑和我打招呼，如同往常一
样，看着她熟悉又陌生的样子，我心中的裂痕已经张开，而我似乎
也不能像之前一样同她相处，但是一时间难以适应，照样会关心
她，问她昨晚去哪儿啦。

"我回家了啊，我爸和我说申请的奥克兰大学回信函了，大概
过几天就可以到。"边说边拿出要背诵的英语单词。

"奥克兰大学？"我想起曾经学起的地理，奥克兰是远在南半
球的新西兰最大的城市，容易被误听为国产空调叫奥克斯的牌子，
除此我对这个大学一无所知，"是在新西兰吗？如果通过的话，你

是到时候直接去新西兰吗？"我问道。

那个时候留学对我来说，遥不可及，钦佩以及羡慕。

"嗯，是，然后我爸说去那里学语言，先学一年预科，再正式上大学。"她声音忽然低沉，"不过我也可能没通过，因为我是用高考成绩申请的，对英语有要求到120分，而我高考英语差2分。"

"我相信你可以通过申请的。"朝她做一个加油的姿势，开始自己的背书。

我在下课后，偷偷去厕所把关机的手机打开，去查询和这个大学相关的信息。奥克兰大学是新西兰最负盛名的大学也是历史最悠久的大学，校园建筑呈现哥特式风格，如同欧洲中世纪古堡，它真的离我太遥远，不是我可以想象的。

几天后早上，洛雨遗憾地告诉我她被拒绝了，没有通过奥克兰大学的申请。而我对她安慰几番，说着相信她可以考个更好的大学，但这却使我内心深处隐约升起开心，我开心她没有通过申请，然而出于道德的谴责让我不能开心起来。

但我好奇奥克兰大学拒绝信的回复。"拒绝信是怎么写的啊？为什么拒绝你？"

"拒绝信能怎么写，不都是那个样子吗，对你一顿猛夸说你怎么样怎么样，但是很遗憾你还是没有被录取，外国那些大学都是那样子套路写的拒绝信。"洛雨显然不想多说。

确实被拒绝谁的心情都会不好，可是一般申请大学不可能只有一个，洛雨说过是中介帮忙申请，难道中介会那么傻只帮忙填写一个学校吗？

"没关系，奥克兰大学拒绝你，你应该还有申请别的学校吧，总有学校能够通过申请的。"我安慰道。洛雨看似无所谓地回复："我只申请了奥克兰大学，中介也说我太冒险，可是我就是只喜欢这个学校。"我一时无言以对。

一个礼拜后，洛雨突然对我发火，如同第一次那样，然而第二天又会当成没事人似的，反反复复几次，她心中被我树立起来的形象，裂痕越来越大。而洛雨近似神经一样的发火，让我产生厌恶，我也要离这个人越来越远。转机是发生在班主任提出要给全班按照成绩自己选座位。我这段时间因为与洛雨的关系心力交瘁，成绩自然而然受到影响。

此时我已经和寝室其中一个室友张映玩得很好，我向她提出当自己的同桌，虽然班上按照成绩选择座位，其实有相当一部分人找好自己的同桌再去选位置。

洛雨问我："你准备换座位吗？"

我握笔的手没有放下来，此刻坚定有力："是的。"

"陈见渝，你不要想摆脱我。"洛雨突然狠狠说道。

我抬起头，望着她，难以置信，但害怕她的纠缠，想着如何应付接下来要对她说什么。

"哈哈哈，"洛雨先笑了，"我和你开玩笑的，瞧你那囧样。

确实换座位也好，这段时间我确实做得不太对，那个不好意思啊。"

一瞬间，我以为之前那个洛雨又回来，差点要和她说不换座位了，我们还是在一起吧。可是理智制止了我，我害怕那个喜怒无常的洛雨还在。

"没事，我没有放在心上，之所以要提出换座位是我觉得我们在一起会互相影响，特别是我们太会聊天了。你看我的成绩下滑到班主任找我谈话了。"我虚假地回答，而我实际上因此受到影响，甚至厌恶上后面那个洛雨。

而后剩余的几天，我才感觉以前的洛雨真正地回来了，之后我便换位置了。

六

我与张映相处得很好，与洛雨也回到之前的没有坐在一起的那种关系，这种距离，对她对我也好。

时间很快，突然间已经距离高考还有一个半月，语文老师点评我们二模的作文，而我将作文放上讲台，由老师投影在屏幕上，再由班上同学点评。洛雨第一个站起来，然后不像之前别的同学婉转点评，我的作文被她批判得一无是处，甚至转到人身攻击，让我在班上难堪得下不了台，而我同桌也十分生气为我打抱不平。"我以前和她是同一个高中的同学，她以前不是这样的人啊。"张映说。

而我此刻知道，我对洛雨的怨气没有消去，想要说出之前的遭遇。

"以前不是这个样子？那是什么样子？难道还有出入？"我对她说出洛雨之前和我讲述的她在高中的模样。

然而张映的讲述几乎反过来，她在高中根本没有那么大的胆子。她胆子小，只是跟在另外一个女孩子身边，以她为中心。"而且还有欸，之前明明是我们以前学校隔壁班的女生说她坏话，是她朋友带着她去找隔壁班女生，要求她们给洛雨道歉。"

"什么啊，她是盗用以前她一个朋友的身份在骗你吧，"当她听到我说洛雨要留学的事情，"她那个朋友才是一个很好的人呢，为朋友打抱不平，而且那个朋友才是真的白富美你知道吗，那个要留学的是她啊，不信我给你看。"她掏出手机，翻到那个女孩子的动态，"你看。"

我看到那张全英文的奥克兰大学录取通知书，动态中那个女孩的照片，穿衣打扮仿佛是洛雨的翻版，不，应该说洛雨是照片中女孩子的翻版。

而我现在怀疑洛雨捐助学妹是否确有其事，我宁愿相信这件事情是真的。

张映和我久久不能平息心情，语文课剩下的时间也在恍惚中度过。

下课后洛雨向我道歉，她说自己不是有意的，而我终于说出内心的想法："洛雨，你知道吗，你让我很生气。"我猜洛雨仅仅知道我的生气是因为语文课上给我的难堪，却不明白我知道她一个秘密，而这个秘密也成为我和张映的秘密，我们约定都不准备揭穿她。

剩下的时间，我或多或少试着避开洛雨。想起当时家庭条件差被邻里看不起，母亲从小教导我不要惹事，要懂事听话。因遇事要忍让的性格被比自己小的孩子欺负，换来的只是其他不相关大人评价的老实。但还是会想起那个给我勇气的洛雨，多想用勇气打败怯懦，借勇气给被欺负后偷偷躲起来哭泣的陈见渝，让她忘记母亲告诉她的忍让，可以不怕闹大事情，反击欺负自己的孩子。初中毕业后，父亲带着我们搬离那里。

恍恍惚惚间距离我离开高中已经有一年半，我和洛雨没再有任何联系，大学中的我，似乎真正地敢于面对自己。我的家庭情况搬家后好了很多，比我认为的要好。而我大学的种种改变，我知道其中有物质给我的支持，只是不知道这里面到底有洛雨借给我的多少分勇气。

而我就在大学座谈会的夜晚，用最平淡的语气，把这个故事讲给不认识洛雨的人听。

盖茨比心中的灯盏

一

下午刚下第三节课班长就在教室的宣传栏贴上最新一次月考成绩的排名表，程嘉瑶望一眼那里，没有心思挤进去看。"嘉瑶嘉瑶，我们一起去看成绩吧！"沈小桐双手扯着她的右手摇晃。

程嘉瑶心情不好，眼睛无神地盯着桌面上风格千篇一律的作文素材："我不要，人那么多。"眼神往左边瞥，那里的人也是丝毫没有想动身的痕迹。

沈小桐不恼，说了句"那我自己去喽"，便窜向宣传栏方向。

程嘉瑶不想去是因为知道这是自己高一下学期第三次没有超过左边座位上还在翻着课外书的人。

而此时沈小桐借着女生优势，硬是挤进了被层层男生包围的宣传栏，谁让理科班女生少得可怜。

所以！沈小桐很快回来汇报战果。

"嘉瑶，你好厉害，又是全班第二！"沈小桐睁大眼睛，里面满满的都是崇拜。

看着一脸欣羡的沈小桐，平复好心情，早预料到的成绩。咧开嘴，露齿一笑："还好啦。"转而脸在侧向左边的过程中变成阴森森的笑容："恭喜你啊，李靖阳，又是第一。"

李靖阳从书页中抬头，对程嘉瑶温和一笑，露出了唇角的小梨涡，不发一言。

程嘉瑶看着五月份的初夏白晃晃的光透过窗映在李靖阳清俊白皙的脸上，想起前段时间与他讨论《世说新语》里面的一句话，"清露晨流，新桐初引"，大概王恭所说的王忱也就是这般模样，突然血脉上涌，脸颊通红，立刻转过头去。

沈小桐对她咬耳朵："呦呦呦害羞了哦，两个人排名在一起哦，对了张玥的排名离你们很远哦。"

"你该看看你自己的排名。"程嘉瑶打趣沈小桐。

沈小桐悲愤。

想起李靖阳这厮明明很得意自己又是第一，刚刚祝福他时，眼神尽是狡黠，却还要装作不在意，程嘉瑶内心叽歪。

不等她叽歪完，上课铃响起。

二

李靖阳最是狡黠，初中时候春游，很快就看厌风景的同学们玩起当时最火的游戏狼人杀，程嘉瑶被"丘比特"点为情侣，当她睁开眼寻找自己的另一半时发现那个人是李靖阳，她看到作为"法官"的班长和看大家玩的国字脸班主任脸上的笑意。

她觉得自己肯定是被好事者故意点的，因为两个人一直是班上的一二名，配对永远是初中学生最爱凑热闹的谈资，于是他们两个在班上"被情侣"。

等到游戏结束大家在讨论自己的角色，"法官"笑得一脸猥琐，告诉大家李靖阳是丘比特，把自己和程嘉瑶点为情侣，而且还添油加醋道，玩了那么多年的狼人杀，第一次看到丘比特把自己点为情侣之一。

程嘉瑶气愤瞪他，而李靖阳似乎意识到她生气，有些讪讪对她说要不下次你当丘比特，把我和你点为情侣补回来呗，程嘉瑶脸红。

引得同学们掀起新的一轮起哄，这明显调情啊，彻底落实情侣称号。

高中文理分科后程嘉瑶与李靖阳还是一个班，这意味着，他们剩下的高中还会是同一个班，这就是李靖阳和程嘉瑶会做六年同学的原因。

而理科班开学后不久，一个五官精致小巧可爱像洋娃娃一样的女生张玥转来他们班，据说她是文科重点班的种子，她文转理惹人猜疑，据谣传说是为了李靖阳才来。

程嘉瑶不信，他哪里有那么大的魅力。

沈小桐对她说："嘉瑶你真是免疫了，你看那李靖阳有身板，有脑袋，最重要还有脸蛋。"嘀咕一句，"要不是李靖阳是你家的，我早追他去了。"

高中虽然他们没有"被情侣"，但是沈小桐早把他们配对，程嘉瑶不排斥。

仔细一想，李靖阳在班上挺受女生欢迎的。

比如班上总有几个女生会去请教他问题，尤其以张玥问的次数最多，不得不怀疑她是真的为了李靖阳理转文。

每次看着她故作娇俏的样子问他物理题目，沈小桐就会对她抱怨，张玥连能量守恒定律都不知道还学什么理科，为了追男生放弃学业不值得啊。

程嘉瑶听她的揣测，但又觉得不合理，为了一个男生文转理，不大划算。

程嘉瑶想起初中杠上李靖阳是因为不喜欢看他高冷的样子，对于大家恭喜他取得好成绩都爱搭不理。于是要与他比成绩，她想如果没有第一名他会怎样？后来她故意找他比较成绩时会露出好看的小酒窝，他并没有自己想象的那么高冷。

而程嘉瑶也是个好学的孩子，她请教李靖阳题目后发现他的水平不仅仅好在数理化，连文史哲也可以讲得头头是道，而他教自己做初中数学模拟压轴题的样子就像是现在对张玥，没有什么不同。

而且在初三大家都奋笔疾书的时候她无意间看到他试卷上放着一本高中竞赛题，里面满满都是笔记，而下面的试卷，压轴题全部完成，那个时候就知道他的段数比自己高太多。

上课无聊的时候他会拿出一条蓝莓味的益达口香糖，分两片给她，留三片给自己。然后在包装纸里面写上一大堆魏晋故事给她看，程嘉瑶也喜欢历史，最喜欢的是魏晋风流。

李靖阳喜欢魏晋，但他喜欢魏晋的动乱。世人大多记得魏晋是峨冠博带，长衫广袖，纵情高歌的时代，但是它还是一个极为动乱的年代，短短几百年，三国两晋南北朝十六国，改朝换代，不过一瞬。

就像大家都认为李靖阳是个温和的人，但是内心也许不是这样。如果说一个人的喜好可以反映一个人的内心，那么李靖阳心中必然住着一个凌厉的小兽。

三

下午下课后程嘉瑶正在收拾回家的东西，而李靖阳早已经把单肩书包背好。

程嘉瑶和沈小桐说拜拜之后同李靖阳跨出教室门。

"我说你怎么没带多少作业回家啊。"程嘉瑶每次收拾作业都要让李靖阳等半天。

李靖阳和程嘉瑶的家有一段相同的路程，两个人每天在车站分别，李靖阳继续坐车回家，而她徒步走完。

"那是因为我上课都认真听课，"李靖阳微翘嘴角，"不像一些人上课走神，所以得带那么多书回家慢慢补。"

程嘉瑶知道这是在说她上课走神的事情，不禁有点被揭穿的难堪，加快脚步向前走。

而他慢慢在后面跟着。

初夏的傍晚，夕阳并不够浓烈，悠悠的光洒在行道两旁的广玉兰树上，还未来得及合上的广玉兰散发的淡淡的花香不紧不慢地弥漫在程嘉瑶周边，脚下的阴影是前面被拉得斜长的广玉兰树的影子。

"程嘉瑶。"李靖阳在后面喊着。

两个人的距离竟然有些许远。"怎么了？"程嘉瑶转过身回应。

"如果有人对你告白，你会怎样，"李靖阳顿了一下，"我是说'如果'。"

"我会'哈哈哈'仰天大笑三声，然后高冷地拒绝。"程嘉瑶盯着少年的明眸，立马回应。

少年这时候上齿轻微咬了点下唇："程嘉瑶，我喜欢你。"

程嘉瑶扑哧一笑，并没有进行刚刚所谓的行动。"李靖阳，哪里有人先问告白后的结果再告白的啊，"这时候换成少女停顿，

"你怎么可以拿我开玩笑。"对于讲了不靠谱话的李靖阳,程嘉瑶又开始瞪眼。

李靖阳背着她,有些局促地大笑:"你果然猜到我在开玩笑。"

街道上有少年被夕阳拉得老长老长的影子,可是少女看不到影子下面有男孩害羞透红的脸颊。

又恰在两个人分别的车站口,程嘉瑶看着背对着自己的李靖阳与他告别,说:"你下次不要拿我开玩笑。"心里默默补充一句,"我会当真的。"

四

程嘉瑶的高三发生了一件运气爆棚的事情。全国物理奥赛开始,班上大概十多个人报名参加联赛,程嘉瑶也在其中。但是那几天,李靖阳似乎有些阴郁,并没有参加,而程嘉瑶因为参加市区联赛又处于高三,无力顾及李靖阳的那种好像让他变得陌生的情绪。

说起奥赛,程嘉瑶想起初中时候李靖阳做的高中竞赛题,本以为到高中后李靖阳会去奥赛班培训,在高一下学期文理分班后选择当竞赛生,但他并没有。

只是没想到高三这次毫无准备的物理竞赛,竟然让她走到省赛,最后得了省一。

在湖北省这个竞赛大省,没有参加竞赛班能够得到一等奖,确实很厉害。

她的排名不够靠前，没有选入省队，没有竞赛培训，即使侥幸被选入也会被虐得很惨。

她成为班上唯一一个获奖者，学校不多的省一获得者。这样子足够让一大堆竞赛班的学生羡慕嫉妒恨。

等到彻底远离竞赛冲刺高考，程嘉瑶才想起李靖阳，沈小桐马上对她说这段时间发生的事情，张玥一直缠着李靖阳，而李靖阳心情不好的样子，因为她有些改善。掩盖内心的不舒服，没有再去询问他。

南方的初秋，并没有多少能令人感觉到秋意的景物，回家路上行道两旁的广玉兰树的大叶子还是覆盖着一层绿油油的膜，准备好能量度过江城难熬的冬日。

程嘉瑶知道今年的冬日也许会是她最难熬的冬天，不仅仅有江城的风，还有高三那数不尽的题目。

"恭喜你啊，拿到了省一。"李靖阳终于说出了程嘉瑶等待许久的祝福话语。

程嘉瑶很开心，因为这是来自李靖阳的祝福。

"谢谢你，"微笑露出洁白的小米牙回应，"对了，你之前为什么没有参加物理竞赛？"程嘉瑶疑问。

"那几天家里发生了点事，心情不大好。"李靖阳翘起左唇角，耸动一下肩膀，做出像坏男孩一样的动作。

"那你高一下学期为什么没有去竞赛班？"程嘉瑶注视着李靖阳的眼睛。

李靖阳也深深盯住程嘉瑶的眸子，就在程嘉瑶快要被灰褐色的眸子旋涡卷入深渊，感受到来自对面的压迫力要落荒而逃的时候，李靖阳开口："我可以说是因为和你在一个班，所以不想去没有你的竞赛班吗？"

这个答案让程嘉瑶有点措手不及，这句话就像当初听到李靖阳说喜欢自己那样荒谬。"你又拿我开玩笑，"程嘉瑶瞪他，"都好几次了。"

"程嘉瑶，"李靖阳抿唇，接下来的话让程嘉瑶应接不暇，"你每次都逃避，上次我说喜欢你，你认为开玩笑，那你说从初中开始的那些事，一件两件你当作开玩笑，三件四件感觉不到是反应迟钝。好啊，你感觉不到我就开口和你说，然后你和我说是开玩笑，你是装不知道还是真不知道。"

"我，我……"程嘉瑶不知道怎么回应，眼泪都快冒出来了。

"算了。"李靖阳灰褐色的眸子变暗淡，走向了公交车，没有等到程嘉瑶后面要说的话。

第二天早上程嘉瑶看到位子上的李靖阳，他和往常一样安静地坐在位置上，和昨天那个富有侵略性的他不是同一个。

程嘉瑶有些忐忑地递给他两片益达蓝莓味的口香糖，李靖阳没有拒绝。

自习课上，程嘉瑶给他写起小纸条，但她先收到来自李靖阳的纸条。

"昨天是我冲动乱说话，你不要放在心上。"

李靖阳唯一的缺点就是字不大好看，程嘉瑶觉得纸条上的字特别难看，而且口里嚼着的蓝莓味口香糖明明刚吃，却有那种嚼很久后的苦涩味，她把准备好的小纸条揉成团，换了一张包装纸，也换了嘴里的口香糖。

"没事，我不介意。"

嘴里的口香糖怎么还是苦涩的，程嘉瑶想。

高三并没有那么多多余的时间去闲想，她与李靖阳的相处模式还是如从前，今年冬天李靖阳依旧送给她生日礼物，《了不起的盖茨比》中英文两本书。

她偷偷挤出时间把它们看完，中文版本最后空白页，李靖阳写有书评，最后一段说：

就像黛西之于盖茨比，她是一盏路灯，盖茨比却永远碰触不到，因为她是他心目中一个自己幻想出来的完美形象。

所以，李靖阳还是喜欢我的吧。程嘉瑶想，这些年来他记得自己的每一次生日。

但是这阴暗的一月份发生一件令全班沸腾的事情，甚至引得别班瞩目。

文科班喜欢张玥的男生跑来走廊上同她告白，起哄是最爱干的事情，何况这些高三学子太需要寻找点新鲜事释放压力。

本班连同隔壁班的人一起大声嚷嚷："在一起，在一起，在一起……"

张玥平时表现得再强势也只是个普通女孩子，脸色通红，绞动手指，不知如何拒绝。

对面男生倒也是悬悬而望等待回应。

恰逢从办公室回来的李靖阳路过，他没有凑热闹的心思，准备侧过当事人。

对张玥来说，天时地利人和。

一把手抓住李靖阳的衣角，对告白的男生说："对不起，我喜欢的是他。"

看热闹不嫌事大的群众大声欢呼，又是大声呼应："在一起，在一起，在一起……"

而坐在窗户边争取课间时间趴着睡觉的程嘉瑶被吵醒，睡眼蒙眬，不明真相地望着被张玥扯住衣角的李靖阳。

李靖阳说出"不好意思，我有喜欢的人"，眼神直望着程嘉瑶的方向。

程嘉瑶来不及闪躲，看到他闪着光芒的眼神，令自己如此悸动。

事后沈小桐一直为她错过这段好戏而遗憾："嘉瑶，你是没看到张玥那羞愤欲死的眼神，笑死我了。我就说吧，李靖阳喜欢你。"

想起盯向自己的眼神，心中甜意顿起，连写题目的正确率也提高不少。

程嘉瑶因为省一的竞赛奖，获得自主招生报名资格。她去常驻"中国最美大学"榜首的武汉大学面试。

三月份的武大，落英缤纷，整个珞珈山成为樱花的海洋，游人如织。她笑着对陪同的爸爸说："如果自招通过，我以后就是你物理学院直系的学妹。"省一的获得并不是同学们认为的全靠幸运，她有一个从事物理工作的爸爸，从小耳濡目染。她选择去武大物理学院，因为爸爸曾经就读武大物理学院。

"加油啊，期待你成为我的直系小学妹。"爸爸笑着。

武大正是一年最美的时候，可程嘉瑶觉得明年的风景会更美。

自招完成回到学校上课，她带回一张武大明信片给李靖阳，上面写着："我们一起考武大，希望在落英缤纷下你可以牵起我的手。"心中忐忑无比。

收到李靖阳用益达蓝莓口味的包装纸，上面写着："好。"

四月份自招成绩出来，程嘉瑶拿到了一本降分录取，这意味着程嘉瑶已经踏入武大，毕竟她模考的成绩超过以往武大的录取线，李靖阳模考的成绩还是比程嘉瑶好。

李靖阳知道程嘉瑶自招成绩后，拿明信片看的次数更加多，而程嘉瑶又好像感觉到李靖阳之前的那股阴郁，也许是他压力大吧，程嘉瑶想，她写小纸条宽慰他，而李靖阳只是笑笑，笑容苍白又无力。

这种阴郁随着李靖阳到高考。

走出考场后程嘉瑶去找李靖阳，问他考得如何，而李靖阳还是温和地笑着。

"那你应该考得不错，"程嘉瑶说，"应该去武大没问题。"

"不，我考得很糟糕。"李靖阳的腔调似乎要哭，这是她之前从来没看过的样子。

五

高考成绩出来后程嘉瑶成功被武大物理学院录取，沈小桐也超常发挥去了华科，张玥也考出一个去211学校的分数。而李靖阳的成绩果然如他所说，考出高中最差一次，比模拟考少了六十多分。

而从高考后李靖阳整个人都失踪了，那时候她发现自己真的对他所知甚少。在班群里有人说看到张玥和他在一起。她不相信，私戳张玥，这是她高中第一次正式和她聊天。消息发送六七个小时后张玥才回复约她在一家奶茶店见面。

张玥不像普通理工女不会打扮，在奶茶店看到的她略施薄粉，小巧立体的五官配上梨花头，一身蕾丝裙把优点展露无遗。

张玥像个胜利者一样说："你和他一起读书六年不知道他家在哪里，其实你们根本不顺路知不知道，你不知道他家庭状况父母离异，不知道他一直有轻微抑郁症，那几次他阴郁是因为抑郁症发作，高考前那段时间也是因为抑郁症发作。"

程嘉瑶愣住。

张玥咄咄逼人："我不知道你有什么好的，都是因为你他才抑郁症发作，要不是你给他压力他怎么会考那么差？"

而程嘉瑶发抖，泪水在眼眶积涌。

"他失落的那些时候我一直陪在他身边，我叫他去对你说他心情不好，他说不要打扰你竞赛，不要打扰你高考，"张玥说，"为什么他就喜欢你呢？你比我漂亮吗？我承认你理科比我强，我知道每次我去问他物理题目的时候，你和同桌都笑我那么简单题目都不会，是为了接近他。没错，我就是故意接近他，高一第一次月考全校打乱考场顺序的时候他就坐在我前面，那时候我就注意他，擅长文科的我改学理科来到你们班。"

"那请你告诉我他在哪好吗？我有话对他说。"程嘉瑶已经哽咽。

张玥看着她哭的模样，也于心不忍："算了，不知道的还以为我欺负你，其实我也不知道他去哪了，也许散心去了。"

六

暑假她给他的QQ发了无数条信息，但是对方头像一直是灰色。在开学前她收到一封邮件，来自李靖阳。

致嘉瑶：

嘉瑶你知道吗，认识你是我青春期以来最大的幸运。

因为父母都为了事业奔波，外加他们性格都要强，只要在家就会发生争吵，我从小比较孤僻，看起来温和，其实把谁都拒之门外。是你初中开始一直与我"作对"，让我有被重视的感觉。我不知道什么时候开始变得喜欢你，你那么开朗，有那么多朋友，那么耀眼。

你是我的灯盏，照亮我的整个青春。

不知道什么时候起我心里有个姑娘，她有及肩的长发，圆圆的脸颊，弯弯的眉毛上面是平整的刘海，并不算高挺的鼻子，笑起来会把大眼睛眯起来，露出可爱的小米牙。

很小的时候我就有轻微的抑郁症，我觉得自己不是一个正常人，但是还是忍不住那样喜欢你，我看着你越来越优秀，我怕离你越来越远，第一次鼓起勇气告白，被你当成开玩笑。第二次告白时，你已经得了省一，我们距离拉得更大，但我还是想在你身边，你还是拒绝。我想了一晚上，也许我们还是当朋友比较好，后来你给我写的武大之约，我真的很开心，也许我们大学后可以在一起。可是在得知你拿一本降分后我的病又发作了。我害怕，我患得患失，我不知道自己的病能不能痊愈。我喜欢的姑娘只得拥有更好的。现在我看到你过得很好，我就开心了。

高考的失误，才让我父母真正意识到自己看起来听话的孩子是不是出了什么问题，我笑着对他们说，你儿子很小就有抑郁症了。他们才意识到严重性，于是相互妥协，似乎回到了相亲相爱的样子，很讽刺吧。而因为长年累月没有及时治疗，抑郁症好像比我想象中严重，他们选择把我带到别的地方治疗，毕竟就我这一个儿子。

所以我亲爱的姑娘，我要离开了，你和张玥都是很好的女孩子，你们要好好生活，替我看武大的风景。

靖阳

程嘉瑶已经不知道这是暑假第几次落泪，明明不是这样子的。初一开始第一名被占据，就知道那个清秀的少年，就觉得那个男生真好看。不知道怎么接近他只能用拙劣的比成绩手法。

玩"天黑请闭眼"被点为情侣时其实很开心,知道是李靖阳点自己与他为情侣变红的脸颊并不是生气而是害羞,还有开心。

因为他喜欢用益达包装纸写小纸条,她养成每天买一条蓝莓味的益达的习惯,聊天的小纸条也一直被她收藏。

当初第一次被告白时只是不知道该怎么回应,不相信普普通通的自己会被他喜欢。

参加物理竞赛也是因为知道他很喜欢物理,初中看到他桌面那本竞赛书是关于物理的。

第二次被告白的时候她准备答应和他在一起却没想到他已经上车,第二天被揉成团的益达小纸条写着的是我也喜欢你,我们在一起吧。

最讨厌英语的自己在高三把《了不起的盖茨比》英文版看完,那是自己看完的第一本英语书。

会在众多高校中选择武大参加自招是因为之前与他聊天知道他的理想是武大物理学院。在武大自招的前一天晚上她梦到没有在樱花大道上和他牵手,隔着雪白飞舞着的樱花花瓣看向他,只觉得这风景太单调,所以决定好主动告白写好武大之约。

因为我想要足够优秀能够和你比肩啊。

第二年程嘉瑶看到樱花大道再一次盛开的樱花,梦里她没有与李靖阳牵手,现实中也没有,只徒留她一个人看武大的风景。

人生如逆旅

逆旅

一

　　林渝站在惠新西街南口站往芍药居站的方向等前来的地铁，旁边三三两两排着等候列车的人。这时候广播播报对面那列的地铁到站，对面列车上的乘客走出车厢。原本空旷的站台，顿时有些熙熙攘攘。她眼睛瞥一眼手指正在滑动的手机屏幕的右上角，现在已是十点半。这时间还好，要不是因为要搬家看房子，现在指不定还在加班。十号线上往这边来的列车上的站点，都是国贸双井三里屯三元桥这些地方，这里是上班族的集中地。

　　列车到站了，她上去，空旷，座位上人不多，去往团结湖。她在三里屯SOHO上班，住在三里屯，平时上班近，走十分钟就到办公室。林渝想起刚刚看的房子，两居室，在豆瓣上看到的租房帖，这里每天都有人发布出租信息。

　　房子在惠新西街北口的小区内，上世纪八九十年代建造，七十平米不到，墙体只是简单粉刷，整个墙面上空无一物，石灰墙面泛黄。一个厨房一个客厅一个卫生间，两个卧室。转租的是个和自己差不多大的女的，二十五六，据她说是因为工作变换，才换个离工作地更近的房子。转租的是主卧，二十平米不到。一张床，一个衣柜，还有早已经过时的黑皮沙发，上面被磨破出内里，看过去，尽显斑驳。再加上房间的主人正在收拾打包东西，箱子衣物堆满房间空地，整个空间显得更加拥挤狭小。

房子还不错，交通算是方便，骑自行车到地铁站，再从地铁站到公司，大概可以控制在一个小时之内，房租是2500，比现在住的房子贵200，是可以接受的。其实林渝本不想搬家，现在住的两居室，是一位军人的家属房，但是房东的工作单位重新分配一套房子给他，房东这套就得还单位。这个房东可以说是林渝这三四年在北京工作遇到的最好一个，在这房子里住一年，虽然是老房子，总有些这样或者那样的问题，要修缮，只需要把收据给他看，就会报销。而且当初房东收到消息，临时要收回房子，也是给了一个月的时间让自己搬家找房子。如今还有十天，六月就要过去。

列车已经到站，林渝出站口，往三里屯方向走去。街道两旁停放的共享单车已经被早下班的人骑空，明早这里又会重新摆满和行人抢占街道。前面走过来手挽手、三五成群的是刚从三里屯逛街完准备离开的游客，左顾右盼，脸上多是笑容，和旁边同伴聊天。单人行走，步履匆匆朝前走去的赶差不多最后一趟地铁，或者在道路两旁拿着手机等待滴滴的是刚下班的人。

再往前一百米，是三里屯最繁华地段，写字楼林立，灯火四五，还有人在加班。商业区旁巨大的广告牌还在一遍又一遍循环广告，还隐约从酒吧一条街传来乐队的声音。林渝左转，进入一条居民区街道，灯火暗淡，水泥路因为年久失修而破裂，房子变成七八十年代的风格，安安静静，闻不见犬吠。

北京就是这么奇怪，它可以在最繁华的地区出现一栋格格不入的旧楼，也可以在一片灯火通明地带出现晦暗。对于林渝来说，很多时候这个热闹都不属于她。

她左弯右绕走进小区，热闹已经离她远去，只留下几盏昏暗的路灯，还有小花园里稀落的蟋蟀叫声。应该是蟋蟀声吧，林渝猜的，虽然这是北京三环内的城区，这片小区里住的大多数是老人，他们都是以前年轻时候工作单位分配来的，三四十年应该足够让蟋蟀还留在这片小地上。

拍手唤起声控灯，走上四楼。房子很小，没有客厅，玄关换鞋时可以看到空荡荡的主卧，主卧的室友在十多天前搬走了。小花闻讯，早已经从主卧走出来看着她，小花是林渝捡到的一只狸花公猫，灰白虎纹，主卧这段时间暂时成为它的领地。

林渝回到自己的房间，收拾洗漱要穿的衣服，小花一直跟着她，想要林渝陪她玩。隔壁的室友带走了她的那只小黄猫，小花现在没有玩伴。林渝没有时间陪她，这段时间因为找房子忙得心力交瘁，走进卫生间，把它关在门外。

把一切收拾好已经快十二点，小花窝在它的椅子上，林渝刷刷手机，看到好几个人在问她找房的事情，回复完其他人消息，和男友说完今天去看房的情况，同时刷一下微博的八卦新闻，跟他道晚安后合眼睡觉，明天下班后还要再看下一个房子。

二

林渝这次看的房子就在公司旁边，三里屯附近的外交部家属楼，从网上的帖子放出来的图片来看，房子空间大，沙发，小茶几，电视柜，还有一个阳台。而且房间也被主人打扮一番，贴满粉红色的墙纸，上面还贴着韩国某偶像团体的海报，之后加了微信联系看到她的朋友圈，确实是个追星族。要转租房间的女生叫杨杨，她大学毕业留在北京，在这个房子住了将近七年，一直没有换房子。

林渝感到有点不可思议，在北京七年不换租的房子可以算是一个很长的纪录。且不说因为工作变迁，房东临时不租，房子周围环境不好，室友问题等等原因。北京基本上每天都有一群人在搬家，特别是每年过年后一年一度的涨租费也会带来搬家潮流，自己在北京待了三年左右就换过四次房子。

杨杨说觉得搬家嫌麻烦，房东不怎么管事，直接和她签约，由她交付整套房子的房租，差不多自己算是二房东，剩下两个房间的人给她钱，所以她也没遇上房东要叫她临时走人，或者太为难她的情况。再说涨房租哪里不是涨啊，整套房子房租涨价，三个人平摊下来租房费用在能够接受范围内。再加上这里是三里屯，方便，这样子也住了快七年。房子的外墙刷了又刷，杨杨也成一个老北漂。只是这次是和好朋友两个人看上一套两居室，房子新，离彼此工作地方近，虽然房租贵多了，但是在工资承受范围内，就去住更好的地方。

现在要转租的房子还有一个月就要重新和房东签约，押一付三。如果林渝要租这间房子，把一个月的房租还有一个月的押金给她，七月份过去后林渝重新和房东签约，杨杨把一个月押金还给林渝。这次的房租价格是2800，稍微超过林渝的心理承受价位。

她去看杨杨的房子，确实不错，在三里屯中心区域的房子确实差不多要这个价钱。但是整套房子的公共区域可以说是糟糕了，原本两室一厅的房子被改造成三室。说是三室其实算不上，也就六七平方米左右，只够摆下小饭桌，变成榻榻米式，租出去。厨房更是小得可怜，洗衣机冰箱放在那，连转身的位置都没有，更烦心的是厨房特别脏乱，灶台上一片狼藉，油渍污垢堆积，还看到白天出来活动的蟑螂，跑出来后钻进坏掉的烤箱里面，烤箱里面还塞着塑料袋保鲜膜。杨杨说，厨房是隔壁次卧的女生在用。

而在究竟选哪个房子的时候，林渝犯难。惠新西街北口和三里屯南路，她想选前者，环境好，而且距离男朋友工作居住的中关村更近，但是每天上班来回需要花费两个小时左右。而后者，上班时间来回不过十分钟，房租虽然贵一点但是前者加上交通费也差不多是2800左右，只是公共空间环境实在糟糕。

明天是周六，林渝准备去见男朋友的时候和他说一下，让他帮忙参考。

晚上接到阿妈打来的电话，询问房子是否已经找到，林渝告诉她，找到了，过几天就搬家。阿妈这个时候又叹气，闺女啊，我说你这么大了，也快到结婚的年龄，过年后就二十六了，你看北京有什么好的，和男友早点回来南方，这边工作压力也没有那么大。

自从上周端午回家参加完大哥的婚礼，阿妈就把催婚精力全部放在她身上，林渝是南方人，还有一个弟弟，早也结婚了，小侄女都快三岁了。

林渝答，我会离开北京的，不是和你说了吗，只是时间还没到，也快了。阿妈说好好好，之后又唠叨家里长短，便挂电话。林渝不是没有回去过，之前实习的时候在北京一家手机互联网公司，随后转正。父母也总是唠叨要她回去，当时刚毕业，在北京确实也压力大，在阿妈的每天念叨下也就辞职。回到省会后，总是找不到合适的工作。大学本科学的电子商务，后来在北京报班学习编程，成了程序员。省会城市互联网公司不够发达，电子商务也没有发展起来，再说之前学的不一定用得上。即使后来找到了，干得也不开心，虽然北京压力大开销大，但是挣得也多，满打满算也比家里挣得多多了，家里这边工作存不下钱来，工作的氛围没有北京好。最后林渝还是回北京工作。

三

　　林渝去海淀找男友，手里还提着保温桶出门。两个人工作地方隔得远，只能一周见一次。北京太大了，被朋友笑道他们两个人谈恋爱就像异地恋一样，如果用见面花费在交通上的时间来说确实差不多算是了，毕竟现在从北京到天津的城际列车时间就在一个小时内。

　　林渝选择的入口楼梯往下一走就是等地铁的最后一节车厢位，她喜欢倚靠在最后一节车厢，透过隔着玻璃门的列车员室内，可以看到地铁道内两旁冷飕飕灯光，稍微照亮着如深渊一样的地道。

　　地下列车在高速前进，愈加使得这如深渊一样的地道，似乎要把这一列车的人吸进去。高速前进的列车带着这群新鲜血液往前驶去，而深渊地道想要把他们拉下去。就在这个相互拉扯的过程中，列车到站了。

　　接下来列车又向下一站出发，列车前进的速度和这无尽头的深渊就在不断相互牵扯中，似乎达到一个平衡。掩盖在北京城下，巨大的地铁网络，如同首都的血管，让它得以畅通。地下网络的这些年轻人，被运送到北京的各个地区，用青春和热血，理想和抱负，给这座千年老城带来繁华。那些不足为人道的辛酸，是"北漂"这个词的含义无法全部概括的。林渝知道，她要坐一个半小时的地铁终将到站，就像她知道自己一定会离开北京一样。

她和阿妈说的不是假话，男友准备八月份从他所在的国内领先的互联网公司辞职，他说趁现在多去几个大城市看看，他的工作性质只要有电脑就可以随地接私活。现在互联网发展得太快，男友准备考研再学习。林渝听说他计划，也准备明年六月辞职，和男朋友一起考计算机专业的研究生，两个人结婚以后就留在杭州或者去上海。两个人都是南方人，那边适合的工作机会多。前段时间五一假期，男友带她回家见过父母了。

男友是她以前上培训班的同学，据男友和她说，上课的时候就对自己有好感，只是那时候她有男朋友，也就当普通朋友。后来自己和前男友分手后，他发现还喜欢她，与她联系更加密切，几个月后林渝也算是对他有好感。只是当时的林渝并没有打算捅破那层窗户纸，前段感情经历让她筋疲力尽，她认为对方比自己优秀太多，自然把自己在感情里面的位置放得太低，作为付出更多的那方，在分手后成为更难以走出的人。

然而北京太大了，每当恰逢没有加班的时候无所事事的周末，不知如何打发。发现一家好吃的餐馆，一个人无法多下单几样菜吃掉。就连加班熬夜把程序中的bug删除时候的小小成就感，也只能在工作群中感叹。

也许这是每个单身青年会遇到的情况，有那么一刻会想着，这些时刻能够有一个人分享就好了。林渝就是在这些时刻聚集下和男友靠近的，说不上谁和谁告白，就这样自然而然地在一起了。

男友的名字和出入写字楼的其他程序员一样看起来平平无奇，叫作程野。然而他在南方人中算得上是高大，一米八三的身高，偏白，戴副金丝边框眼镜，鼻梁高挺，笑起来露出一口大白牙。

林渝坐在座位上看向对面地铁玻璃窗上影像，皮肤因为长期对着电子屏幕，熬夜加班等变得泛黄，她脖子上挂着一条小鱼，是男友送的，因为他叫她小鱼。男友也是网络中戏称调侃的直男，他不喜欢她化妆。林渝想着，两个人在一起的话，总需要互相妥协，也就没有对脸进行修饰。她披下来的头发做了蓬松效果，隐约看出头皮，脱发是困扰所有程序员的问题，林渝没有例外。鼻梁有些塌，眼睛不大，还好嘴巴小巧，确实这样子的自己相比较男友来说太普通了一些。手里还抱着给男友带去的鸡汤，这个是上周回家带来的土鸡，一大早起来熬好的汤。

当然她并非玻璃窗显示的那样平静，甚至有些忐忑和焦躁。其实在两周前他们刚刚发生冲突，有关结婚。林渝在制订计划的某些方面，有着出乎意料的理智。当她谈一段恋爱认为到达合适的时机，她会明确和对方提及婚姻规划方向，去年十月份的时候，她把这个问题和程野提及。也许当时还处于热恋期间，两人都觉得彼此是那个正确的人，于是说好今年十月份结婚。她为此感到欣喜，把这个消息告诉了一些要好的朋友。

好像他们都在按照计划中进行，今年五一，男友带林渝回家了。男友的父母对儿子带回来的女朋友感到欣喜，在他家的几天，林渝没有不适感，也为未来自己能够有一个良好的家庭氛围感到庆幸。

自然母亲也为女儿开心，她的女儿也将要结婚了，于是问林渝什么时候带程野回她家，刚好端午假期间她大哥结婚，可以考虑这个时候，林渝也觉得这是个把男友介绍给家人亲戚的好时机。

四

她想起那天，他们正在饭桌上，为吃到一口正宗的湖南菜而欣喜，于是她说出："小野，下周我大哥结婚，刚好是端午假期，你要不要这次和我一起回家，我爸妈都念叨你好久了。"

对面的男友突然被辣椒呛住，抓起旁边的水杯灌下几口。林渝赶紧递过纸巾继续帮他倒水："你没事吧，吃那么着急干什么。"

男友平复后说："小鱼，这不大好吧，你大哥结婚的话，你爸妈肯定很忙，我去的话会添麻烦的。"

林渝没有想到男友会拒绝："没关系啊，都是一家人，没什么麻烦不麻烦的，就是把你带去给我爸妈看看。之前我们不是说好了吗，先去你家再去我家，我都去完你家了，我们家怎么着也得接待你呀。"

听完林渝说的话，程野把手中的筷子放下，双肘撑在桌子上，双手交叉，望着林渝，郑重其事说："小鱼，其实是这样的，我觉得我现在还一事无成，什么都没有，我不好意思去见叔叔阿姨。我不能给我们的未来比较好的保障，这个时候去见你的家人是对你的不尊重，也是我的不礼貌。你回去的时候我给叔叔阿姨们买礼物，你给他们带回去，就当是我接受他们做客的邀请，下次再去你家。"

林渝有些恍然，男友的这些话像是他确实是个负责任的人，他觉得要干出一番事业才好意思去见自己的父母，可是这明明不是当初计划那样。他们不准备留在北京买车买房，要回老家的省会城市，并且男友父母也明确表示自己会出部分钱给他们买房，自己和他也有部分积蓄，怎么现在男友就不确定了呢？

"那你觉得什么是合适的时候？"林渝问，"这些都是在我们计划之中的啊。"

"林渝，你能不能理解我一下，别闹好吗，我说了是想要对我们这段感情更加负责，更加慎重。"程野回道。

他们接下来的行程不欢而散，林渝也憋着一口气。她没有在通讯软件上联系男友，男友也没有主动找她。林渝定好回程的票，和母亲解释道他临时工作加班去不了。

林渝看着这几天火车的余票，一天天减少到没有。她想着要是男友决定去了，哪怕节假日机票涨得再高，她也愿意买。等到她出发前一天，也没有收到程野改变主意的消息。

出发那天早上，她接到男友电话。"喂，我在你门口。"程野赶着早班的地铁过来，带来要送给她爸妈的礼物。他陪着林渝到西站，"我知道你可能在生气，可是我想要能够更尊重我们感情，所以没有答应陪你回去，替我和叔叔阿姨问好。"

林渝想，也许男友是真正尊重自己和她的这段感情。她把之前的想法压下，他并不是不想和自己进入婚姻，只是出于慎重和尊重才不愿意陪自己见父母，毕竟在中国带着男朋友见父母就意味着马上要步入婚姻。是的，他是在尊重自己和家人，这样想着，林渝就把这些天的郁气一扫而光。

她在火车上刷着公共社交软件，看到男友分享的动态下和一个女性ID账号互动，最近她看到他们互动频繁。她点进这个ID，有些怀疑，有些不舒服的感觉涌起，想要看看这个人是谁。恰好母亲的电话响起，母亲那边声音嘈杂，她语气中有难以掩饰的兴奋，显然大哥结婚这件事让她足够开心。虽然林渝已经和她说过程野因为临时增加工作没法一同前来，母亲又在电话那边问："程野和你一起来吗？"

"不是之前和你说过吗，他工作赶进度，来不了，还买了礼物让我带给你呢。"

"也是，瞧我这记性，你们年轻人工作忙，程野这孩子也是有心了，还让你带礼物。"母亲语气又变得兴奋，"这次你大哥结完婚后我悬着的心可以放下一半了，等你结婚后就可以彻底放下。不过你也快了，你们都说十月份去领证，转眼间你们仨都成家了，我和你爸老了也放心。"

林渝有些话在口中顿住了，还没说出口听到电话那边叫唤母亲的声音："先不说了，现在家里又来人了，你自己坐车小心点，到站了叫你弟弟去接你。"

挂掉电话后，社交软件还停留在ID页面上，因为刚刚接电话导致断网，恰逢车上信号变差，软件页面一直显示连接网络，林渝退出软件，把之前升起的怀疑压下去。

这次和男友的小冲突就算是暂时解决了，他们在通讯软件上又恢复之前的亲密，林渝又觉得有些什么不大一样，又没什么不一样。

地铁终于到站，他们在火车站分离后的第一次深入见面，彼此都默契没有提及之前的话题。林渝带来的汤还带着温热的香气，男友对味道大加夸赞，之后他们进行的活动又和之前一样，逛街，买衣服，看电影。

同时林渝也把不知道如何选房子的事情同他说。男友建议他租三里屯南路的房子，离公司近，可以多睡会，而且晚上加班回去更安全，毕竟惠新西街北口那边回去有点远。而且厨房对她来说也不是很重要，她只是偶尔熬汤，很少做饭，不需要用到厨房。林渝男友一说就决定租三里屯那边的房子。

晚上林渝留在这里过夜，男友的室友前段时间搬家，暂时没有其他人搬进来，他们疲倦一天身体在夜里疯狂交织。

五

林渝对杨杨说了要转租房子的事情，杨杨要求现在给房租，林渝拒绝了，还没有搬进去，谁知道人不会跑路，没办法只能租惠新西街那边的那间。她已经没有精力再去找房子。五一去男友家，大哥结婚请假，为了看房又请了好几次下午的假，这两个月的工资被扣除大半。

还没来得及和惠新西街那边的人说，杨杨又重新找她，因为她找好的要转租房子的妹子，之前是答应付款，然而临时决定和男友一起住，不租杨杨的房子，杨杨也为了转租的事情花费些精力，懒得折腾，重新找上林渝，让她这周日晚上来交房，把住房合同，钥匙还有房东的联系方式给她，算是一个月房租多赠送她几天免费住宿，自己今天搬走。林渝同意了。

之后随之而来是打包收拾东西，网上订搬家人员。林渝决定下周六搬进去，男友过来帮忙，和现在的房东退房退押金。

他们选择了半搬家模式，自己把东西打包搬下楼，搬家人员只提供车把东西运到。林渝预订时间偏早，楼房没有电梯，师傅停着面包车在单元楼下等待一个多小时，他们俩上上下下四楼才把东西搬完。搬家师傅抱怨道让他耽误时间，本来下午还可以再接一单的，现在生意只能少做一笔。

动身出发的时候撞上北京晚高峰，平时只有五分钟不到的车程，却被包裹在车流里动弹不得。男友顺势和师傅聊起天，林渝得知搬家师傅也是个老北漂，师傅说道："还好我租的房子是一家人在国外的北京本地人，那边也就起着让我们照顾房子的意向，没怎么涨过租金，我也就一直干着搬家的活。"

程野说："那师傅你的生意一定很好吧，北京每天都有那么多人搬家。"

师傅握着方向盘，往前看着："都是苦力活，虽然生意多，但是也挣不了几个钱，你看我今天一下午就只接你一单，还是半搬家，才80块钱，还要其他成本，扣掉给公司的，我也剩不了多少，比不上你们这些出入写字楼的。"

终于到达新家的小区，师傅一起帮忙把东西从车上搬下，林渝多给师傅50块钱："师傅你也累了，钱不多，给你买水去。"师傅本准备退回，在一番推搡中接受了。

程野问林渝怎么耽搁了，她把刚刚的事和男友说了。"你太傻了，这本来就是他本职工作，听他抱怨几句就多给钱，也就用车搬运这一下东西哪里用得着多给他钱。"林渝没有反驳，继续把东西搬上新租的房子。

终于一切都折腾完，日子照样过去，林渝又回到之前的生活模式，和隔壁次卧的室友很少见到，她十一点上班八点下班，当然常常加班到十一点。偶尔见到过一次次卧的室友，她是个胖胖的东北女生，为人有些阴郁，没太讲过话。住在榻榻米那个上班早下班早睡得早，平时周六日不回来，林渝则去男友处，住进来快一个礼拜，一次都没见着。

当然以为可以平平静静的时候，麻烦又来了，又是房子问题，不信星座的她真的觉得是水逆，运气衰惨。之前搬进来的时候，看到墙外驾着高架，据说是墙体在翻新，林渝也没有太在意，住了不到十天，结果说是厨房卫生间也要重新翻新，由相关的部门出资。翻修一个月不能住人，大概八月份就轮到林渝住的房子。

这是次卧室友在微信告知的，她听邻居老太太抱怨才知道，而之前没有听到任何消息。老太太抱怨是翻修厨房管道，拆除的壁橱柜子不给重新安装回去，这样子需要重新付一笔钱，整栋楼好多户人家都不想翻新，工程队那边放话，要是房子以后出什么问题，相关部门不负责，自己赔偿。

这种事情必须房东出面，她们只是租客，无权涉及房子改造。她问杨杨是否知道这回事，杨杨也不清楚，看来当时她搬出去住凑巧躲开这件事，自己成了倒霉鬼。林渝微信上联系房东，之前杨杨给了她房东的联系方式，房东这周六答应过来看看。实在是不想一个月内搬两次家，还要找房子浪费时间，在七月份这样子的大热天下找来找去。

林渝想的是，刚好七月份房子重新签约，八月份装修的时候就去附近的小旅馆住上一段时间，每天可以回来喂喂小花。等翻新完再回来，而八月份的房租和房东商量不给，毕竟是房东这边的责任。这些想法，还是等着周六见到房东再说。

六

听另外两个室友在合租群里的讨论，她们俩的意思差不多是准备搬走，等房东过来讨论七月份结束退押金的事情。卫生间一个月不能用真是够呛人的，林渝想到次卧女生搬走的话，厨房重新翻修，那更坚决不搬。

这次林渝两个礼拜以来见到住在榻榻米内的女生，也是东北人，一米七多，看上去高高瘦瘦，和次卧那个产生对比，而自己中等身材体型，真的是这一套房住了三类人。

约好时间是十点钟，等到十一点十多分房东才姗姗来迟。大概四十多岁的年龄，稍显臃肿的身材被黑色套装裙裹住，手里挽着包，穿着尖头高跟鞋迈着凌厉的步伐，原本是和善代表的杏仁眼被黑色眼线拉着往上挑，一看就是个严厉的主。

房东进来后，先往厨房看，接着又去卫生间，次卧女生跟着她，对房东提出的问题进行解答，她是在这里住得最久的一个。

之后房东开始对应三个租客，听着次卧的女生把情况介绍，房东听完后说道："这个住房改造也是为了大家之后生活更方便，这个工作我们也支持，相应的情况我会问一下这边的邻居。但是呢就是可能有一个月大家没法住，现在就问问你们三个小姑娘，是准备继续住还是怎么样呢？"眼睛扫过而非直视她们。

另外两个表示合约快到期，还剩二十天，房子要装修十分麻烦，所以打算搬走。林渝则表示，因为自己是刚搬进来的，不想再搬。

"那既然这样的话，两礼拜后我再过来给你们处理相关的事情，到时候我们就看看房子是否有相应的损失来扣除押金，如果没问题就全部退还你们，那我还有事就先走了，有什么事情就你们微信联系我。"说完人就走出这里，前后加起来时间没有超过20分钟。

"哇靠，这房东也太没有礼貌了吧。"住在榻榻米的女生在房东一走后就爆粗口，看起来是性格火暴，"什么人啊。"她对次卧女生道，"你看她全程没有看过我们一眼，你以前见她不会受不了吗？"

"之前都是杨杨和她接触，具体我也不知道。"次卧女生回复，"反正我们也要离开。"

"对对对，早点不和这样子的房东接触，我那房间没法住，就是临时找的。当初，我在上海待得挺好的，是我妈要我回北方的，说离家近，不然我才不喜欢北京呢。现在在北京待半年，早该换一个了。"榻榻米女生还在絮絮叨叨。

房东走后没多久，就听到次卧女生对着电话骂人："我外卖订了半小时怎么还没有到，不是说好的半小时吗，已经过去五分钟了，我要投诉你们。"没一会儿又听到她的声音响起："道歉有什么用，说好了这个时候到怎么没有到，我肚子饿了，外卖没到怎么办，我要投诉，我要让他扣钱。"

林渝看了手机上的时间，才十一点没到，骂骂咧咧的声音过了几分钟才消停。她收拾好东西准备出门时，门口响起敲门声音，次卧女生走出来对着外卖小哥就是一阵大骂，外卖小哥只得低头唯唯诺诺道歉。林渝看着这幅画面心里不是滋味，这场景太熟悉，刚刚她们身上才发生过，她走过去给小哥说了句话，次卧女生才消停，小哥回她感激的眼神，马上走了接着去送另一家外卖。

过几天房东找到林渝说起后续签约的事情，由主卧签约的话每个月的费用是6000，次卧是2300，榻榻米房间1200，主卧2500，这时候林渝才知道这个月杨杨多收她300。当然这个是之前的费用，装修好后房东要提租，整套房月租6300。

平摊下来也合理，林渝回复：另外两个室友都搬走了，虽然说是我签约主卧，但是我不可能去支付另外两个房间的费用。可能是房东善心发现不合理，回复：之前杨杨帮我找的人，那要不你去找另外两个房间的租客，一起平摊完费用。如果说其间没找到室友，只收你一间房子的费用。

看到稍微合理的回复，林渝开始在网上发布寻室友帖子，也带过几个在三里屯工作的女生看房。

七

　　隔壁两个室友陆陆续续搬走，房东也来查验房子，当然对隔壁次卧女生的房间提出诸多挑剔，窗体被水浸泡坏，以及说起冰箱用旧，扣除她200押金作为窗体赔偿。

　　房东来到林渝的房间，向她询问剩余房间继续出租的事情，林渝告诉她已经有人来看，也有意向在这里租房子，等装修好搬进来。接着她把之前就想好的打算告诉房东："八月份轮到这里装修的时候，因为卫生间厨房无法使用，我准备去附近的旅馆住，等到房屋装修好再回来，八月的房租可以算了吗？"

　　"哪里需要出去住啊，我都问好了工程队，到时候他们会建公共卫生间浴室，这里照样可以洗澡上厕所啊。"房东回答，一口京腔说出的话越来越上扬。

　　林渝无语。"那这样子我就不租了，实在太不方便的，"越想越气闷，"这个房子临时要装修，是属于房东你们这边的责任，但因为是相关部门组织的翻新，所以我也能理解，但是要去公共卫生间厕所，半夜临时内急，那就是很不方便。"

　　房东之前的微笑开始尴不住，脸僵住。"那好，你要搬那就在7月22号5点前搬走，不住算了，以前我是嫌麻烦让杨杨帮我找，现在的话我联系租房中介，肯定不止6300那个价。"更是趾高气扬，说完便走了。

这次林渝又得搬家，只剩下一个礼拜，自己在网上找房看房已经来不及，现在只得发动态求朋友推荐靠谱的中介，男友主动提及陪她一起看房。

北京的道路两旁散落一地的洋槐花，这段时间的盛夏，是北京最难熬的日子之一。他们在大太阳底下跑来跑去，没有撑伞。男友不喜欢两个人撑伞走在路上，一来觉得太女生，二来觉得麻烦，不就是晒点太阳吗。林渝想要反驳，可是想起自己因为他不喜欢化妆的女生，连这个都妥协了，不撑伞就也没有关系，注意涂防晒霜就好。

看了好几个房子后，林渝没有找到满意的。在通勤时间、住房条件、租金、交通问题上她没有找到平衡。

"小野，要不我去你那里住吧。"这是林渝早有的想法，对她来说，两个人一周最多一次的见面实在是太少了，如果能每天见面，哪怕她付出的代价是每天早上乘坐十号线，跨越大半个北京，挤过人流水泄不通的海淀区和朝阳区中的上班集中地的早晚高峰地铁站点，花费三个多小时在通勤上也愿意。而这次，程野那还有空着的房间出租。

程野拒绝了她："太远了，你呀花大量时间在通勤上，晚上碰上赶程序代码你也不安全。而且我们现在同居对女孩子来说，在名声上总是吃亏的。还有，我们是情侣，还是希望能有一些彼此的私人空间，也有自己的交友范围和隐私。"

　　林渝自然想到了社交软件的那个ID，一种隐隐的羞愧的情愫在升起。

　　黑了一圈的林渝终于找到了房子，坐公交去公司来回在两小时之间。房间在没有电梯的第六层，复式楼上的一间主卧。

　　当然等到搬家那天林渝没有再让男友来，这段时间已经让他很累了，她选择了全搬家模式的师傅。他可以把打包好的东西搬到房子里，而不是像上次只负责运行李。当然之前和房东挑明不再续租后，她从要求合约到期那天下午五点搬走提前到下午三点搬走，因为中介公司要过来看房，没按时搬走则要她多交一天的钱。林渝没有理她的无理要求，她的押金已经从杨杨那里拿到手，之后她看到一对老人走进来，对方解释道她们是房东，而之前她们见到的是自己的女儿，这对老夫妻没有赶林渝走，叫她慢慢搬，之后在次卧等待租房中介公司的人。

　　离开前让林渝畅快的是，来的几个中介公司，对于之前那个女房东提出来要6300的月租不满，表示房子6000都不值，也许这是唯一能够安慰她的。

　　搬家到新地方后，天气实在热得慌，林渝看着搬家师傅一个人大汗淋漓搬着这么多东西来回上下六楼，于心不忍，也一起搬东西，结账时候他要少收林渝五十块钱。

　　"大妹子，这些东西你自己都搬上去一半，我不好意思收你那么多。"搬家师傅说。

想起这五十块钱，林渝会心一笑："那你就少收二十块钱吧，我搬的不多，天气热你也辛苦。"

师傅接受了，还一直谢谢她："你是个好人啊。"

生活还是在继续，住在姚家园那边男女混租，不断有人进来离开。男友也到了八月末离开北京的日子，他说等她从北京回来后一起考研。

她和男友来到西站，这里每天都有熙熙攘攘的人群离散聚合。送程野进站的时候，一种像要长久分离的情愫在弥漫，男友说，七夕节要到了，你来我家找我，我们很快会再见的。林渝想着，不就是五个小时高铁的时间，能够再见的，明年他们就能一直在一起了。

当然生活又是戏剧化的，在楼下来北京实习的小哥离开后，楼上的妹子介绍她朋友来到这套房，最新住进来的女生常常半夜两三点回来，还喜欢开音乐搞party，也无视其他房客的意见。房子隔音不好，林渝睡眠也不好，经常被吵醒后睁眼到天明，她也不是喜欢和人争吵的性格，下面的房客对新住进来的女生提意见，争吵，但是无果。

又是一个吵闹的深夜，已经是凌晨两点半。在北京的夜里，她现在是一个人，孤独感油然而起。她迫切想要查看和男友有关的信息，一遍遍重复看他们的聊天记录和动态。她又打开男友的公开社交平台，还是那个常见的账号，林渝通过观察早知道这是程野的前女友，她现在有点讨厌女生那种敏感的直觉。她问过一些男性朋友对待前女友的态度，有些男生在分手后断了联系，有的依旧是普通朋友。

就当他们是普通朋友吧，可是林渝再也说服不了自己，看到他们频繁地互动到早晨五点多，林渝就一直刷着他们互动的消息到天亮。

林渝想她可能又得重新找房子了，深夜失眠太难受了，她想要回家，或者去个新的地方。她在北京住过的房子，只是暂时居留的地方，从来不是家，仅是逆旅。

偷生

一

长途班车还在高速公路上快速行驶，腊月的夜有些晦暗，望着高速公路上呼啸而逝的汽车，她知道，此刻正在回家。

有几年没有回家乡过年了啊。她想了下，旁边的二女儿已经快五岁，她搂了旁边熟睡的女儿，女儿时不时发出咂吧的声音。听着这样子的声音，在冬日里感到一阵窝心。

她想起起初怀二女儿的时候，公公婆婆也是极开心的，包括现在对铺睡着的丈夫。黑夜里的车厢，只能看得到他模糊躺下来的轮廓。想必他也是睡得极熟，从他那边传出沉闷的呼吸声，他很久没有像这样安心睡好一次觉了。

自己似乎也很久没有这样的心情，终于要回家过年，肯定是有欣喜。毕竟自己几年没有见到父亲母亲，当然也不要再面对公公暗沉的眼神，还有可以暂别婆婆一段时间的絮絮叨叨。

记得刚嫁过来的那几年，虽然他们对自己不像是亲生女儿那般好，也没有怎么被亏待过，算是在村里做人家媳妇比较舒心的一个。

丈夫和公婆的态度是什么时候变的呢，无非是怀上二女儿开始。

她记得六年前在丈夫的陪同下，去一家私人诊所偷偷得到胎儿性别检测的结果时，丈夫的脸阴沉下来，她看着诊所脱落的墙壁上还留着"生男生女都一样"的大红色斑驳字样，觉得这是莫大的讽刺，男的和女的怎么是平等的呢，这标语也许放在北京上海那些大城市才是有用的，在她那个山疙瘩里的老家，男女从来不是平等的。

农村的计划生育比城市松，头胎是女儿，过四五年可以再生一胎。头胎是儿子，那就不能再生，否则就是超生，要罚款，但是有些人为了儿女双全，还是愿意再有个女儿。

但她在怀二胎之前就有了一个五岁大的女儿。

在农村头胎生了女儿，二胎就会去做性别检测，家庭好一点，就生下来，被计划生育小组抓着去结扎后，又会偷偷去下环。接下来怀三胎，要是那个运气不好，又是女胎，那肯定得打掉，直到怀上男胎为止。家庭不好一点，没钱交几万罚款上户口的话，第二胎检测到是女胎就得打掉，直到怀上男孩为止。

其实对于生了二女户的家庭，国家都会给交医疗养老保险，小孩中考有加分，还有各种补贴，但是村子里就隔壁的邻居李经中家是二女户，家里有两个女儿。虽然国家给他们各种补贴，但是邻里聊天时也是经常被戳脊梁骨，他们常常说李经中要招上门女婿喽，不然绝代没人来给他送终。特别没分寸的是还对他那个才十来岁的大女儿说，你到时候找老公上门女婿要去哪找啊，肯定就在这隔壁几个乡镇，不然可不好照顾你爹妈。李经中又是个老实人，听到这样的话经常被逼得面红耳赤，但又大气不敢喘一声。还好他也就过年回家，平时都在外打工，不然隔三岔五被戳心窝，日子压根没法过下去。

当然也有不狠心的夫妻，不做检测，不打胎。王老表两夫妻，养了四个女儿，第五胎还是个女儿，一生下来送人了，实在养不起五个小孩了。最后夫妻俩都说不生了，就是个没儿子的命，生到那么多小孩，大人遭罪，小孩日子又过不好，也是遭罪。不生小孩了后，生活果然过得好多了，几年前就买了房搬去县城住，很少回这里，大概也是被村里的闲言碎语搞得。也有嘴碎的人说，他们是把五女儿卖给了有钱人家，一次性给他们二十多万，不然之前因为生那几个小孩，在各地躲藏，为防止计划生育上门，哪能在第五胎生完后两三年就在县城买得起四十多万的房。村里那群人还嬉笑道，多划算啊，卖个女儿就能得到县城一套房。

二

知道二胎的性别后，她想自己肚子里这团肉，是化成一摊血水，还是八个月后落下地来。

默默地同丈夫回到了工地上的家，说不上是家，就是简单安置所，农村来城市做水泥建筑工的人，最多半年就得换个地方住。各个工人安置在一起住，每家选择一间施工好后的毛坯房当住的房间，常常是拖家带口来这里，用了一些钉好的板子做门隔挡区别开，随意搭建好。反正里面没什么贵重的东西，也不怕遭贼惦记。与广东这边城市里的高楼大厦相比，这里更落魄。这些建筑是他们建造的，他们买不起住不起。不过也可以这么说，他们在这些高楼还没有完工的时候，就像现在一样住过。所以这样子住，也算是住过。

公婆在他们刚到家时就打来电话，丈夫同他们咕哝了几句后把电话交给她，靠电波传送过来的话语隔着几个省的距离，她听不出公公言语里的情绪，公公只是嘱咐她多注意下身体，而婆婆也讲了下怀孕时该注意的事项，虽然这些东西婆婆在她第一次怀孕时就教过她。

挂完电话后，总算是松了一口气。这个孩子命大，可能是能够落地的。

沉默还是沉默，在电话结束后，不，在检测结果出来后丈夫就没有同她讲过一句话。死寂还是死寂，拥挤的空间里弥漫着无言，只剩下蚊子"嗡嗡嗡"声音在房间回响，偶尔还有周围飞过来的夜蛾子朝挂在墙上的钨丝灯撞去，洒下的暗影落在地上看不见。

她看着丈夫今天刻意修好的脸，此刻眼色早已通红，脸上还有挣扎神色，显得面目狰狞。他专门穿着为孕检准备的体面衣物，本来是要迎接那个他以为八个月后可以到来的儿子，可惜这一番精力。

如今他在拥挤的空间踱步，原本扣得整整齐齐的衬衫，上面两个扣子被随意扯开，露出干涸的皮肤。丈夫突然立在那儿，从裤兜里掏出一包烟，抽出一根，点燃。还没有吸一口就又把它扔在地上，用脚尖死命地踩。然后大喘一口气，拉开门，走了出去。

她默默找来扫帚把这些支离破碎的烟屑扫进簸箕，可这些东西也在同她作对，一直留在坑洼的水泥地上，她有些气馁，还有些无力，更有些悲哀。还好几个掉落地上的蛾子给面子，被她扫进去。

半夜时分，她听到在黑夜里摸索的窸窣声，钨丝灯伴随着"咯噔"的一声亮起，黑夜里更显惨淡，她转过背，面向床里头。那样灯光就不会刺入她的眼睛，也就不会刺激眼睛有流泪的冲动。

丈夫在脱掉衣服后，钨丝灯又伴随着"咯噔"的一声熄灭。他随即上床，床发出嘎吱一声。

丈夫辗转反侧，终于不再动了。而她用上齿咬着下唇，避免自己抽泣，不知道想些什么，也不知道该不想些什么，也那样睡过去。

当热烈的阳光通过薄薄的纱帐射入她肿胀的双眼，她睁开眼，旁边已经没有任何呼吸声。这时候丈夫应该在工地上开始工作了一个多小时，虽然现在还不到六点半。

她起身准备把昨天换下的衣物洗净，她闻到丈夫衣物上浓重的酒味，顺便把枕套床单也取下来洗洗。之后在去工厂的途中，买了几个馒头当早点。

日子就这样过去一个多月，丈夫中午晚上吃饭都在工地上，包工头的老婆会做好饭菜。晚上回来时他们偶尔搭搭话，刚好两个人的工作都是干一天算一天，休息一天少一天的工资。以往丈夫还会半个月休息一天，这个月丈夫一天都没有休息。她不像以前那么拼，开始一周轮休一天。

大概两个人都没有心情闲下来后一起去逛逛，他就压根不休息了，也不想待一块相处，就以沉默古怪的方式在同一屋檐下待着。

三

年关将至，同工地上的老乡大都会回家过年，本无生气的工地更显得寥落。还好广东冬天没那么冷，不然住在空荡荡又没有人气还冷的工地上，那才是受罪。

还留在工地居住的是一对贵州的壮族夫妇，他们一家准备留在这过年。她闷得慌的时候也会去找贵州妇人聊天，妇人带着三个孩子。大的也不过四岁，能够落地走，一个被她用布条搓成的绳子绑在背上，还有一个还被她抱在手里。带孩子不是件容易的事，更难得见她不抱怨。同她聊天时，她经常接不上话，听不大懂普通话，都是半蒙半猜，这个时候她包裹着民族特色彩巾的头发下，会露出黝黑憨厚的笑脸。

在同妇人聊天中知道三个孩子都是自己接生，用一把被烧酒熏过消毒的剪刀剪断脐带，这个仪式就算完成，她听得有些后怕。

"你就不怕有危险吗？"她疑惑，"这样子小孩容易得破伤风啊。"

"这是我们寨子里的传统啊，山里人身体棒，哪容易得那些病啊。"妇人一脸自豪。

妇人又顿了下："反正他们的命又不值钱。"

她着实被噎住，可是她想说，这毕竟生下来是一条命。但是假如她第三胎是女儿，那就要被打掉，没生下来就不是命吗？命不是照样不值钱。可是想他们这些人，谁的命又算是命。

晚上，躺在她身旁的丈夫对她说道："红秀，这些天开始收拾东西吧，我们二十三回去吧。"她没吭声。

"那天是我不好，"停了声，"我不该对你发火的。"他朝里靠了靠，一手抚上她肚子，轻轻地摩挲周边微突起的边缘，小孩四个月，已经有些显怀。

丈夫手大且温暖，她能感觉到他手的纹络，眼睛就那样毫无意料地冒出水来。

夜色又浓郁几分，高速公路上从前方行驶来的汽车发出橙黄色的灯光，也在黑夜里晕染开来。她把二女儿的手放进被子里，她听到女儿轻微的鼾声，睡得真沉呀。五年多前，大概也是这个时候，车厢在的夜色是怎样，她也不明朗。

这两次回家的滋味着实不同。

五年前的冬日比这时更冷几分，套上了准备好的棉服。

班车到县城，再从县城到乡镇，乡里坐着赶集日才有的班车回到村，一下班车女儿就冲向她，并朝那方向大叫"爸爸、妈妈"。

她微侧开身子，怕女儿没轻没重撞到自己的肚子，摸摸女儿冻红的双颊，肯定是在路边等他们很久了。"小君又长高了哦，"她笑着拉着她的手，"我们回家。"

"妈妈，我每天都有吃好多饭，"又接着，"我期末考试得了第一名哦！"语气里尽是讨赏，虽然她在之前电话里就说过。

"小君真棒！"丈夫脸上露出久违的微笑，"回家后叫你妈妈给你奖品。"

女儿一脸雀跃样来帮她提行李。她把手中的小包给了女儿。

当他们进门的那刻，正在切菜的婆婆走了过来，把双手在围裙上抹了抹，边招呼他们："你们回来了啊，快去屋里，那有火盆，外面冷。"一把接过了她手里的包，和丈夫把行李放去房间。

"妈，我爸去哪了？"丈夫问道。

"刚去买烧酒了，等下就回来，"婆婆答道，"那我先去做饭了。"

丈夫也同婆婆走出去。

饭桌上汤菜冒出的热气同讲话哈出的白雾不断往白炽灯方向窜去，公公同丈夫一块在喝酒，丈夫发黄的脸色下晕出微红，公公因为通红脸色则是把他那张脸显得更黝黑几分。

她借故要去整理东西离开了饭桌。

房间里的橙黄色灯光在冬夜里更显森冷，她看着这里有着绰约影子的东西，就像此刻她的心情，摇摆不定。

半个小时后，如她所料。

她正在折衣服，公公和婆婆进来了。

"红秀，最近感觉怎样？"婆婆以这句话打了开头，"身体怎么样？"

"挺好，挺好的。"她答得有些迟缓。

"那小孩都还听话吧。"婆婆略显局促，"应该没闹腾你吧。"

她咧开嘴角："孩子挺听话的。"摸摸小腹，这倒是真的。

公公还没有说话，看着她们俩的架势像是要聊起来，这样子下去又没完没了，坐下又站起来在房间里踱着步子，烦躁不安，手往裤袋里掏了几下，却什么也没拿出。

该来的总会来。"爸，你是有什么事吗？"

公公坐下来，抽出一根烟，点燃。露出土黄色的牙齿，就像是山丘般，这是土地的颜色。"红秀，你也知道，我家还缺一个男孩。"

她不敢直视公公的眼睛，垂下眼皮："我晓得。"

"但是，"吐出一口烟，"这个孩子我们还是有能力接受。"他的烟快抽完了。"不过第三个我们只要男孩，要是第三胎是男孩就最好，其他情况下你晓得。"婆婆也站在旁边颔首应和公公的话。

"我晓得。"她此刻松了口气。

"那我还有点事，那你就继续整理吧。让你妈和你聊聊天。"说完就匆匆作势要走。

"好，您去忙。"她低下头看着一堆待整理的行李。

房间重新归回寂静，除了公公身上留下浓郁的旱烟味让她有些不舒服，婆婆那张褶子脸也不知道该用什么表情，也是有点尴尬，平时最是喜欢絮絮叨叨，现在也说不出话，只得讪讪离去。

四

春节的天气越发阴冷，空气里弥漫着打完鞭炮后硝氨的气味，但是也挡不住渐渐消散的人情味。

公公与丈夫趁着这难得的节日去打牌。毕竟这是他们乃至整个村庄里难得清闲的日子。

婆婆也去别家串门，女儿更是不可能待在家。

早上给母亲打电话拜年，母亲说："只要怀到男孩，一切都会好起来的。"她无力反驳。她也相信，只要怀到男孩，她的生活会好起来。只要下一胎怀到男孩，一定会好起来的。

紧接而来元宵也快过去，丈夫则也要外出打工，而她要寄宿在县城的亲戚家。这是公公与丈夫几经商量决定的结果，因为管计划生育的小组要正式上班了。

虽然说在家生完这个小孩后，被抓去上环后可以下环，但是下环后要一段时间才能再怀孕。一家人商量着生完肚子里这个后就带着她去丈夫工地那边继续一起住，早点怀上男胎，要是运气好，第三胎是男孩，就可以不用带女儿躲躲藏藏。要是运气背，趁现在年轻底子好，即使打掉后，也容易再怀。

车还在高速公路上迅速行驶奔往目的地，此刻夜色黑得看不清前面的家在哪，她不知道离家还有多远，她还没有睡欲，二女儿已经从当初在医院出生的那么点大长到饭桌般高，虽然那饭桌指的是工地上丈夫用木板钉制的，不是家庭常见的那么标准，大女儿应该更是高了很多。

当初在丈夫亲戚家，寄人篱下生活了六七个月。过了这么多年，她仍然感觉到一种发自骨子里的拒绝。一个人待在亲戚那，亲戚家里的几个小孩整天吵闹得她不得安心，饭菜不合口，但是住在他们家，怕给他们添麻烦，也不敢有太多要求。

各种压力下，她被压抑得快不行，时常在路上散步，走着走着就会眼睛出水。不敢同他人诉说的话只能偷偷同母亲讲一些，可是又怕母亲担心太过头，毕竟她嫁出去五六年，每次打完电话，她都会躲在被子里啜泣，真是想要把这辈子的眼泪都给流尽。

母亲那句"只要生到男孩，一切都会好起来的"，那段时间，这句话在她脑子里生根了。

"只要生到男孩，一切都会好起来的。"

五

可是命不好，运听不到她的召唤。

也许这就是命，命中注定第三个孩子无法来到这个世界上。

在妇产科时，丈夫陪同下，她在医生手里拿到两颗药丸，同她讲了药流时一些常见的情况，便招呼下一位。

丈夫给她端来开水，在吃下药的那刻，她的心就疼了，她想质问丈夫，可是她不想看他掩藏在胡楂后面愧疚的脸。

疼，就是疼。

小腹收绞着，下午有东西一直在往下拉，伴随着干呕，她拽着丈夫的手，看到下体渗下殷红。

医生还要检查流干净没，要是没药流干净，还得刮宫，这下她运气好，一次性流干净了。

车厢里空调温度太高了吗，她用湿了的双手摸摸脸颊的汗，是凉的。

现在想起，那些苦难的日子就仿佛还在眼前，一伸手就触摸得到。

药流后，丈夫雇了当地一个老乡照顾她，那一个礼拜躺在床上都是浑浑噩噩的，那时二女儿刚学会叫她妈妈。

后来，她同丈夫的关系变成微妙的胶着状态。

公公婆婆的话还是那样千篇一律。

公公的声音透过话筒传来："先好好照顾自己，什么都别去想。"婆婆也颇怒其不争，让自己抱不上孙子，一点不像她大嫂那么省心。

不管他们说什么她都是应和回答我晓得。

母亲也在那边直叹气，不仅要为哥哥担心，还要为她这个出嫁这么多年的女儿担心。

哥哥已经生了第二个男孩，大嫂肚子里六个月大的孩子据说还是男孩，大哥大嫂一心想生女孩，而自己却恰恰相反，造化真弄人。

同大女儿聊天，只是听丈夫说，大女儿性子野了很多，她也只能通过电话对大女儿说要好好读书，听爷爷奶奶的话。

两年多没见过大女儿，对她是愧疚的，没办法照顾好她，希望大女儿可以离开这个吃人的鬼地方，好好读书，不要留在这，还有二女儿。

因随丈夫工作的工地几经搬迁，慢慢和贵州妇人断了联系，听说在广东这些年，贵州妇人也没回过老家，自己说话的人也没了。

大多时候是同女儿窝在家里看电视，也许那能称为"家"的话。二女儿看着电视剧里的场景直指着里面的人物笑，岁月早把她看电视的好心情磨去，电视剧也只是个消遣玩意。

医生说药流后半年可以行房，同丈夫做爱时，她兴趣不高，丈夫也草草了事，或许是他太累了。这性爱就是传宗接代的工具，让她早点怀上男胎的方法。

黎明前夕的天地像泼了墨似的，浓稠缠绕成一团。现在她有些疲倦，回忆太过沉重会压抑得让人喘不过气。几年来生活的片段就这样在这个冬日的夜晚在她脑海里放映而过，也许只是些支离破碎的片段。

她终究明白现实同幻想的差距，而她甚至连幻想的勇气也失去了，有些人的命就该如此。第四胎照样是女孩，真的是讽刺，丈夫眼神应该不只是失望，应该还有厌恶。

真的，她不好再去抱怨什么，她抱怨又有什么用呢？抱怨要是有用，她早怀上男胎了。时隔一年半，她在丈夫的陪同下又来到熟悉的地方，还是那个医生，还是一样的分量。她沉默地接过丈夫手中递来的闪着医院白光的药丸，他的手的纹络也更深了几分。她本想问他，你怎么舍得又抛弃自己的孩子，话到嘴边，她又失去了勇气。

事不过三，第五次命运终于站在她这边。对呀，她怀上男胎了，这个男胎终于来了。可是她不知道为什么，没有那么开心，也没有多激动。

终于要回家过年了，去年过年时，她听说李经中家，老婆四十多岁偷偷去下环，一举得男，但是违背计划生育政策，把政府那些年给交的医疗保险，各种福利补贴给偿还了，换来终于没人说他会绝代。

黎明前的黑暗已经过去，天空开始有些明晰。此刻她真的倦了，像是一场持续五年的战争，她终于胜利。她抚摸自己的肚子，里面那团肉就是自己胜利的证明。阖上双眼，随着大巴前进，一切都被抛在身后。

咬指甲的女孩

一

朱莉喜欢咬指甲，指甲与肉的连接处，凹凸不平，造成她的指甲黯淡无光，指甲经常就会被自己不小心咬得血肉模糊，往往旧的结痂还没有脱落，旁边又会起新的。

咬指甲，这当然不是一个好习惯，当父母发现朱莉这个坏习惯的时候，朱莉已经改不过来了。只要一看到朱莉咬指甲，就会威吓加以制止，但是他们发现作用不大，朱莉在听到他们制止那刻会停下来，可是没过多久，朱莉的指头又伸进了嘴里。

威吓既然没用，那就惩罚。如果发现朱莉咬一次，就从零花钱里面扣。他们发现这个方式有用，朱莉真的在他们面前没有咬指甲了。但是等他们一个月后发现，朱莉只是在他们看不见的地方继续咬指甲，原因是某天早上吃饭的时候发现了朱莉的指甲依旧凹凸不平。

当然他们还有专业办法对付朱莉咬指甲的坏习惯，在上网查询得知咬指甲属于心理上问题，决定带朱莉去看心理医生，心理医生给咬指甲一个专业术语，叫作"聚焦于躯体的重复性行为障碍"。并且告诉他们，朱莉这种行为也许是她在青春期的缘故，可能因为自身的焦虑、压力或者烦躁之类引起，而且这种行为还是比较常见，只要不会对生活产生太大的影响，还是属于可以接受的行为。

虽然咬指甲不雅观，而且不大卫生，但是也许是朱莉这个年龄段的原因，想到这里他们也就释然，不再强迫朱莉改正这个习惯，只是不允许她在人多的地方咬，这样子会显得她没教养。他们想，孩子青春期大概都是这个样子，大概到时候这个习惯会随着年龄长大消失。

二

联合国给出的青春期定义时长是10—20岁，女孩子因为比男生早熟，往往是到18岁，青春期基本上结束了。

可是过了18岁的朱莉，咬指甲这个习惯并没有随着青春期的结束而消失，而父母已经对她那双惨不忍睹的手不发表任何意见。相比较同事们的小孩，青春期咬指甲的坏习惯比整日和家长争吵更加容易接受。朱莉除了第二性状的显现，那些青春期本该会出现的其他糟心症状，都没有出现，并且她考取了一个不错的大学，还成为与同事聊天的谈资。

对于朱莉来说，咬指甲早已经变成生活中不可缺少的事情，在书桌堆满书本把人掩盖的高三课堂上，在一个人走路回家的路上，在宿舍深夜失眠辗转反侧的床上，只要她认为无人看到她偷偷咬指甲的情况下，都会偷偷把新长出一点点指甲的手指放进嘴中，指甲在与牙齿的摩擦接触下断裂，再看着已经没有多余出拇指盖的指甲，在这种过程里她得到一种奇异的满足感。

当然有的时候，看着自己丑陋的指甲，朱莉也会产生一种厌恶感。她厌恶自己凹凸不平的指甲，厌恶自己咬指甲的坏习惯。她虽然没有好看的十指，但是她羡慕有一双好看手的人，指甲圆润有光，这些人指甲或修整平整，或留出长甲。遇到这些人，她都会下意识把手偷偷放进口袋，所以她所有的衣服都有口袋。

当然她也遇到过很多同学，第一次看到她的指甲感到奇怪，虽然他们大多数的询问都没有恶意，并且都会在最后提醒一句叫她改掉这个坏习惯。她会马上羞愧回答说好同时把手放进口袋。

每当遇到这两种情况，深夜里她咬指甲的欲望就会变得更加强烈，这个时候她就能意识到自己正在咬指甲。像只老鼠一样，拱在被窝里，窸窸窣窣。

三

可是就是这样子的朱莉，喜欢上有一双好看手的人。

大学认识喜欢的人，除开课堂上的同学，大多来源于社团活动，晚会典礼，外加各类联谊。朱莉喜欢上的是她的老师，严格意义上来说，是研究生学长，他叫李准，只是偶尔在导师很忙的时候来帮忙带本科新生上课。

至于喜欢上他的原因，是他有一双很好看的手，指节修长分明，指甲修剪得一丝不苟。这些都是她坐在教室前排上课看到的，之后她就很难再坐到前排的位置。

对于女生来说，他长得清秀还不错，虽然称不上英俊，但是上课风趣幽默。身上少了大学刚入学男生身上的莽撞躁动，多了谦和有礼，并且和大家年龄相差不大，吸引了一堆女生，下课后很多女生喜欢找他问问题，当然醉翁之意不在酒。李准也好脾气一一解答。

朱莉也在下课后凑上讲台，但她不敢在李准面前向他指出自己的问题，让李准看到她惨不忍睹的指甲，会让她产生一种在大庭广众之下脱光衣服的羞愧感。

李准毕竟也还是学生，同在一个学院，两个人经常在课堂之外遇到。朱莉每次都会按压下想同李准打招呼的手，换成嘴中说出的一句学长好。而李准往往是挥手致意。

班上同学和李准混熟悉后问他微信号码，朱莉看着李准在黑板上流利写下一串字符，她在添加好友输入备注时候写下"学生朱莉"，对自己在手机屏幕上滑动的手指产生一种厌恶，这段时间，对自己指甲的厌恶愈加频繁。

在晚上等到李准同意接受自己为好友的时候，一阵惊喜，想要和他聊天，在手机上敲敲打打又悉数删除，遂放下手机。

四

高中老师最爱说，一个习惯养成要三十年，而成为终生习惯需要九十天来练就。这是她第一次真正想要改正这个从青春期以来的坏毛病。

她在百科看到的定义和曾经心理医生说的并无二异，跟她一样的癖好的不在少数，也有一些人提供自己的经验。为了见效快，她双管齐下。哦，不，是三管齐下。

她开始随身携带海绵球，清凉油，还有一堆小零食。

为了让自己对指甲下不去口，在指甲处涂上一层清凉油，嘴痒想要咬指甲的时候塞进一颗QQ糖，顺便让手指捏着海绵球玩耍。

似乎是在白天减少了咬指甲的频率，但是半夜照样咬，甚至有时要把白天没有咬到的补回来，就像是戒毒的人二次复发比第一次吸得更狠。朱莉尝试着晚上也按照白天那套搞，头两个礼拜还管用，到后面破罐子破摔，弄完那套照样咬。

所以留给朱莉的后遗症就是身上多了的肥肉，还有被揉捏得充满清凉油味道的海绵球。

就当她被自己搞得心力交瘁问自己是不是值得的时候，看到又来给他们授课的李准，改正自己这个破毛病似乎是值得的，毕竟自己也真的想要纠正，毕竟每次被同学看到自己不堪入目的指甲，都会好奇问道朱莉你是不是会咬指甲。虽然同学们都是无恶意的好奇，但是自己仍旧羞愧，那是掩饰在尴尬后的羞愧，自己也想和大家一样。

朱莉还有对付这个坏毛病的方法。

五

朱莉从心理咨询室走出来，还没来得及思考怎么践行心理医生的话，其实和当初父母带着一起去见的医生给出的建议并没有多大的区别，就接到妈妈的电话。

和绝大多数只关心孩子学习生活的父母一样，例行问完学习和生活后，朱莉妈妈的话变得吞吐："我跟你爸准备，就是那个，准备分开一段时间，你，你怎么看。"

朱莉答："哦，你们看着办，自己决定吧。"

朱莉妈沉默，遂转移话题，电话就在尴尬中结束。

晚上朱莉她爸又打来电话，和她妈无异，只是多加了一句，如果你觉得不行，我们就不分开了。

深夜当朱莉被咬指甲的欲望唤起，她双手十指交叉，双手紧握，紧咬牙冠，睁大双眼，就在这个过程中，那种下意识想要咬指甲的感觉在慢慢消失。然后她感觉到耳翼旁和鼻梁处有凉凉的液体流过，然后慢慢她疲倦得睡着了。

朱莉在这半个月，咬指甲的次数越来越少，现在她的指甲和正常人长度相差无异，看过去就像是修剪得整整齐齐，也变得莹润有光泽，然而新的问题又来了，自己是真的喜欢李准，还是喜欢李准那双手。

会不会自己只是受到了刺激，想要找到一个目标改掉自己的坏习惯，然后自己以为爱情是最好的动力呢？还是说到底自己暗恋他，但是最后鼓不起勇气告诉他以此为不告白的借口？

六

在她纠结的时候，某天晚上班群出现某同学上传的照片，是李准和妹子手牵手逛街的照片，并配字："逛街偶遇老师和师母。"

接下来就是在新鲜劲过去后安静如鸡的微信群迎来沉默后首次大爆发，同学们疯狂艾特李准求师母正脸，平时鲜少发话的李准及时发出与女朋友的合照，幽默道："觊觎准哥的女生可以退下了，已经名草有主了（斜眼笑）。"

这个时候父亲突然来电话，朱莉走向阳台接电话："喂，爸爸。"朱莉先说。

"朱莉啊，最近过得怎么样，身体好吗？和室友相处怎么样？学习怎么样？生活费够吗？"朱莉爸问出一连串问题。

"都挺好的。"朱莉答。

这时候她听到电话那边传来父亲小声说话的声音："我说不出

来，还是你和她说。"

那边也有小声回答："我也说不出口啊。"

朱莉明知故问："怎么了？"

朱莉爸最后还是说出来："朱莉啊，我和你妈妈离婚了。"

朱莉答："你们做了决定就好啊，没关系的，我知道你们这些年挺累的，为了我都假装和谐，现在轻松了。"

朱莉妈在那边突然哭出声："莉莉，是我们不好，当初没有真正照顾好你。"

心照不宣，三人同时沉默，朱莉挂下电话。

朱莉好像真正承认前段时间心理老师和她说过的话，自己咬指甲习惯起源于青少年时期的创伤，父母那段时间因为彼此工作不顺，再加上两个人生活理念不合终于爆发争吵，同时经常波及朱莉，各自在她面前数落对方，也甚至多次说道要不是为了你，我们早离婚的话。

年幼的朱莉恐惧承担这份不属于她的"责任"，在无助害怕中身体缩成一团，无意间颤抖的牙齿咬过指甲获得奇异满足感，便一发不可收拾。虽然那次父母大规模争吵后她获得以后的和谐生活，小心翼翼维持表面平静，但在那种氛围里朱莉一直保留下咬指甲的习惯。

朱莉在阳台上把她的超出拇指盖的白指甲咬完，像是完成某种仪式，她在告别。

然后把李准微信删除后就去床上睡觉了。

月光照明堂

一

"天惶惶，地惶惶，我家有个夜哭郎，过路君子念三遍，一觉睡到大天亮。"

王小康过完暑假就可以上一年级，之前在学前班开始学认一些大字，这张贴在村口过路旁电杆上的红纸大黑字引起他的好奇，他认得到其中的"天""地""我""有"等等几个字，这是老师不久前上课教的，但是组合起来他就不知道怎么读，也不知道什么意思。

隔壁家的陈婆婆刚好从田里劳作回来，看到王小康站在村口："康赖子，你在这做啥子事呢，等你爷爷回家吗？"

"是，婆婆，你晓得这张红纸写了什么吗？"王小康问陈婆婆，不过问完后就后悔，陈婆婆没有读书，认不到字。

还记得第一天去上学的时候，陈婆婆同他说："康赖子，要好好读书认字，考大学，到时候可以好好孝顺你爷爷，婆婆不认字，你可以帮婆婆学到那份啊。"

　　但是没想到她读出来了，王小康惊奇道："婆婆你怎么晓得？"

　　"哎哟，婆婆虽然没有读过书，这张字报可是认识，这辈子我都不知道看到多少遍。"她的眼睛被褶子包围，可是婆婆的眼珠，还有很亮的光，她不像王小康知道的那些住在他家周围其他老人的眼睛，蒙着一层薄雾似的。婆婆笑了，眼睛也笑了。"这是哪个人家里有刚出生的小孩喜欢哭闹，大人就用一张红纸写上这些字粘贴在过路口，从这里过路的人看到后念一遍，家里小孩就不哭闹，大人可以睡个安稳觉喽。"

　　"那婆婆，我刚出生的时候是不是也贴了这个呀？"王小康对此感到新奇，他觉得如果能够有一张为他张贴的字报，就有更多人知道他，他就不是孤零零的。甚至他还有点自豪感，老师说自豪感就是受到表扬和拿到奖状的感觉。

　　陈婆婆左手赶着锄头右手牵着他的左手，从村口走回家，婆婆的手，和爷爷的手长得很像，没有肉，蜡黄蜡黄，就像他玩完泥巴后的样子，当然自己的手有更多的肉，同时也短短的。

　　"我们家小康啊，出生后可听话了，没怎么哭闹，很听话，一点都不折腾你爷爷，所以才不用贴这个呢。"婆婆笑着说，"我很久没有见过像你那么听话的小孩喽。"

　　王小康听到这个，感受到老师说的那种自豪感，因为他很乖，没有给爷爷添麻烦。

　　他高兴地放开陈婆婆的手，右脚跳起来左脚放下去，左脚跳起来右脚放下去，就这样蹦蹦跶跶跳在泥地上，突然间发现陈婆婆早被他落下一大截，又转身往婆婆面前冲。陈婆婆看着他冲向自己，怕他一不小心趔趄栽跟头，赶忙放下锄头半蹲着，张开双臂想要抱住他，王小康及时在婆婆面前止住步。他看向婆婆，咧开嘴笑了，婆婆也笑了。然后轻轻拥住婆婆，婆婆也抱住他，在他后背上拍拍。

　　王小康说道婆婆脖子散发出来的汗水味道，爷爷告诉他，这是阳光的味道。他看到西边天还剩下一点点光，除开那点光，周围是暗蓝色，还有灰色，爷爷快回家啦。

二

　　到家门口，陈婆婆问道："你妈妈在家吗，今天有没有欺负你，有没有打你？"

　　"没有没有，"王小康连忙摆手，"她中午就出去玩了，我也不知道她去了哪里，午饭都没有回家吃，没有打我。"

　　"那个傻子，也不知道去哪混了，那你奶奶去哪里了，怎么还没有烧火做饭？"陈婆婆又问道。

　　王小康打开半门，朝里指着："奶奶坐在里面。"

　　天基本上灰下来了，一团黑影蜷缩在那。陈婆婆走进去，"咯噔"一下，按灯。钨丝灯亮了，那团黑影站起来，直直地盯着陈婆婆看，王小康害怕，躲到陈婆婆后头。

"七秀啊，叫你人也不应，吓死人知道不，天这么黑了，要开始做饭。你不会饿，饿了也没事，但是小康会饿，他饿不得，到时候，明生回家，看到你没做饭，他一个男人家的，六十多岁在田里做完事情，还要给你们做饭，要累死他哦。"陈婆婆对着王小康奶奶说道。

王小康看着奶奶嗫嚅地说了句好，他知道奶奶这几天又犯病了。奶奶基本上隔一段时间就会迷迷糊糊，像今天这样，什么都不干，待在家里，或者坐在门口。当然饿的时候，就开始烧火做饭。

奶奶没有迷糊的时候，对他还是很好的。会带他去菜园里，会采摘几朵野花给他，有时候还可以捉到蝴蝶或者小蜻蜓给他玩。

甚至还可以去田里和爷爷一起做事，分担农务。

爷爷告诉他，奶奶只是一段时间会生病，不要怕她，那时候就不要打扰奶奶。

七岁的王小康记得，奶奶上一次生病的时候，也是静静地坐在家里，她突然间走到他面前，一直盯着他看，眼神就像是他在电视剧看到的坏人的眼光，双手捂住他，嘻嘻地笑起来，还在念念有词："我终于捉住你了，我终于捉住你了，我终于捉住你了。"王小康吓得想要挣脱开奶奶，可是奶奶捂得越来越紧，黝黑蜡黄的脸藏在半长不短没有扎起来的头发里。

他感觉奶奶就要把他吃了，都是骨头的手捂着他的后背硌着难受，而且好像自己有些透不过气来，就使出最大的力气挣扎，大哭出声，可是换来奶奶捂得越来越紧，奶奶嘴里更加振振有词："哈哈哈，我终于捉住你了。"

王小康在摇头说不要的时候，泪眼蒙眬看到陈叔来了，他是陈婆婆的儿子，拄着两根拐杖，两条腿半跪着跨过门槛，口齿不清大叫道："七秀，你，你快放开小康，不然我棍子打过来。"

她像是没有听到他的话，他们两家人本来就住得离其他人家比较远，再加上平时村里的其他人都去田里做事，根本找不到人来帮忙。陈叔走过来后放下两根拐杖，用力掰开奶奶，王小康感觉到奶奶捂在她身上的力气越来越小，最终被陈叔挣开。

奶奶也像用刚刚看他的眼神看陈叔，对他十分不满，陈叔虽然跪下来了，他手拿起拐杖，用力往地上敲击几下，对着奶奶说："要是，要是你，你再敢这样子，对小康，"陈叔歪着的嘴噘得更高了，不对称的双眼，极其有气势盯着奶奶说，"我真的会打到你身上。"说完又在地上敲击了一次。他虽然说话结巴，此刻十分有气势。

小康站在陈叔身后，他的心还跳得很快，一吸一吸抽噎着，他看到奶奶因为陈叔用拐杖大力地敲地恐吓她时，脖子倏然间缩了，低下脑袋。

王小康就跟着陈叔去了他家，平时奶奶生病的时候，经常会被妈妈欺负，妈妈会打她还有拧她，妈妈打完还会嘻嘻哈哈笑道："不好玩嘿嘿，一点都不好玩，她不和我一起玩。"

爷爷晚上回来后知道奶奶下午对他做的事情，恨恨道："真想把你赶出去！"作势扬起双手，奶奶也吓得低头，不敢看爷爷，像是做好准备被爷爷打一样，可是爷爷扬起好几次的手都放下来。

浑浊的双眼，又看着在灶台烧火处玩木头的妈妈。眼睛冒出水，呢喃说着："我上辈子是造了什么孽啊，摊上你们一堆人。"

王小康哗啦一下，心里就好难过，比下午被奶奶捂着的时候更难过，也哭出来抱住爷爷："爷爷别哭，我错了，我会听话的，我会听话的。"他认为要不是因为他发生这些事，爷爷也不会那么伤心。

爷爷轻轻拍着他："康康乖，爷爷没说你。"

之前奶奶恢复平时的清醒后，往往会不记得自己迷糊的时候干过些什么事情，这次好像记得，她像是讨好一样将捉到的蜻蜓放进透明的塑料瓶里面，送给他。怕王小康不接受，还一直观察他的表情，王小康犹豫，显然是想起前几天奶奶对他做的事情，那天后爷爷对他说，奶奶之前是因为生病了，什么都不知道，才会紧紧捂着你，奶奶好了后，不要怕她，只是她生病的时候离远一点。可是奶奶现在还专门去给他捉蜻蜓，对他还是那么好。他接过塑料瓶，奶奶咧开嘴笑了，他也笑了。

可是这一次她又犯病了，王小康还记得上回发生的事情，不敢和奶奶待在一块。陈婆婆也不敢让小康和他待一块，就带着他回她家，走之前还不忘叮嘱奶奶要做好饭。

三

王小康去到陈婆婆家的时候，他们家的灯开好了，灯光是白色的，亮堂堂。陈叔就在灯下坐着，拐杖放在两旁，脑袋往上望，嘴角下歪，露出不整齐的牙齿，哈喇都像是要趁机流下来，一个眼睛睁大着往上翻，一只斜睨着，显得面目狰狞，十分可怕。可是王小康一点都不怕他，他知道陈叔不是坏人。

王小康也顺着陈叔的眼光往上看，有飞蛾，还有虫子在灯下转来转去，都向灯管冲去。

陈奶奶往屋内的后面一间房走去，说是要去拿她赶集买的梨给王小康吃，经过陈叔身边还念叨说他像神经病一样看无聊的蛾子。

"小康你来了啊。"陈叔看向他，王小康打完招呼便像往常一样问他去干什么了，王小康和他说傍晚认识的字报。这时陈婆婆拿出来一个梨子，从水缸里舀出一勺水，往门口去洗梨子。"小康啊，你陈叔出生七八个月哭闹不止也贴过字报，当初婆婆不晓得他是生病了，家里也没钱让他去治病，后来等到学走路的时候也走不起来，实在没钱，一直没去看，十多岁终于带他去了县城，那个医生说是什么小儿麻痹症，早错过治疗时机。欸，我和你说这个干什么，说了你也不懂。"她这个时候已经拿着洗干净的梨走进门，一边甩梨上的水珠。

"妈，都，都过去那么久，还说，还说那么多干什么。"他用下巴朝王小康示意，"吃吃吃梨。"

王小康接过陈婆婆给他的梨："陈叔你要吗，我去切一半给你。"陈叔是他的好朋友，王小康很愧疚，今天只顾着自己玩，都没有来找陈叔。

"没事，我吃过了，不要，你吃。"陈叔笑着，上牙把下唇包得更紧了。

王小康和陈婆婆在砧板那边端盆洗菜，砧板上还放着菜刀，他走过去，小手因为使不上力，拿菜刀的时候颤巍巍，然后把梨切成两半。

陈叔一时背对着王小康，不知道他在干什么，陈婆婆还是听到梨切成两半，刀撞到砧板上发出"砰"的声响，她原以为小康是过来看她洗菜，所以没注意他在干什么。

"康赖子，"陈婆婆顿时声色严峻起来，"不可以乱用刀，要是不小心切破手嘞。"

"婆婆，我晓得了。"王小康低下头，显然意识到陈婆婆生气了，陈叔这个时候也转过身来，外面传来爷爷的呼喊声，简直是解救了他。"婆婆我再也不敢了，这半边梨给陈叔吃，我听到爷爷叫我回家了，先走了。"就拿起更小的那半，低着头钻出去。

他听到后面陈婆婆带着笑意的呢喃："这个赖子真的是。"

王小康站在门槛上，看到爷爷把农具放在门口旁边，橙色的灯光洒在爷爷身上，他举起手中的梨，递向他的嘴边："爷爷吃梨。"

爷爷笑了："康康这么懂事知道给爷爷，爷爷不吃，你自己吃。"

王小康踮起脚："爷爷你就吃一口嘛。"

爷爷双手从他腋下穿过，把他举起来，提进厅堂："都给你吃，要是真的想对爷爷好，就去给我勺一瓢水来喝。"

"好！"王小康挣开爷爷怀抱，往水缸走去，拿起瓢，勺了一半的水给爷爷，顺手把那一半的梨放在水缸旁的砧板上。砧板上还有奶奶切好的青菜，她坐在灶台前烧火。

他将水递给爷爷，刚刚站在厅堂和内间小门之间的妈妈走过来，笑嘻嘻地盯着他，王小康乜斜看她一眼，没有理她。

爷爷接过瓢勺，直接喝水。王小康看到爷爷的喉结发出"咕噜咕噜"的声音，他自己特别口渴的时候就是这样子喝水，他想爷爷肯定很热很口渴，到墙壁旁的挂毛巾处拿到毛巾，放进木架子上脸盆里，准备给爷爷清凉一下。"爷爷我去给你打水洗脸。"走到水缸处，妈妈看到他突然过来，赶紧捂住嘴，腮帮子在转动咀嚼，眼睛瞪大，接着转动眼睛。

傻子不知道吃了什么，相比较妈妈这个称呼，王小康更愿意叫她傻子，她对他而言，只是同住在一个屋子里的人，她和其他人的妈妈完全不一样。可是爷爷不让他叫她傻子，听到他叫一次傻子，就要拧他一次嘴巴。

吃，对呀，王小康想到，他看到砧板上的梨已经不见了，是她把陈婆婆给自己的梨吃没了，这已经不是第一次吃他的东西，之前还会抢走他手里的。

王小康直接用手往她后背拍下去："傻子，我让你吃我的梨！你还我！"接着两只手轮流拍着，傻子被打的时候，猜到偷吃东西被发现了，自觉理亏，没有转身，没有反抗。

爷爷走过，显然已经知道这是怎么一回事，他抓起王小康拍打妈妈的手，王小康想要挣脱爷爷，嘴角扁着，眼睛瞪得老大，眼角已经透红，就差眼泪落下来。

"小康别哭，我会说她，你不是要给爷爷装水洗脸吗，你去给爷爷装水，我会说她的。"爷爷放开他的手。

王小康还想挣扎的，可是更不想让爷爷失望，他用手腕一抹鼻子，一甩手，发出"哼"的声音，便继续干之前的事情。

他听到爷爷严厉训斥傻子的声音，叫她不要再抢他的零食。王小康心里一阵得意，又烦躁起来，傻子记不到事情，下次有机会照样抢自己的零食，爷爷又不会打她，长不了记性。

他看到傻子低着头，脑袋一缩一缩。

奶奶就像个事外人，默默干着自己的事情，把菜炒好端起来，放在桌子上。

傻子闻到菜的香味，开始探头探脑。

"欸！"爷爷重重叹气，"吃饭吧。"显然是对她这样子没辙，垂下眼，从内往外挥挥手，示意她走。

傻子拿到自己的专属碗筷，之前是爷爷买给王小康的，看到他用，耍赖哭闹抢过来的。傻子坐在自己的位子上，就差把手伸进菜里，爷爷此刻还在洗脸，她不敢乱动。

桌上有一碗青菜，一碗加荤的肉菜，有肉的菜是为傻子专门加的，她挑食，要好菜吃，没腥味的菜不吃。

据说这是外婆的要求，外婆经常隔一两个月来看傻子，外婆来的时候会带一些零食给王小康，当然最重要是来检查傻子怎么样，有没有瘦了，因为她作为傻子的妈妈知道，傻子无肉不欢。

其实王小康很好奇，为什么外婆不接傻子回去呢，这样子她就不用经常来看她了。当然，如果她被外婆接走了，其中最开心的会是王小康。

王小康在饭桌上慢慢扒饭吃，傻子大嚼大咽，在一片安静和蚊子声里，显得十分刺耳。他感到一阵厌烦，越来越讨厌她。赶紧吃完，去楼上拿自己的衣服，打井水洗澡。

四

王小康端着一把竹椅子，靠坐在门口，爷爷往他身边熏了艾草，便去忙自己的事情，爷爷唯一休息的时候就是晚上这一会儿，等他洗好澡，也会拿出竹椅坐在门口乘凉，还会摇着一把大蒲扇，给他赶蚊子。

今晚的月亮不圆但是亮，月光洒下来，把他的影子拖得老长，他学过"举头望明月，低头思故乡"，老师说看着天边的明月，想起家乡还有家乡的亲人，当你们思乡的时候，或者有想念的人，在月光下就可以吟唱出这首诗。

王小康没有思念的人，经常有人问他，王小康啊，你想不想你爸爸呀？"爸爸"这个词对他同样陌生，爸爸在外面打工，只有过年的时候回家，他很木讷，不说话，短暂的相处，并不能让他们有什么深厚的感情。也有大人这么说，王小康还好你不像你爸爸那么木讷老实，你是个鬼机灵。

村子也就那么大，基本上是熟人。平时村子里有些人聚在一块聊天，王小康走那里过，会听到他们的议论声说："这孩子可怜啊，没妈带，奶奶还是时而疯癫时而清醒。"

有的时候也可以听到解决王小康困惑的话，比如："你说明生（王小康爷爷）怎么那么拧呢，家里穷，儿子又不算能干，家庭又是那样子情况，哪有正常的好人家女儿愿意嫁过去他们家。隔壁大岭乡有人招上门女婿，招上门女婿的那个女后生长得周周正正，最起码不是个傻子，愿意接受他儿子，也接受他家庭。明生就是不让，说是不想要他们家孙子和别人姓。生活都那么困难了，偏偏要花十万块买个小时候发烧烧坏脑子的儿媳妇，结果傻成那个样子，家里多了个要伺候的人。"王小康听不懂上门女婿是什么意思，但是知道了他妈妈为什么和别人妈妈不一样的原因，她妈妈买来的。

王小康觉得自己不可怜，爷爷陈婆婆陈叔都对他很好，奶奶也对他很好，虽然奶奶偶尔发病。只是偶尔会觉得自己确实可怜，比如和同学吵架，对方会说他："你是傻子的儿子，还是疯子的孙子，你是小傻子，小疯子。"也在妈妈抢他零食，或者偷偷拧完他时，会觉得自己可怜。王小康想要和爷爷告状，可是爷爷从田里回家，常常带着一身的汗水与灰，看到他好不容易可以休息，不想要让他还要为别的事情烦心。不喜欢听到爷爷的叹息，也不想看到爷爷眼里的欲言又止。

那群喜欢讨论他们家事情的大人们，也没有那么讨厌，王小康还可以从他们口里听到爷爷不会告诉他的故事。他知道自己出生后，妈妈不肯给他喂奶，她觉得疼，只能喝奶粉。爷爷家里本来就穷，十多万把妈妈娶回家的钱还有一部分是借来的，再加上他出生又要花钱，家里根本没有钱买奶粉。

王小康听到那些叔叔婶婶这样子说："你们是不知道啊，明生真的狠啊，不怕死。家里没钱买奶粉，就想到去山里捉眼镜蛇，把蛇卖了买奶粉。你说眼镜蛇多毒啊，咬下去命都没有，他就带着自己做的草药进山了。还好告诉隔壁的陈婆说要去深坑那边捉蛇，晚上把康赖子放在她家，晚上要是一两点还没有回来，就是被蛇咬了，可以叫周围的邻居去找他，就这样带着手电筒草药和蛇皮袋出发了。"王小康听得一愣一愣的，就像听一个惊奇的故事，可是故事的主角是爷爷。"陈婆说一晚上睡得不安心，等到两点多发现明生还没有回来，怕是出事了，就去找村里其他人，找了五六个壮年。在深坑真的找到明生，他被蛇咬了。大家背他回去，还好自备草药，适当阻止了蛇毒漫延，赶着把他送去乡里，打了血清，还好命大啊，后来大家给他借钱，暂时过了难关。"

说完后，对着在一旁听的王小康说："康赖子啊，你以后要孝顺你爷爷呀。"

炽热的白天，变成山村里的夜，白天的暴躁消失，夜有些温柔，爷爷也已经收拾好开始乘凉，他把家里的钨丝灯关掉，现在他们只剩下天上那道月光。

王小康主动要给爷爷按摩，爷爷穿着褂子和大短裤。王小康的手是肉肉的，一按一捏在爷爷的骨头上，还问爷爷舒服不。

爷爷发出满足的喟叹："舒服啊，有个这么懂事的孙子，爷爷很舒服啊。"

自从知道爷爷之前腿被咬伤过，给爷爷按摩多加一道按腿的程序。爷爷的疤，在小腿内侧，那里有两个小窝堆起的褶子，干巴巴的。

他问过爷爷，这道疤是怎么来的，爷爷说不小心被蛇咬了，告诉他以后去田里最好带着根棍子，看到草茂盛的地方，要拍一拍，再走路，这就叫打草惊蛇。

王小康按完爷爷的腿，已经开始气喘，额头出薄汗。

爷爷拉过他坐在椅子上，给他扇凉。

他们有一搭没一搭地讲着话，爷爷给他讲着村后面形如其名的仙桃山上发生的抗战故事，王小康告诉他今天去哪里玩。

明月已经高高挂在空中，王小康犯困，他们准备回屋睡觉，月光从大门处洒进明堂，一室光辉。夜静谧，蚊子都好像睡着了，听不见嗡嗡的声音，只剩下田中传来的一声声蛙叫。

五

王小康的漫长的暑假就这样开始。家附近的香樟树上的蝉鸣，紧锣密鼓地宣告着夏天到来。

田野里有不息的稻浪，除开有莲花的清香，空气里还夹杂着一丝丝若有若无又挥之不去的汗味，这是南方乡村孩子的生活，漫长的夏日似乎在这里没有尽头。

酷暑即将来临，也意味着一年最忙的时候到来。

这里的村镇，绝大多数种着莲子作为经济作物，王小康没有像其他伙伴被限制在家干活，其他小孩不管你平时多么受宠爱，此刻都必须留在家里手动剥莲子。他在夏天才是最被伙伴们羡慕的，平时和他吵架最厉害的同龄人，也想要讨好他，以期换得他帮忙剥莲子。

虽然王小康很闲，但是爷爷一点也不闲。他醒来的时候爷爷已经出门做事几个小时了，等到八点多吃完饭匆匆忙忙出去，中午烈日高挂回来。带着一身的泥土，回家躲避两个小时的太阳又得出门，在大多数人开动晚饭后，他才回来。

爷爷偶尔匆忙时会忘记带水，家里有陈婆婆给的解暑草药，泡在开水中，等它凉下来，沁人心脾。只要是和爷爷有关的事情，王小康都会认真对待。他会戴上草帽，把凉下来的解暑水灌进大矿泉水瓶子里，抱着去找爷爷。

草帽太大，走一段路不是往前倾就是往后倒。往前倾就遮住前面的路，走在泥土地上容易绊倒；往后倒就是让太阳射进眼珠，明晃晃刺得眼睛疼。天气太热，抹去脖子上的汗液，又会滴入眼睛，王小康感受到眼睛的咸痛刺痒，恰好望向头顶上的太阳，产生一种眩晕中的蒙眬感，还好距离爷爷割水稻的地方不远了。

爷爷看到他满脸通红大汗的样子，心疼地把他脸上汗水抹去，此刻爷爷自己还满头大汗来不及抹去，他嘱咐王小康靠坐在打谷机旁的一点阴影里，王小康闲不住，会把遗落稻穗拾起。爷爷叫他回家去，田里太阳太晒。王小康不愿意要陪着爷爷，他知道自己来了后，爷爷晚上就会早点回家休息。

早稻收割完，王小康像从家里圈养的小皮猪变成小野猪，黑得不成样子。

等晚稻种下，爷爷吃完晚饭和他一起坐在门口乘凉的时间少了很多。天气炎热，本来就很久不下雨，溪水水位很低，田边的小渠里的水更是少得可怜，禾苗本就晒蔫了，田里还没有水，这样子下去晚稻收成会大幅减少。这时候家家户户争水很厉害，小渠的水源被东家拦过去一点，被西家截走一部分。

爷爷晚上的工作就是要把小渠的水拦进自家稻田，这样子做完还不能走，还得在田里待上两个小时，等自家田水差不多满了再走。否则怕后面其他看水的人截走水，晚上禾苗没有水恢复过来，第二天准得晒死。

王小康想要和爷爷多待一会儿，就央求爷爷带他一起去看水，爷爷往往是不答应的，当然十次偶尔有一两次可以成功，那样也是极好的，王小康也摸出规律，爷爷答应的时候，往往是天上月亮最圆的日子。

山里的月亮本来就大，亮起来的时候可以给爷爷和王小康照亮前面走的田径路，有时候都可以把手电关掉。月亮比太阳贴心多了，王小康觉得。"你看爷爷，我们往前走一步，月亮也好像往前走了一步，我们要不要走快一点去追月亮啊。"

没想到爷爷会答应："好，那我们就去追月亮，康康加把劲啊。"这时候王小康感受到爷爷的步伐轻快起来，"走咯喽，追月亮去喽。"

"嘻嘻，"王小康迈起步伐，"追月亮喽。"

等到王小康气喘吁吁，月亮还是在他头顶的前面的不远处，好像是他快一点，月亮也快一点，他走慢，月亮也走慢。

王小康感叹追不到月亮："爷爷我追过它很多次了，就是追不上它。"

爷爷说："康康啊，其实不需要刻意去追月亮，月亮一直在那里看着你，就在不远处，无论你去了哪里，月亮都会陪着你，离你不远不近了，会这样守护你。"

他像是听懂爷爷的话，又好像没有听懂。

王小康的夏天就快要结束了，意味着王小康要正式成为一名小学生。他度过一个愉快的暑假，妈妈像去年一样被外婆接走，而奶奶自从上次犯病好后，整个暑假没有再犯。

当然暑假结束，妈妈也要被外婆送回来，爷爷昨天打电话给外婆叫她把人送回来。

六

开学一段时间后，爷爷突然被电话叫去姑姑家。暑假的农忙前，姑姑来过爷爷家，她很温柔，还轻轻抚摸着自己的肚子，告诉王小康今年冬天过年的时候他将有一个小弟弟或者小妹妹。

这是姑姑第二次和他说，去年的时候，姑姑也说过年的时候会有一个弟弟或者妹妹，可是王小康现在还没有弟弟妹妹。

他预感到，姑姑又失约了。上次爷爷就是这样突然被叫去姑姑家，一两天后，又听到那群大人在讨论说姑姑的孩子没了。晚上爷爷没有回家，王小康在陈婆婆家过了一夜，还教陈叔今天在学校里新学的字。

第二天他去上学，经过那群大人常坐着聊天的地方，有端着饭还拿着筷子指点说道的，他们说姑姑遗传到奶奶，也是疯子。"可怜见的，明生的女儿长得那么漂亮，又能干又温柔，怎么就遗传到她妈，也是疯子，经常犯病。如果不是脑子有问题，怎么会嫁去那种家庭哦，你们没看过吗，她老公因为以前有羊痫风没人看着跌倒伤了脑袋，搞得走路一瘸一拐。听她那边村的人说，她婆婆经常磨她做事，怀孕还要她去砍柴，老公不开心了就会用棍子打她。我们这边的妇女主任看她可怜也经常去交涉，那边也会做思想工作，妇女主任走后的几天还好不打她，可是事后又打得更狠。"

一直萦绕在王小康耳边的是"真可怜啊，真可怜呦，明生怎么就那么倒霉摊上这样一群人"。

王小康想起温柔的姑姑，他看过姑父，凶神恶煞，眼神看他的时候，王小康很不舒服，总觉得他像《西游记》里面妖怪的眼神，而他都没办法为姑姑做什么。

不知怎么，他紧握双拳突然间朝那群人大喊："我爷爷才不可怜呢，我姑姑也不可怜。"边跑边抹眼泪朝学校去。

　　放学回家后爷爷已经在家，奶奶提前准备做好饭菜，他什么都没有和王小康说，王小康看到爷爷那双本来就暗淡的眼睛充满血丝，可是什么都没有和他说。他想要让爷爷多休息一会儿，可是没多久，那些从农田里做事回家的人，走来一拨又一拨，想要从爷爷口中问出话。

　　爷爷的笑很勉强，傻子像是感受到不一样的氛围，不敢嘻嘻哈哈，安静坐在那，奶奶在灶台前无声地抹着眼泪。

　　王小康知道他很累了，就在第五拨上门问消息的人到来之前，叫爷爷去床上睡觉，爷爷又叹息了，他摸摸王小康的头，就上楼去。

　　王小康搬好椅子在收拾好的桌面上开始写作业，傻子没有打扰他，静静坐着，感到无聊后，也回房里睡觉。月亮还是静静挂在天上，洒下一堂光辉。

　　王小康慢慢也知道，他们家所有的事情，终将会过去。

　　一个月后姑姑来了，她还是那么温柔，没有抱怨，眼睛还是那么亮，他叫姑姑不要再回到那边去了，姑姑看着他笑："我不回去那我去哪儿啊。""姑姑留在这儿吧。"王小康说道。

　　姑姑只是笑着，看着他，嘴角翘起来，不说话，最后还是回去了。

直到收割完晚稻，终于到了爷爷最闲的时候，这个时候他可以晚点起床，坐在门口晒太阳。王小康可以在午后，给他用纸卷好一根旱烟，看他吞云吐雾，爷爷的脸颊会隐藏在烟雾里面，那是爷爷一年最惬意的时候。

当然寒假后，即将过年，爷爷会带着他去乡里买年货，他看到乡里有一条宽阔的水泥大街，两边的房子第一层，里面有卖衣服的，卖鞋的。门口摆了很多年货摊子，有果子，番薯干，干豆子，还有他很喜欢的米糖，粘牙但是有嚼劲。

爷爷还会帮他买好新年衣服，运气好，碰到卖冰糖葫芦的，爷爷会主动给他买上一串，他带回家炫耀给同学看。傻子看着冰糖葫芦流口水，碍于爷爷在那不敢抢，王小康看着她的眼神，还是会不忍心，给她两颗。看着她拿到后狼吞虎咽的样子，忍不住叫她慢点吃，小心被果核呛到。

他也会在哄着爷爷吃下一颗糖葫芦后，比自己吃的时候还甜。

相比较其他伙伴，王小康对于过年没有那么热衷。因为他们在期待爸妈回家，王小康很少会想起爸爸。

半个月一次的电话，爷爷拿起话筒叫他接过，他不情不愿。因为那边只会和他说，要好好学习，要照顾好自己，要照顾好爷爷奶奶。当然他之前也会说，要照顾好你的妈妈，王小康顶回去，我凭什么要照顾那个傻子，别人都是妈妈照顾小孩，而我要照顾她，故而把电话挂掉。

王小康的爸爸小年夜前回来，他沉默寡言，唯一多说话的场合就是在饭桌上，会主动照顾傻子，叫她吃慢点，不要那么快，没人和你抢。

元宵他再次出门打工后，这个家留下的痕迹只有傻子变得白胖又干净的脸。

他想其实爸爸还是留下了一点什么的，元宵时候村里有舞龙灯的活动，这个时候村里会有从其他地方赶来看龙灯的人，人多，热闹。

王小康吃完晚饭想要赶去看，已经站在门口准备出发了，可是爸爸叫住了他，他牵着傻子出门，傻子出门时磨蹭，也要像其他小孩子一样拿着一盏灯笼出门。王小康站在门口不耐烦："你们快点啊！"所有的怒气，在爸爸牵过他的手后，瞬间烟消云散。

他一手牵着傻子，这个时候她已经看过去不像傻子了，被收拾得整整齐齐，看着手里的灯笼，她满足地笑着，眼睛那么明亮。爸爸走在中间，大手牵着他们两个，此刻才好像真的是一家人。

七

拜完年后的姑姑在春耕前再次来过家里，她告诉王小康，这次不要下次过年，等到他升二年级，真的会来一个妹妹。

王小康半信半疑，只是春耕开始后，爷爷再次去了姑姑家，姑姑又受到那家人的欺负。他本来以为姑姑又要失信，这次姑姑没有失信，只是却带来一个更不好的消息。

爷爷在晚上骑电瓶车回来的时候，因为脑子太乱不小心从马路掉入深坑里，村子里的人本来就少，晚上鲜少有人回去。他没有手机，掉下去两个小时后才得救，送去乡里时候发现尾椎骨已经被摔断，有瘫痪危险，要赶紧送去县城医院做手术。

王小康怕疼，平时跌倒滑破皮，会揉上一阵子。爷爷不愿意去县城医院，坚持要回家。

后来吧，他听到那群大人在讨论说，当初明生要回来的时候就该知道事情不对劲了。都以为他是因为家里没钱存了那样的心思不去大医院治疗。而且家里要春耕，住院的话那些田地都要废弃。他太狠了啊，知道自己花一大笔钱还要治不好，以后日子都要瘫痪在床，为了不拖累这个家，居然喝农药自杀了。

王小康又想起那天中午放学回家，爷爷被送回家，伤口只是简单包扎处理，来了很多人看他，带头的还是村长，见他这样子说了一些安慰的话，他们袋子装着钱。村长一直叫爷爷要去医院看病："明生啊先去看病，不要担心钱，我们可以先借给你。"爷爷一直拒绝，可能是因为疼痛，嘶哑得说不出话。他精神已经很不好，村长把钱交给刚刚赶回家的爸爸手里，他们就走了。

王小康一直在爷爷身边坐着，他忍住不哭出声音，怕吵到爷爷。爷爷要求他去上课，他不肯，可是爷爷一直坚持，声音更加无力。

他以后很多次想过他当时要是不听爷爷的话就好了，他挡不住爷爷的要求，去学校上课。教室里心一直在跳，突然心在某一刻跳得想要从口里吐出来，眼泪一直哗哗往下流，没多久，下午来过他家的叔叔就来找他："康赖子快点收拾书包回家，你爷爷走了。"

他不知道走了是不是他理解的那个意思，他飞奔着回家，就像是夏天追月亮的那个晚上，他想追到月亮，可是他跑得越快，月亮也跑得越快。

他永远追不上月亮。

他奔到家里去到爷爷的床边，他脸已经被蒙住，旁边有个长辈说，掀开让康赖子看他爷爷最后一眼吧。

他看到爷爷乌黑的脸，还有一股浓重的农药味。爸爸还是木讷地站在一边，而傻子像是犯大错一样，蹲在角落里。他突然跑向傻子："都是你，都是你这个傻子！为什么要拿农药给我爷爷喝，你为什么要毒死他！我要打死你，我要打死你。为什么死的不是你是我爷爷，我要打死你。"

傻子也呜呜哭起来，没有反抗。

听完那群人讲话，爷爷的后事基本上料理得差不多，一直沉默的爸爸在料理这些事情，陈婆婆也一起帮忙，奶奶好像很冷静，她也帮了不少忙。

晚上爸爸把家里的田地转租出去，过几天王小康就要离开这里去和外婆一起住了。爸爸准备带着妈妈一起去打工的地方，一边打工一边照顾他。

王小康问："那奶奶呢？"

"奶奶就让她在家里，陈婆婆会照应她。"爸爸说。

王小康静静说出："爸爸，你不带着奶奶一起出去吗？或者奶奶和我去外婆那，还有我也可以和奶奶在一起的，我可以照顾奶奶。"

"小康别闹，陈婆婆会帮忙看住奶奶的。"爸爸声音哽咽。

"可是，可是。"王小康又犹豫。

"没有可是，"爸爸强硬起来，"快去睡觉。"

王小康开始在新的学校读书，也渐渐适应在外公外婆家的生活，可是他再也没有见过那天晚上和爷爷一起去看水遇见的大月亮。他开始喜欢上李白的《静夜思》，姑姑真的在他二年级的时候生下一个弟弟。

过年回家的时候，爸爸带着妈妈去接他回家。

爷爷奶奶也不在了。

那天爸爸打来电话告诉他，奶奶本来一直好好的，突然发疯，出门去了。陈婆婆等到晚上看家里灯没亮，托全村的人去找，都没有找到。

王小康知道后闹着要回家找奶奶，外婆拦着和他说外面有拐子，他倔起来，说着即使有拐子也要去找奶奶。外婆抱着痛哭的他："乖孙子，你孝顺奶奶，我明天找你舅舅带你和我一起回去。"

可是回去后奶奶还是没有回来，他和外婆在家里等了一个礼拜，没有等到奶奶，有人说她去外村了，有人说没有看到她的影子。还是陈婆婆劝他回去读书："你奶奶一回来，我就打电话告诉你。"

过年时王小康坚持要回来的，爸爸原先想要带着妈妈和他在外婆家过年，王小康说："要是奶奶过年回来了呢？"

爸爸便同意回家过年，他们离开后，那边只剩下陈婆婆和陈叔住在那，陈婆婆一直愧疚说自己没有照顾好奶奶，一声又一声叹息。"妈，你尽力了。"陈叔安慰。

"对啊陈婆婆，你已经照顾得很好了。"王小康说。

月光照明堂，陪王小康看月亮的人已经不在了，可是月亮还在天空挂着，不远不近，没有离开，没有走远。

女同学

一

收到陶楠的短信是在2014年12月初的夜晚，压抑的高三生活过去三分之一，南方的冬天格外湿冷。与我失联已久的她说："佩佩，我今天订婚了。"寝室里的同学还在被窝里捧着暗淡的光写习题。跟我同龄的陶楠身处的那个世界，和外面的黑夜一样，我一无所知。我想给她打电话，看了眼时间，接近十二点，怕打扰到其他人，只好放弃。我回复她："为什么那么突然？"

手机没有再出现提醒，我陷入一片茫然的等待中，又不得不逼迫自己睡觉。陶楠跟我说过，她希望我能好好念书，有一天可以真正离开这个小地方。

我们小学初中都是同班同学，初中三年，我们几乎形影不离。我对陶楠最初的印象是在小学一年级，当时恰逢《新白娘子传奇》热播。她从家里偷偷带一条白布来上课，下课期间就挽在胳膊肘上，称自己是白娘子，惹得同学哈哈大笑。

上初中后，我们去乡下读寄宿中学，我俩成了室友，我在寝室拿这件事取笑陶楠。她并不介意，象征性地拍我几下。没有了白绸带，白娘子的动作她信手拈来，成了宿舍公认的谐星。到了周末，陶楠邀请我去她家玩。确切地说是她伯母的家。

陶楠在家一直很忙，洗一家人的衣服，刷碗筷，拖地板，还要照看伯母的外孙。等她忙完，一下午的时光也就过去了。她不敢留我在家吃饭，我追问才知道，伯母做的好吃的菜都是吃剩了才给她吃。

有一次，我无意撞见她伯母偷偷藏水果。陶楠听我告密完，笑了笑："那是给她外孙买的，我不能吃。"我和我妈说起这件事，我妈让我喊她周末来我家吃饭，当改善伙食。有一次，我妈做了红烧鱼，陶楠吃了后，一个星期都念念不忘。

二

我妈喊陶楠常来我家玩，她没答应，敷衍过去。我知道，假期的她难以抽身，但是能让我去她家陪着她，我就很满足。

一个周六的晚上，陶楠突然来我家，脸上挂着快要溢出来的委屈和泪水。她因为没有及时做晚饭，被干活回家的伯母臭骂了一顿。碰巧这时外地的父母打来了电话，伯母在电话里像数落犯人一样说她在她家好吃懒做。她又被爸妈恶狠狠地批评了一番。

提到爸妈，陶楠就开始说："他们怎么就不相信我呢，还说做人要感恩，我是由伯母和伯伯带大的。我是她们的女儿啊，要带大也应该是他们。"我想起初中刚入学时，陶楠在新同学面前作自我介绍："我叫陶楠，我出生的时候，爸妈像是逃难一样，就取了这个名字。"我当时不信，以为她像往常一样开玩笑。现在看她委屈的样子，倒是信了。

陶楠确实是她伯母带大的，我们从一年级开始同班，陶楠却在上二年级时转学，等到四年级又回来了。她和我说起那两年的生活，眼里放光："我爸妈在外面开小餐馆，我和弟弟妹妹就在门口择菜。每天要忙到很晚，一家人才可以吃饭。我妈做的菜特别好吃。"

我问她为什么没有继续和父母一起生活。她有些失落，用一副大人的口吻说："弟弟妹妹都要读书了，在外面择校费很贵，负担不起三个人的费用。弟妹还小，离不开爸妈，我就回家了。"那天，陶楠在我家哭了很久。等眼泪流干了，她起身要回去，我劝她在我家睡，她说她不敢。她从来没有在外过夜，伯母会骂她学坏，不知廉耻。

三

升了初三后，面临升学。我的成绩不错，目标是重点中学，而陶楠的期末成绩一直徘徊在中游，我们担心不能上同一个高中，就一直相互打气。

期末考试前期，陶楠一直心不在焉，上课还被老师批评了几次。我气急败坏地问她还要不要上同一个高中。她却说："我不知道，得看我爸妈怎么说。"我当时不明白陶楠的意思，也没细问。

临近过年，陶楠的爸妈回来了。我待在家里无聊，就去找她玩，恰逢她妈妈在家，陶楠出去买东西了，让我在家等等她。

兴许是从陶楠口中得知我，她妈妈一直夸赞我成绩好："要是我们家陶楠有你一半会读书就好了。"说到陶楠时，她脸上的笑瞬间就凝住了。我被夸得不好意思，解释说："陶楠很不错的，成绩也不错。"

她妈妈说："要是她没考上重点中学，我让她早早和我出去打工。"

"读普通中学哪里考得上大学啊，到时候高中毕业还不是照样打工。早出来比晚出来要好。"她又笑了笑说。

这时陶楠回来了，她和我打招呼，打断我们的对话。她应该是听到了。我们待在一块没说两句话，陶楠就让我先回去，她还要照顾弟弟妹妹。

开学后，陶楠一直闷闷不乐，成绩依然在中游徘徊，有两次月考，都跌到了下游。随着备考气氛愈渐浓烈，学校也开始采取动作。为了提高升学率，学校允许各种职业技术学校来宣讲，承诺给不参加中考的人毕业证。每天都有人将书桌从教室搬出去，悄无声息的，就像从没来过。

我一直担心陶楠的书桌被她搬出去，但她没有。下课期间，我忍不住回头看她的位置，她有时在做习题，有时则将头埋得很低，看不清楚脸。

中考如期而至，陶楠也参加了考试。考完没几天，她收拾东西准备外出，爸妈喊她去外地打暑期工。一是为了锻炼她，二是可以挣一些学费。

出发前一天，陶楠特意来找我。看得出来，她很开心。

她满眼期待地说："可能先在鞋厂做一些简单的工作，等到开学再回来。我爸妈答应我，即使没有考上重点中学，也可以去上职校。""我终于可以跟我爸妈一起生活了。"告别的时候，她一边跑一边笑。

四

中考成绩出来，我达到了重点中学的分数线，陶楠的成绩只能去普通中学。她拜托我去学校拿相关材料，顺便帮她拿毕业证书和录取通知书。到八月底，快开学了，陶楠的QQ头像连着四五天都是灰的。我给她发消息，她没回我。给她打电话，却一直提示对方已关机。我满心焦灼，却没有任何办法。

国庆节放假，聊天框里终于跳出陶楠的消息："我没事，我想给你打电话，之前的手机坏了，手机号也停机了。"后面是一串新的电话号码。电话接通后，陶楠让我挂掉，她再打过来。

再次接通后，我打趣她："暑假挣钱了就是壕。"她说："我这不是知道你是穷学生，不想你吐槽我浪费你的电话钱。"

我问她："你怎么一个多月没什么消息，我都差点被你吓死，以为你人出事了。"她不再笑了，沉默了一会儿说："佩佩，我和你说吧，我是被我妈骗出来的，她压根没有想让我读书。"我才知道她消失那几天，发生在她身上的事。到了开学期，陶楠问她妈妈，职校什么时候去报名。她妈妈跟她摊牌，她爸在一旁默不作声。

陶楠跟他们大吵一架，打算自己买票，回家念书。可她的暑假工资一开始就交由她妈妈保管。身份证也早被她妈妈收走。当时恰逢她的手机停机，她谁也找不到，哪里也去不了。

"然后呢？"我问。

"能怎么样，我跟他们冷战，不去厂里上班，就想回去读书。结果他们把我关在家里，门也不让我出。"陶楠的声音开始带着哭腔，"他们一直说没钱，养不起三个小孩，要我打工，帮着减轻家里负担，可我也是他们的女儿啊。"

我也跟着哭，一边哭一边说："你这样，我好难过，可是我什么都干不了。"

"没事，佩佩你别哭，不都过去了嘛。"陶楠开始像个姐姐一样安慰我，"我也想开了，打工就打工吧。他们见我看开了，带我去买新手机。我自己挣钱，过两年再去读技校。你可要好好读书啊，廉价劳动力是很辛苦的。"

我抱着手机点头："嗯，你要好好照顾自己。"接着她又絮叨一堆开心的事，像是为了让我知道：她现在过得很好，不需要我为她担心。

挂电话时，她和我说："如果我们班有人问你，我去干什么了，你就说我在外面读书。"停顿一下，她又说，"我怕他们知道我在打工，会看不起我。"

"嗯，你放心。"

我们保持一周一次通话的频率，终于盼来寒假，陶楠回家了。

再见到她，她还是那个样子，和初中并无两样。她一见面就大惊小怪地和我说："你猜我今天去镇上赶集遇到了什么事，糗死我了。"

"什么？"我问。

"我撞到陈婷了，她抱着一个小孩，我和她打招呼时觉得小孩子很可爱，就问了一句，谁家的小孩？"

"亲戚家的呗。"我肯定地说。

"陈婷回我，我家的。我以为听错了，就问你妈妈给你生的弟弟妹妹啊，陈婷的脸色就变了，说，是我生的。"

我张大嘴巴，觉得难以置信，她却信誓旦旦地说："我问她真的是你生的小孩吗，陈婷的脸色变得更加难看，抱着孩子离开了。"

我和陈婷并不熟，只知道她初三上学期读了没几个月，就去打工了。没想到一年过去，她竟当了妈妈。

我妈听到我们的对话，开玩笑说："陶楠你过几年也可能抱着一个小孩赶集。"

陶楠坚定地摇头："我没有那么快，打死我也不会！"

五

没过几天，我又遇到童年的玩伴李红。她比我低一届，在初二就辍学了，也是跟着父母外出打工。她和我说起打工的一些事，陈婷刚好和她同在一个工厂。

她问我："陈婷是和你一届的对吧？"

我回道："是啊，我们不在一个班。她好像生孩子了吧。"

"我就是想要和你说这个，她之前和一个四川男生谈恋爱，她爸妈不允许，觉得四川离我们省太远了，而且男方家里也穷，怕女儿就这样跟男生走了，要他们分手。陈婷不愿意，就被爸妈关在家里。"李红滔滔不绝地说着。

我有些不好意思开口："他们最后真的在一起了吗？"李红摆

了摆手："分手了，分手没多久她就和另外一个男生在一起了。那个男生好像是你们上一届的，没多久就怀孕了，只好和那个男生订婚。"

我没有跟陶楠提陈婷的经历，我还需要补课，她的假期更短暂。我们只见过几次面，她就又跟着父母去外地打工。

陶楠在外面做车间工人，用电动缝纫机制作鞋面。她说刚开始那段时间，因为操作不灵敏，指甲都被针钉进去过。说完发照片给我，那双原本水润的手，指尖被钉得血肉模糊。

我想象不到她的生活，一遍遍地叮嘱她小心。有时候她工作忙，要加班，连着一个星期也没有回我的消息。

那一年四月份，陶楠跟我说有一个男生在追她。

在明文禁止早恋的高中校园，想到恋爱，我便开始脸红。小心翼翼向她打探情况。

她抱怨道："这个男生挺好的，人比较腼腆，只是我不喜欢他。不知道如何拒绝，烦死我了。"

后来很长一段时间，陶楠会断断续续跟我说起那个男生的情况。

"我和他说不要再送我东西，他还是送。"

"佩佩，我已经拒绝他了，但是他说他还会继续追我。"

"你说是不是我拒绝得不够狠啊。"

没等陶楠下定决心，男孩就放弃了。陶楠的妈妈发现了这件事。"你不知道我妈说话多难听，她说他没本事，又穷，还想追我，癞蛤蟆想吃天鹅肉。"说到自己是天鹅时，陶楠忍不住笑了一下，接着语气又沉下来，"我第一次见一个男生哭成那样子，真是好让人心疼啊。"

"佩佩，你说，要是我当初对他讲话狠一点，让他断了想要追求我的心思，就不至于让他这么伤心。"我什么也不能说，什么也说不了。

下半年，我算时间，想着陶楠也该挣够钱回来读书了，便问她读技校的事。我小心翼翼却又满心期待地问她，得到的回复却是"我不去了"。电话里，陶楠的语气很平淡："都进入社会一年多了，没有碰过书本，刚开始还做梦都梦到读高中了，现在觉得打工也不错。家里的房子太旧了，我准备和父母一起攒钱在县城买房子，到时候方便我弟弟结婚。"

"不是吧，你弟弟比你小五岁，你爸妈就考虑给他买房结婚，而且，为什么要你出钱啊？"

陶楠解释："买了房子，一家人就可以一起住啊。虽说房子是给弟弟买的，我也不想父母有太大负担。"

六

高二那年的寒假，陶楠回来了，再见到我，我们明显有些生疏。

听我妈说，陶楠的家人开始给她张罗相亲。她却没有跟我提起这件事。

高二下半年，陶楠给我打电话，偶尔自然而然地吐槽她的相亲对象。每次，我只能"嗯嗯啊啊"地敷衍她。

我妈说，这样拖着，就是因为她爸妈太挑了，要给她物色一个好人家。我没问过陶楠想不想结婚，也问不出口。有时空下来，我会翻开笔记本，上面还有一些我打算给回职校的陶楠补课的笔记。

那一天，我等了很久，等到的却是陶楠的短信："佩佩，我今天订婚了。"那一晚，我辗转反侧，最后发了一条动态："这种感觉无法用言语表达。"第二天，收到陶楠的评论："不管怎么样，我还是陪着你啊。"

我妈和我说过："你和陶楠是两条路上的人，最终会越走越远。"

一开始我不信，可又像陶楠说起她的名字时一样。当她告知我她怀孕的时候，我信了。

那时，距离她订婚过去两个月，陶楠刚过十七岁。

我上大学那年的九月份，陶楠产下一个男孩。我给她打电话，问她生小孩疼吗？她说："不疼，两个小时就出来了。"

我沉默很久，陶楠没等我回话，又说："佩佩，我有自己的家了。"

陶楠是在我大二那年的冬天，正式领证结婚的。婚宴上，她叫了几个初中的朋友，特别隆重地邀请我当她的伴娘。

送嫁那刻，陶楠哭了，我想她是舍不得父母，也许还有点舍不得我。陶楠的爸妈和旁边的亲戚朋友一直叫她别回头，出嫁的新娘不能回头。

我也在哭，默默在心里讲，陶楠，向前看，别回头。

第三辑

寻找一棵树

何以报德

1

母亲刚刚从医院回来，对悦宁说："我和你说件事吧，你奶奶说话可有意思了，和我抱怨，说你姑姑没良心，动手术都不回来照顾她。"

听了母亲说的话，悦宁忍不住咧开嘴大笑。母亲嗔她："像个傻子一样，有什么好笑的。"

悦宁回："不好笑吗？居然说我姑姑没良心，我奶奶好意思这么说啊。"

母亲笑了接着又叹气："你姑姑说请不到假不回来；你叔叔又推托要管理厂里面的大小事情不能走开；你伯伯就更不要说，现在是农忙，压根离不开。"

"如果我是我姑姑，我也懒得回来，完全能够理解我姑姑啊，凭什么要姑姑去照顾她。"悦宁应道。

"他们不来照顾，就你爸最有善心，所以就累死我和你爸，放下手里的工作，从广东赶回家。"母亲顿时满脸哀愁，"下学期开学，你弟弟上高中，你又是大学，钱还不是像水一样流没了，因为你奶奶耽误工作，钱都少挣很多。"

悦宁笑嘻嘻转移话题："假如奶奶做手术的话，暑假剩下一个月我不是可以陪你一起在医院照顾她嘛，减轻下你负担。"

"还好你回来了，不然我一个人还不知道怎么做。"母亲看向悦宁，看到她包纱布的手，"你手怎么了？"

"就是在大巴车上拿行李时候烫掉了一块皮。"悦宁蹭蹭纱布。

母亲接着唠叨："你看你做事情一点都不小心，大大咧咧，下次要注意。"

悦宁应和说好。

悦宁得知奶奶生病的消息时还在学校上课，姑姑给她发来消息，有件事情要拜托她去做，想要让她放假回去照顾奶奶。

姑姑从聊天软件发来一段语音："她前段时间肚子不舒服，检查后发现是子宫囊肿，这是个小手术，还一直打电话给我叫我回去照顾她。我说了没有时间，如果我请假，我的全勤奖金都扣没有了。"

悦宁不大想答应，大夏天的又是送饭又是医院陪房，就她一个人会折腾死，并没有去医院照顾人的经验，其实更重要的是，她不想去照顾奶奶。

悦宁直接把想法和姑姑说了："大夏天要我去医院照顾，做饭送饭，抹擦身体，晚上还陪房，我一个人怎么可能做得过来。"

"不是你一个人，过几天你堂妹也会回来，你们一起轮流照顾。""不需要做饭送饭，都可以在医院吃，你只需要白天陪她在医院聊天。""我有问，晚上是不要陪房的，你直接回家睡。"她在语音里面如是说。

听到这些，悦宁才勉强答应，却没有想到回家后，原本在外工作繁忙的父母，打电话说要回来。

2

第二天傍晚，悦宁就陪着父亲去中医院看奶奶。奶奶现在还没有住院，在县医院的康复科陪房照顾她出车祸瘫痪的丈夫。康复科里的并不是悦宁的爷爷，奶奶在爸爸才六岁时候就离婚再嫁。

走进他们在康复科的病房，悦宁同坐在轮椅上的人打招呼："爷爷。"当然悦宁只是当着长辈们的面会叫爷爷，家人聊天说起他，更多时候是直称他的姓名"亮生"。接着又同在床头收拾东西的奶奶打招呼。

父亲此行的目的是和奶奶说去县人民医院做手术的情况，奶奶连忙点头说："好的奵的，我当初就是撒尿的会痛，在村里的瘸脚医生那打了几天消炎针还是没怎么好，我又不大懂，刚好亮生来了中医院,我就去拍片子,做B超说我子宫囊肿,是良性的,中医院的医生说这个手术这里做不了。"

亮生也应和起来:"那就去人民医院,中医院的医生学历不够,设施也不好,人民医院肯定能做。"

父亲还在和亮生聊天,奶奶也一直问悦宁近况,还掏出几个梨子递给她,悦宁感到不自在。她不是很能接受奶奶的热情,应对奶奶对悦宁来说有些尴尬,还好父亲已经把事情交代完便带着悦宁离开了。

晚上吃完饭后一家人坐在饭桌前聊天,母亲先感慨:"还好是良性的,如果是恶性的医都医不起。"

父亲在一旁剥开花生米说道:"恶性的难道不要救吗?"

母亲回道:"你以为你有钱去医吗?她年纪那么大了,也是用钱换命,换来的命也没有多长。"

父亲显然生气了:"你在说笑话,哼。"把筷子放下,灌下几口闷酒。

"来,让你女儿评理,就说恶性的话要不要救?"母亲把话题转到悦宁身上。

悦宁心中早有答案,父亲看向她,眼中带有期待,使得她难以说出口。"那个,我觉得吧,怎么说呢,首先要考虑现实情况,癌症的话对我们这种家庭都是承受不起的,而且奶奶年纪那么大,就是用钱换命，还换不到多长的命。"

显然悦宁的回答让父亲失望，她看到父亲眼里黯淡的光，这场谈话不欢而散。悦宁想还好不是恶性的，否则自己这个家肯定会不得安生。

3

"你爸啊，昨天一晚上都没有理我。"母亲在择菜准备午饭，对悦宁说道，"一直说要我把你奶奶当自己的妈，你说可能吗？我和他说你奶奶以前做的那些事情，他说都是老皇历，不要翻，过去就过去了。"

母亲发出啧啧出奇的感慨声音："不晓得怎么那么爱他那个妈，又没有带过他，一大早上就带着她去人民医院检查去了。还叫我多做点饭菜，中午要回来送去医院给她妈和亮生吃。"

悦宁不发一言，走过去帮母亲把水池的菜捞出来沥干。

母亲说起往事："可是我已经做得很好了，还要我怎么做？我当初生你和你弟弟的时候，你奶奶一天都没有来照顾我，你爸还要说你奶奶嫁人就是男方的人，不要想她来帮我。我还没有出月子我都要给你们洗衣做饭，谁可怜过我？我现在对她还不好吗？"

悦宁很想过去抱抱母亲安慰她，可是囿于不曾这样表达过的束缚，双手僵住没有动弹，微动嘴角仍是没有把话说出口。

午饭时候父亲外出回家，提着大小食盒去医院，只留下一碗空心菜和剩下菜屑的盘子给悦宁和母亲。

　　接下来两天父亲带着奶奶在人民医院做各项检查，有些项目需要提取样本寄去省城，要一个礼拜出结果后才可以动手术。父亲在工地还有工程项目要完成，他离开前多次嘱咐悦宁要记得去拿检查报告单，还要求悦宁和母亲晚上必须有一人留在那里陪房，每餐饭也需要送去。

　　在约定前一天，母亲和悦宁一起去医院拿到报告单，提交给医生后，医生告知需要准备的费用，并且要在这周日去住院，周一十点做手术切除囊肿。如今已是周五，悦宁和母亲回家好提前准备要住院陪房的东西。

　　周日住院那天母亲带着奶奶去了医院，回来和悦宁说起医生的话："医生说她手术后可能要很久才能恢复，我没有和你奶奶讲。她刚来医院就担心她瘫痪的丈夫，怕护工照顾不好。要是我和她说恢复时间要很久，她都不能好好住院。等她出院我会和她说要照顾自己，要是因为伺候亮生累病了，下次生病我不会再伺候她了。"

　　悦宁觉得母亲想法不是不可能，在她看来奶奶一直是一个自私到极致的人，自从之前眼睛出过问题后，她发现那些继子女和亲生子女里就父亲愿意帮着她，身体一不舒服就赖着父亲，父亲还一直担心这个妈。

"对了，是不是你叔叔给你打了五百块钱，说是给你奶奶的营养费？"母亲问。

悦宁说："是啊，中午我叔叔给我打电话说要给奶奶五百营养费。"她中午接到叔叔的电话，给她转了五百块钱，作为给奶奶住院的营养费，悦宁无语，她问叔叔："你不能回来吗？"

"我说了工作忙请不到假，一个厂的人都要我管，走不开。"叔叔那边传来人流走动的声音，"我要去上班了，你记得去微信收钱，让你妈给你奶奶。"就把电话挂了，悦宁看到信息提醒她收到了五百。

悦宁对母亲吐槽："五百块钱，我叔叔也好意思拿出来，好像这样就怎么照顾了我奶奶一样。"

母亲眉头一皱："可是禁不住你奶奶表扬啊，说她小儿子多好多好。也不看看我在医院陪她多久，我不工作这些天浪费多少钱。"她眉头皱得更深了，"我就在那里，你叔叔电话里也没有和我说一句，大嫂你照顾妈这么多天辛苦了。算了，你赶紧把钱取出来给你奶奶，免得她担心我们惦记这些钱。"

悦宁立马接话："妈，你辛苦了。"母亲扑哧一笑，让鱼尾纹都染上笑意。

周一早上母亲起床时候说道，昨晚做了一个噩梦："我梦见我一直被人追着扒皮。"

4

悦宁留在家准备午饭，十一点多听到楼下小区内传来母亲说话的声音，没一会儿母亲就到家了。

"是没有做成手术吗？"悦宁给母亲递上鞋子，悦宁看向母亲身后没有伯伯的身影，昨晚伯伯说今天做手术时会来医院，"伯伯呢？没来我们家吃午饭吗？"

"他农忙，就回家了。"母亲的声音带着上楼的喘息，她放下手里东西就坐在沙发上，等缓下来后继续说，"我昨晚不是梦见被人扒皮吗，是你奶奶在扒我的皮啊。"

悦宁预感事情可能比她想得严重："是发生什么变故了吗？"

"手术前主任发现检验报告有点问题，刚好亮生也坐着轮椅来了。"母亲脸上尽显疲态，"医生说你奶奶的囊肿无论是良性还是恶性，手术都做不成了。她身体受不了，后遗症会很严重，有可能做完手术命没有多长，也有可能瘫痪，什么事情都可能发生，不做手术还可以自己照顾自己，否则遭罪的就是我们了。"

母亲还说，主任问她亮生是谁，母亲解释完，知道奶奶和他关系后，说她是好人。

悦宁对奶奶的病情无感，她只是担心会拖累母亲，拖累自己的家庭。

沙发还没有坐热，母亲就站起来："主任叫我带她去市人民医院检查，再确定是良性还是恶性，之后就让她好好过剩下的日子。"母亲走到了阳台，"我们老家村上的宁生在市人民医院工作，我们村里人有什么事找他，都会帮忙的。说起来他还是我小学同学，二十多年没见了，打人家电话就给你奶奶求人情。"

悦宁看到阳台的母亲接通电话后，声音变得小心翼翼。她仿佛听不清母亲在讲什么，只看到隔着电话的母亲，露出讨好的笑容。悦宁一阵恍惚，她感到奇怪，为什么母亲此刻要做这样的事情，为什么要为一个不值得的人这样。

当晚父亲打来电话问悦宁在医院陪房吗，悦宁告诉他，自己和母亲都不在医院陪房，并反问，你会生气吗？

"我生气能怎么办呢？"父亲问。

"其实她手术没有做，让我妈和你说吧。"悦宁把电话递给母亲。

母亲把中午的事情告知父亲，并且说道，如果你不信我说的还可以问你哥哥。父亲说的话带有无论如何都要救奶奶的决心，母亲提醒他在疾病面前只有医生有决定作用，他也似乎只能接受，接着就提醒母亲准备去市区医院的东西。

悦宁突然想哭，她背着母亲啜泣，仿佛巨大的荒诞感笼罩在自己的家庭。一个出轨离婚，抛家弃子的人何德何能让自己的家庭这样为她付出。她想起了小时候，别的伙伴都有爷爷奶奶，而她没有。悦宁四岁前有爷爷，他瘸腿走路不稳，但是会牵着悦宁的手一直走下去。至于奶奶，别人说她嫁给别人，就住在隔壁村。

父母从来没有和她说过奶奶的事情，悦宁还是在八九岁时候听和爷爷同辈宗族里的李爷爷说的，当初奶奶和亮生勾搭上，为了逼着爷爷离婚两个人一起打他，搬起大石头砸断爷爷的小腿。因为家里穷没去医治，爷爷的脚腐烂两年才好，等到好了，腿也差不多废了。离婚后，劳动力丧失的爷爷养不起四个都没有超过十岁的孩子，三岁的姑姑被送给一家亲戚，因为被折磨虐待过自己跑回家，哭着求爷爷不要把她送人。

从那之后，悦宁再也不会羡慕其他伙伴有奶奶。

李爷爷说，做多了坏事会有报应的。

十年前，眼睛突发感染病毒的奶奶发现，只有父亲愿意放下农忙的活陪她在市医院住了十多天，在那之后赖上父亲。

悦宁哭，是感慨她奶奶的无耻，是心疼自己家庭为这样人奔波，是为父亲不值，还有想起脑海中只剩下模糊轮廓的爷爷。

母亲挂电话发现悦宁在哭，反而笑了："我都没有哭，你有什么好哭的。"

悦宁哭着质问为什么要帮这样一个人，年轻时候坏事做尽，老了还不要脸赖着没有养过的子女。

母亲回想起往事："你爸这个人就是心好，当初因为家穷高利贷都借上，钱还是不够。你爷爷年纪轻轻五十一岁就因为脑血栓去世了，所以他怕留遗憾吧。对亲人子女太好了，他现在自己差几年就到五十岁了，每天在工地干活挣钱也累，你看他手脚都骨质增生会痛，都没有怎么休息还是干活，为了给你和弟弟挣钱上大学。"

"救爷爷是应该的，可是没有养过他的妈，凭什么要管，让她继子女管啊，她不是带大了继子女吗，带大了那边的孙子孙女吗？"悦宁气冲冲道，想起父亲的身体，也一阵无言。

母亲无奈耸肩："继子女不管，你叔叔伯伯姑姑也不想管。他看不开啊，你奶奶有低保还不花我们家钱，就当是帮你爸爸照顾，让他安心工作，能够好好睡觉休息，给我们家下辈子积德吧。"

5

第二天大早悦宁和母亲在车站和奶奶会合赶早上大巴去市区医院，找到宁生工作的科室，对方如母亲所说的人十分好，耐心十足。给病人诊疗完的间隙询问奶奶的情况，并且给妇科医生打招呼说自己家里人来看个病，之后告知悦宁和母亲去三楼机器旁挂肖医生的号。

母亲和奶奶对机器自动操作完全不懂，悦宁在操作间看到自己烫伤后长出新皮肤的手。她想起刚烫伤那几天，医生用碘酊和酒精把烧伤皮祛除，没有皮肤的肉，新长出的毛细血管在出血。医生说，只有祛除死去的皮肤才有位置长出新肉。接下来几次换纱布期间，纱布渗入肉里，一点点用棉签蘸湿剥除纱布，纱布带着死去的细胞，在纱布下的结缔组织，慢慢长成，意味着新的皮肤也要长出来了。

小时候是母亲带着悦宁去医院，而今悦宁变成那个照顾父母的人，她成为那块新皮肤。

挂号的时候发生一个小插曲，宁生介绍的肖医生是正高专家号，而此时号早已经没有。三个人又回到宁生的办公室，他叫悦宁随便挂个医生的号去401室。

等到悦宁把这些事情办好来到401室，外面聚集一群排队等候的人，门口张贴着"叫号后再进来，请勿直接闯入，谢谢合作"。悦宁不知如何是好，而且透过门上的玻璃看到室内也有好几个人。母亲决定进去，否则挂的是别的医生号，根本进不去肖医生的诊疗室。

三人一同进去，自然惊动正诊疗的肖医生，她看到一群人进来，带有怒气："叫你们号了吗？没叫号不要进来。"

悦宁脸皮薄，之前从来没有遇到这样的事情，听了这话准备出去，她看到母亲还在里面，一会儿母亲探出头叫悦宁进来，小声和她说道："让你奶奶在外面，你和我一起。"

其实母亲也是脸皮薄，半生没有求过人，但是她没办法。肖医生也一直没有闲下来，室内都是人。母亲不好意思当着这么多人的面说是宁生叫来找她的，好不容易看到医生停下来，走进室内的内间，母亲寻思着这也许是个机会，想要踏入。

悦宁觉得不妥，里面应该是给病人取样本的地方，她还没有来得及阻止想要踏入内间的母亲，就听到肖医生呛人的语气："你进来干吗，不是家属不能进来。"

顿时室内的人员都看向母亲，悦宁看到母亲黝黑的脸上泛起的红色，她手脚都不知道往哪放。直到医生出来时，母亲抓紧时间说出："是王宁生医生叫我来找你的。"

肖医生淡淡回复："知道了，你先在这里等会吧。"

悦宁和母亲再等二十多分钟后，肖医生终于抽出一点空闲时间，询问母亲情况，母亲赶紧把坐在门外椅子上的奶奶喊进来。悦宁也根据医生指示，和母亲一起，带着奶奶一起去做各项化验检查。

有些检查马上拿到结果就去给肖医生看，下周二有份报告单会出来。肖医生对他们说下周四再来，下次记得要挂号。

此时已经是十二点半，肖医生的门诊还在继续。

她们仨吃完饭后等到宁生的下午班，和他打声招呼道谢后回家去了。带着疲倦一天的身体回到家，悦宁没想到一场大冲突在家里爆发了。

6

母亲认为下次去拿检验报告单的时候让姑姑回家，她理由很简单，等到报告单拿到后要和医生说不做手术，但是母亲不是奶奶直系子女，如果由她直接说不做手术，作为一个媳妇，虽然她已经做得够多了，不清楚他们家内情的医生会觉得母亲是个恶媳妇，而且怕以后我奶奶病情恶化出事后，四兄弟姐妹会责怪抱怨由母亲下的决定；再次即使是悦宁陪着去，她只是一个孙女，没有奶奶的监护权，医生也觉得力度不够。

妇科门诊男性无法进入，由此只能让姑姑回家。

母亲已经打电话给爸爸伯伯叔叔姑姑说明利害，但是姑姑仍旧不肯回来，多次说道自己无法请假，请假要扣除奖金，父亲转而逼着母亲去。悦宁也十分火大，看着母亲这段时间疲倦的神色，还有接近一个月来都是自己和母亲在医院忙上忙下，感到十分不值，接过父亲的电话，她给出两个解决方案："既然我姑姑那么担心钱，你可以花几千雇她回来；如果不行的话，实在要我妈去和医生做最后的决定，那给我叔叔伯伯姑姑他们打电话，进行录音，就说是大家拜托我妈不做手术决定，以后假如会抱怨我母亲做错的话，就把电话录音放出来。"

"爸，为什么你们不要求下我姑姑回来呢？当然我也理解她当初过得最苦，但是这个时候，就不能回来做下决定吗？"悦宁也感到一阵疲倦。

隔天早上悦宁睡梦中听到母亲和父亲的电话，说道已经说服姑姑回来，但是最后一句话使得母亲大怒——父亲在那边说道就姑姑对奶奶最好。即使之前母亲在医院照顾奶奶那么久，没有一个人和她说辛苦了她也没有生气，但是父亲的话伤了母亲的心，否定母亲之前做的事情。

　　当然这只是一个前奏，如果悦宁早知道父亲接下来会说出更加伤害自己和母亲的话，她一点都不会照顾那个奶奶。

　　一周后悦宁和奶奶在医院和姑姑会合，她去取上周的报告单，拿到结果的时候她发现检测的是HPV（人乳头瘤病毒）。悦宁曾经去了解过HPV相关知识，即使她不懂医，看到HPV其他12种高危型病毒是阳性（＋）的结果也知道奶奶情况不好。

　　她没有避着奶奶对姑姑说，虽然不能确定得了宫颈癌，但是这些病毒在体内，宫颈的结果也好不到哪里去。悦宁接着说出，会感染这些病毒，和年轻时候妇科病什么有关吧，从伴侣那边传染的也有可能。

　　姑姑显然懂悦宁说的什么意思，这时候奶奶突然哭了，悦宁觉得一点都不可怜她。她小时候听到关于她奶奶的流言蜚语，婚内多次出轨，甚至听说过说叔叔不是爷爷的亲生儿子。奶奶开始抱怨亮生："就是他会嫖娼，传来给我，当初我下体流血，妇科病那么严重都不带我去看，可是后来不是治好了，怎么还会有事呢。"

　　姑姑也回："你哭有什么用呢？当初亮生偷东西坐牢叫你离婚自己不离，他出了车祸瘫痪叫你离婚，你也不愿意离婚，还怪谁，还不是怪你自己。"

　　等到叫号进入肖医生诊疗室，看过报告单后要求再做宫颈活检，在那之前要看有没有炎症。半小时后的检查结果出来，炎症严重，需要消炎后再取活检样本。给奶奶开了一些药，得知悦宁家住县城，每次都要从县城赶来，告知她干脆吃完药后去县医院检查。如果还未消炎，让县医院开药，彻底消炎后再来市医院取样本确诊。

中午三人吃饭时一直接到各个人的电话，悦宁把医生的话解释一遍，也明确说明情况不容乐观，并且解释HPV高危病毒存在的后果。

姑姑赶着火车回去工作，奶奶本想和她一起去姑姑工作的地方休息十来天，没想到最终去不成。

当晚父亲又给悦宁打电话，悦宁疲倦万分，口气自然不佳："我说清楚了为什么还要打电话一遍遍问。"父亲挂了电话，却在第二天中午又打来电话。

这次是直接骂悦宁没有良心，接着把母亲也骂上了："我知道你们一个个都不想照顾她，昨晚我是想让你去陪房住院，让她消炎，医生开的药哪里能消炎。现在还没有用我们家一分钱就怕她用上我们家的，我也不干活了，别想用我的钱，我要回来照顾我妈。"

悦宁和母亲都怒了，父亲的怒骂让悦宁把这段时间心中的不平都宣泄出来："我是按照医嘱做的，我们花了一个月的时间各种伺候照顾，不是钱吗？还有你有本事去骂她的继子女，让他们回来。我们帮你，凭什么还要遭你骂，我和我妈不照顾了，我妈为了她这几天眼睛肿了，身体也不舒服，凭什么拿我妈的命换一个对我来说不相关人的命。"

母亲也吼出来："好啊，你要回来无所谓啊，我们不干了，你别想我会再帮你妈。"

电话在不愉快中结束，悦宁要被父亲气死，直接哭了，母亲也哭了，随后她抹去眼泪叫悦宁别哭："没什么好哭的，他只有在我们面前的本事，现在我们彻底不管了，随便吧。"

当晚父亲又打来电话，叫悦宁明天去医院陪房。悦宁变得心平气和，她问出一个问题："我觉得很奇怪欸，为什么你对你妈那么有感情，而且为了你妈可以不顾我和我妈的感受。"父亲说："一个人只有对爸妈好才是一个好人，现在还不是安慰你们的时候。"

母亲埋怨道："难道要等我病倒了你才跑回来安慰吗，没良心的。"

父亲回母亲："以后我们是要一起老的，老伴老伴，老了才是伴，我们这辈子是分不开的了，你害怕我像黑乌鸦似的眨眼就飞了？"

母亲："乌鸦嘴，说不出孔雀话。我这辈子是活该给你做牛做马，我真是瞎了眼了。"

悦宁回："父慈子孝，你妈从来没有养过你，而且她为什么会得这个病你心里没有数吗？你去查一下HPV，去查一下宫颈癌，都是她年轻时候造成的结果。你做得已经够好了，以德报怨，何以报德？"

父亲接着说："人总会犯错，不要给改过的机会吗？"

悦宁回："不是给不给机会的问题，你妈妈不是圣贤，我们也不是，我们也有我们的难处和憋屈。"

父亲："难处是我们仨的，我们是一家人，是血亲，所以我们要劲往一处使，难关一起过，心里有憋屈等我回去，你们娘俩一起打我一顿解解气。老话讲：子不嫌母丑，狗不嫌家贫。"

悦宁被气乐了："我不是狗，你才是狗，孝顺狗。行啦，别汪汪啦，明天我去。"

母亲在一旁附和："老狗，丑狗，老丑狗。"

去楼道

　　今天我又经过了商场一层的那条过道，本来这就是一条普普通通的过道，没什么好稀奇的。就像这个城市无数的商区之一，可惜这个商城运气不大好，开业不到一年半，店铺倒的倒，关的关，整个商场的一层只剩下零星几家铺子还开门营业。我的公寓和商场是同一个开发商建设的，就在紧接着商场的一栋楼上，工作的写字楼也在商场旁边。原本开发商是想建设工作购物住房为一体的商业街区，可惜选址失败，位于城乡接合部的边缘地带，开业那段时间是这个商场最繁华的时候，这里人流量还是不够大，没过多久就关门。写字楼和公寓的空置率高，我也因此受幸，可以租上旁边的公寓，每天中午习惯回家午休。

　　为了躲避这七月份该死的太阳，我基本上都是穿过一楼商场的某条过道回家。

　　南方的夏天，地面像蒸笼一样冒出源源不断的热气，同时天上的人太阳还不断加热。之前每次经过那条过道，穿堂风带来热浪，非但没有把身上汗珠带走，还会把它们晕开，使得胸口前的衣服被濡湿，让人更加不舒服。自从炎夏来了，每次经过这里，只想快点走完这七八米的过道，就能回到公寓用冷水冲掉身上的汗渍。

可我今天走在过道上，除开热浪却感受到一股凉意，没有像沙漠旅人喝上一口救命的甘泉那么夸张，倒也是像回家后喝上一口冰可乐，凉爽又刺激。可当我走到过道尽头的时候，只剩下滚滚热风，刚刚感受的凉意兴许只是我太热产生的幻想而已。

次日中午我又经过那条过道，那股凉意再次出现，我坚信这不是我的错觉。这股凉意实在是太舒服了，不像是从空调出风口带出的那种呼啦啦一股脑往外吹的冷气，吹走室内热气也带来不适。它是那种带着从地里冒出来的湿冷的凉，有点像冬日的西北风，可以把人身上的热度全部吹走。只需要一吹，把我身上的躁意全都带走了，我坚信这股凉意是从过道里冒出来的。我贪恋这股冷意，可是一出过道，就只有热风。

我反复在这不到十米的过道里踱步，终于确定了大概位置。原来这条过道并非是笔直的，它是"卜"字状的道路，我从这条过道是由上往下走的，平时走得太匆忙，没有注意到左边还有岔道，那股凉风就是从岔道里传出来的。

岔道不长，面向岔道口，往前走两米就是敞开的一扇门，里面依稀还有钨丝灯散发出的黄光，与被正午光芒充斥的过道一比，这点亮度显得微不足道。可是凉意不是从这里传出来的，而是岔道左边虚掩的门中来的，我透过虚掩的门，看到有楼道，大约是通往地下室。可惜里面太暗了，我只看到半层楼左右的楼梯，想要探头继续看得深入一点，就什么也看不见了，而且风也似乎没有了，好像里面传来水滴的声音。

这两天我能吹到凉风，大概就是因为这扇原本关闭的门被打开。我有点想要打开这扇虚掩的门走下楼道，看看通往何方，可脚就定住在岔道口。"哎算了，"我想，"这有什么好看的，不就是通往地下室吗，商场下面肯定是地下室，停车场啊什么的。"在这探身向楼道的一会儿，身上的汗水就被吹干了，原本被这高温天气搞得烦躁的心情已经冷静下来。这里实在是太安静了，裸露在衣服外的皮肤已经凉下来，可是我还是贪凉，想要再吹一会儿。可在这多待一会儿，我就会想走进这扇虚掩的门，想看看楼道下面有什么。可是我的脚像定住了一样，不受大脑控制。这种感觉我曾在极度黑暗的环境下经历过，因为不知道前面的路是否有障碍，担心被绊倒。面对未知的恐惧，大脑需要连续不断强制发出指令，脚才敢迈出一小步，走完这段路程，往往筋疲力尽。我现在有点忐忑，听到自己心脏加速跳动的声音，脚还是没有往里面挪动一分。

突然一清洁工阿姨提着工具出现，她望了我一眼，我以为她要进到这扇虚掩的门里面，赶紧让开位置，可是她径直走向了岔道尽头，不一会儿就传来冲洗水声。我一阵失望，还以为她要走入这扇虚掩的门，去到楼道里面。

我也赶紧趁着身体没那么热后回到公寓里睡个午觉，不一会儿就把楼道那事抛在脑后。

可接下来的几天中午，我经过过道那里，岔路口的那扇虚掩门还是没有关掉，大概是商场生意不好，使得这里的物业管理人员都没有注意到这有一扇没有关闭的门。我还是会停下驻留，感受这股别处难得的凉意。可当我升起想要往下去看看的念头时，总会被自己按压下去，不断说服自己："这有什么好看的，这有什么好看的。""肯定就是地下室停车场，不要那么无聊。"

这几天期间，过道里看到最多的人就是不同的清洁工阿姨，可惜她们都是去岔道尽头的房间里。唯一不同还来到岔道的人就是在商场一楼店铺工作着穿着橙色制服的员工，我之前还在店里见过这个人，她迈着小碎步走过来，我看到她右手握着电话在耳边，左手还虚放在手机下的出声口，这是偷接电话的常见姿势。我想她肯定是偷跑出来的，毕竟这个时间段正是他们店铺营业高峰期。我猜测着，看她小跑过来的姿势，并且在这个时间段，应该是个很重要的电话。而她脸上又带着欣喜，甚至还有娇羞，这应该是她男朋友或者喜欢的人打过来的电话。

我失望的是她也跑进了岔道尽头那间用来洗刷和放置清洁工具的房间，没有走进左边虚掩着门的楼道里。

这里太安静了，即使她接电话的声音有意小声，我还是能听到诸如"我还在店里，要下午五点交班""店里生意太忙了，我偷偷跑出来接电话""我每周只有一天假，这大夏天的我们能去哪里玩哦"。听多了便有点索然无味，无非就是恋人间的磨蹭的几句话，也能说上五六分钟。

于是我离开了这里。

晚上我又被热醒了，拿起旁边的手机看时间，才两点半。空调设置三个小时的时长，才停了半小时，屋子里的冷气就散没了。重新启动空调，迷迷糊糊一时半会儿也睡不着。外面不远处的工地还在趁夜拆迁老房子，还能听到挖土机起重机巨大的噪声，对比起来马路上呼啸穿过的汽车声音已经不算什么。工地上巨大的夜灯穿过两扇窗帘之间巨大的缝隙，我闭上眼睛也能感觉到灯光把狭小的公寓照得一片亮堂。

最烦的是楼上空调正在滴水，一滴一滴有规律的滴水声，像极了我读大学时住在宿舍每晚听到的声音。我的宿舍楼建于上世纪八十年代，宿舍楼门口还栽种着两棵粉玉兰树，没到春天的时候，花苞先出来。可是它们大多数都见不到太阳，只有枝头的几只因为晒得到阳光可以绽放，更多的花苞没来得及开就因为缺少阳光耷拉下来，粉色的花苞上，外层的花瓣开始发黄，看过去像是挂了满树的心脏。

楼里面的宿舍分成两排，中间有条长廊，终日阴暗，白天要是没有灯光，长廊一片灰暗。自然它没有阳台，大家把洗好的衣服挂在窗户上，每个宿舍的窗户上面架着一层铁皮，当楼上新洗好的衣服没有拧干时，连绵不断滴下来的水声就像是下雨似的滴在铁皮上，"滴滴滴滴滴滴滴滴滴滴滴滴滴滴……"急促的水声一阵阵传来。这倒不是最难忍受的，衣服的水滴到后期，就变成了"滴答，滴答，滴答，滴答，滴答……"有规律的声音。我也想过上去叫上面的寝室把水拧干些，然而在一楼居住，意味着水可能从二楼，三楼，四楼等更高楼滴下来，也可能同时发生这样的情况，要找到滴水的楼层便显得十分麻烦。外加这样的宿舍条件，效果肯定不明显。每个晚上，当我闭上眼后，听着滴答滴答的声音，我的脑子越来越清醒，想起白天的争执，心中烦闷无人可以抒发，没有人可以说。也许我该去找个伴，谈一场校园恋爱，在单车后面聊聊风花雪月，花前月下散步，面临毕业，我们可能因为去向冲突，很可能分手了或者克服困难走下去了，会变成生活的柴米油盐。想到这我就打住了。"呸，也不看看自己啥玩意，连个喜欢的同学都没有，先瞅着把课业赶紧补上，都要期末考了。"

真烦，睡个觉还要想着课业的事情。赶紧想些别的，可这思绪哪是自己能控制的，脑海串联起来的事情的速度随着水滴下落的频率变慢，也变得迟缓。直到声音逐渐消失，脑海一片空白，而我也渐渐入睡。

此刻的我听着滴答滴答空调的水声开始想起白天的事情，想起日复一日在办公室的工作，输出毫无创意的点子。每个月开心的就是发工资的那几天，可惜还没有捂热，就一大半交了房租，对了还有水电费，夏天的电费实在是太高了，尤其是空调，吹一晚上就要接近十块钱，这样算下来一个月电费光是空调钱就要三百，所以选择定时开三小时。在冷气帮助下入睡后，也许后面就一觉到天亮，这样一算每天就只需要三四块钱，剩下的五六块可以买早餐，除开豆浆和油条，还能加个鸡蛋饼。可惜这几天是七月二十多号，一年最热的一段时间，又很久没有下雨，这几天深夜老被热醒，要是房子里能像岔道口那么凉快就好了，不用开空调也能睡着，可以省下一大笔电费。也不知道那下面到底通向哪里，怎么会那么凉快，一般地下室入口也没有那么凉快呢。也许下面还有冷气出气口？可哪个商场那么无聊在地下室还开冷气？何况是一家濒临倒闭的商场。也许下面有冷冻室，用来储藏水果蔬菜，可是一般冷藏室的门不会轻易打开，而且这里也不是农贸交易中心。可能下面有一块巨大的冰块，冒出源源不断的冷气……

外面的道路上呼啸而过的车声，工地上的掘土机轰鸣声，空调的水滴声，我看到它们幻化成一道道大的小的螺旋，涌向我的房间，变成螺旋的声音在我的房间撞击出巨大的口子，我从那道口子往下走，一直走啊走，我直接走到了楼道里面，那里有一块巨大的冰块，我将冒着热汗的身子贴上冰块，左脸颊印在上面，透过雪白晶亮的冰块，我的右眼看到了另一半的自己。

早上醒来的时候发现自己呼吸不畅，原来是昨晚重开空调温度太低忘记了调高给冻感冒了。我有些埋怨自己，真是有福都不会享，好不容易开了一晚上空调还被冻感冒，不仅浪费了一顿早餐钱，还要花上一笔钱去买感冒药。医师嘱咐我这几天少吹空调，不要继续受凉，不然感冒不能很快好起来。

我在办公室披着一层衬衫，可是走出室外没几分钟又会热得受不了，就分外想念岔道口传来的那股凉意，可是又怕自己贪凉控制不住自己，也就没有从商场过道走。在没有空调的夜晚，我显然更难入睡。我能听到前方工地上传来在推土机的作用下墙皮倒塌的声音，这些废弃的砖瓦被装入卡车里运走，也许不久后这里又会成为一个新小区，谁还记得那些老房子。可是他们有必要那么赶工吗，连续一周大晚上还在加班。"能不能去打电话投诉啊。"这是我第一次升起投诉的想法，之前都抱着多一事不如少一事的心态，可是打给谁？警察局吗？会管吗？算了，这小城市的警察局肯定和稀泥，肯定没什么用，可能也有人打过，毕竟那旁边还有更靠近这块工地的小区，那些住户肯定受到的打扰比我还多。

可是不试试打电话投诉怎么会知道没有用呢？总该要去试试吧。打开手机搜索，输入"夜间施工扰民，该往哪个部门投诉"，看到回答道直接打警察局，市民服务热线，或者环保热线。可是之前从来没有打过110，让我对这个号码有敬畏，那就市民服务热线吧，12345，简单顺口好记。在手机拨号盘上输入号码后，犹豫几番，还是没有把拨号键按下去。这么晚了那边有人接吗？会怎么回复我，怎么处理这件事呢？如果真的要去处理，大半夜让相关工作人员处理也是折腾人。这时外面工地上传来的声音小了很多，渐渐隐在深夜偶尔穿梭的汽车声里。现在的我已然十分困倦，我想算了吧，还是不打投诉电话。上眼皮沉沉覆盖下来，我努力提升自己的眼皮，乃至用手把眼皮提起来，退出手机拨号页面。当我陷入昏睡的时候，工地上又响起柴油发动机那种突突突突的声音。而我已经意识迷糊，陷入睡梦之中。

晚上睡眠不足让我白天在办公室昏昏欲睡，可是感冒导致的鼻塞，让我还来不及低头入睡便被憋气的窒息感呛醒，不得不揉揉惺忪的睡眼，倒上一杯热水，用它熏熏鼻子，企图让它透气。旁边的同事陈姐突然说起话："我看你这感冒一直不见好，小年轻在外打拼，生病了连个照顾的人都没有，真是辛苦。都没有听你说有啥交往的对象，改日给你介绍对象啰，也方便有个照应。"

大概结婚后的妇女都有做媒的癖好，陈姐已经向我提起几遍，往日都是拒绝。我连自己都照顾不好，哪能企图让别人照顾，这不是祸害别人吗。话到嘴边，可是因为一直用嘴巴呼吸，嗓子干涩到说话都撕拉般的疼，如果再和陈姐扯下去，话都要没完了。我点头示意好，没想到陈姐继续说起介绍对象的一些条件，听得更加心烦意乱，故而指着嗓子示意。

结束昏沉的中午工作，不自觉又从过道处回家。只是我纳凉的好地方被发现了，在岔道的出风口旁边，躺着几位工人，其中还有一位妇女。我猜他们应该是在商场工作的工人——前几天知道这个商场被其他商业公司收购准备重新装修一番再开业，所以原本安静的商场又热闹起来——实在是他们的特征过于容易辨认，身边都放着标志性的黄色工人帽，衣服上还有搅拌溅起来的水泥浆。几名男工人在头部折叠了几张硬纸壳当枕头，女工人稍微讲究一些，但也没有好到哪里去，就是用蛇皮袋子垫在身下当席子。看他们的模样一动不动，都在沉睡当中。因为他们在这里休息，我也不方便在这驻留，便离去。

显然这块地方不为我独自拥有，接连几天我都在楼道里看到休息的工人，还好感冒已经好了，差不多到了八月初。这些天都是匆匆从楼道而过，我几乎要忘记那里。

直到一个周日的下午，我在房间看书的时候突然停电，下楼交电费时才发现物业在前几天搬走，原本的物业所在地门口贴着搬迁示意，写着搬去了第六栋公寓，而我所在的片区只有三栋公寓，我询问负责公寓保安的一位大爷。大爷十分热心负责，因为公寓出过一些小问题，找过他好几次帮忙，是我在这栋公寓里唯一相熟的人，只要见到他在一楼大厅值班，我都会向他打招呼。

保安大爷带我走到大门口，指着左前方向的商场后侧的几栋楼，我刚搬来这里的时候就看到那边还在修建。"那里还在装修，要一直往前走一百米左右，走到我们前面看到的一栋楼商铺下面，旁边有楼梯，看到楼梯拐上去，上面有个大坪，第三栋就是第六栋公寓楼。"我点头说好，大爷又接着说："这大下午的太阳太大了，走公寓下面的地下室可以直接到，我刚好现在没什么事情，我带你过去吧。"生怕麻烦的我赶紧拒绝："这怎么好意思呢，还是不用了。""没事没事，我之前也带过好几个住户去，走吧。"大爷做拉手状，把我带入大厅，我便跟着去了。

以往坐电梯的时候，我偶有看到有人按向负一楼。但是因为没有车等其他出行工具，从来没有去过下面。在等电梯的时候，大爷还在给我解释路线："从下面过去没有太阳，就是出了电梯间后往左边直走，你会看到一个很大的停车场，还是一直沿着这条路，千万不要走到岔路口，等到这条路没法继续走，就往右走。反正就是你大概计算位置，没有路的时候往右就行了。到时候你也看得到像我们这样的电梯间，写了六栋的那个，你坐电梯去三楼就可以了。"我们坐上电梯到了地下一楼，这时保安大爷的电话响起，他接完电话后一脸歉意对我说："楼上租户出了点急事，我现在得赶紧过去看看，真有点不好意思，我没法陪你过去了。"

"没事没事，您给我说了这么多，也挺麻烦您的，我自己去看，您自己去忙。"我回复。

保安大爷临走前又重新给我说了一遍去第六栋楼路线，便坐电梯上去了。

我也开始打量这地下停车场，头上的灯管发出虚弱惨白色的光，站在电梯间门口，往左直走。这是一条大约百来米的直道，一边是电梯间，另外一边是停车位，但多闲置，偶有的车辆上面布满灰尘。

根据保安大爷的路线，我直走着，脑海里勾勒出大概路线。我还看到了二栋和三栋的电梯指示间。刚下来的时候我就发现，这里的温度比上面低了几度，大约是因为空旷又罕见人迹。这条直道往左直走是通向一个更大的停车场，那往右呢？立刻我脑海里就涌现出答案，这里很可能可以去到楼道那里。刚出电梯间的时候，我就看到这条直道往右走不久后就有一个转角，楼上过道大约也是在那个转角过去的位置。

这几天被我抛到脑后的楼道并非真正不去在意了，我知道它一直蛰伏在我脑海里，楼道的幽深黑暗，一直在引诱我，来吧，来我这里看看，看这里有什么，快点啊。它在刺激我嘲讽我，而我浑然无力。我开始有点厌恶我良好的方向感，让我察觉上方那个让我烦躁不安的楼道，也许是通往这里。反正可以肯定的就是，楼道一定是通向地下的。"那要不要去看看？"我又在问自己，先找到六栋交完电费再说，再一次逃避它，我加快步伐向前走去。

直道尽头一个巨大的地下停车场，白色的灯管呈规律状分散，但是这点光线不足以让我瞥清地下的全貌。围绕停车位竖立的承重柱支撑起整个地下王国，可惜在这里他们是落寞的，我所见之处，没有车辆。我听到传来的巨大水声，湿润且充满凉意的气息扑面而来，而我想要幻化为一尾鱼，钻入其中。

随着更加深入停车场，体感温度变得更低，自己开始搓起手臂。我从来不知道原来在城市的地下隐藏着巨大的避暑胜地。我所在的城市有一自然景区被称为避暑胜地，当然只要夏季凉快高海拔的地区，或多或少有这样子的称呼。景区里有一小镇，山上温度比山下低了五六度，吸引不少本地和外地人来避暑。我也在夏天去游玩过几天，却远觉得要是用温度来衡量的话，停车场更胜一筹。但是奈何只有停车的人和物业人员来到这里，他们是这里的匆匆过客，注定不会在意。

当一扇墙堵在我前进路上，已步入到最深处。地底下白日的黑暗是不同于夜晚的能瞟见渺茫星光的微黑，也不同于黎明前夕孕育出的墨水般浓稠的黑。这是一种在灯光下交斥着阴影，阴影又和原本没有照射到灯光的黑暗重叠的黑，它们相互交缠相互慰藉，影影绰绰不甚明朗。

我转身朝一边走去，还好黑暗没有持续太久，我便看到了微光，那是去五栋的电梯间，我迈大步伐，朝光亮处走去。

接下来很顺利找到二楼的物业办公室，空调出风口唰唰吹出冷气，要是之前，我肯定巴不得大热天能在冷气口前多吹一会儿，现在皮肤还是凉的。这里光亮十足，还开着白炽灯，亮堂得见不到屋内摆件倒下的影子。缴费后离开办公室，电梯不在这个楼层，在等电梯的期间我走向楼梯口，直接从一楼走出来了，仿佛忘记想过回程路上要往楼道走着去看看。

　　沿着高楼的倒影下影子处行走，高空湛蓝，空气里面没有风。室外热度一下子传导到血液中，一下子就让手臂表面的皮肤热起来。往往我是极讨厌夏天刚出空调房的那种感觉的，明明身体在房间里攒够了凉意却被室外温度几秒钟侵袭掉。同时室内外温度相差大导致在出门瞬间带来巨大不适感，仿佛整个人要升腾起来，而此刻这种熟悉的温度却让我感到真确地存在着。

　　我穿过大草坪上不同栋的公寓，在边上找到了保安大爷说的楼梯，从那拐下来踏上水泥硬化路，无阴凉地可走，在太阳底下整个人又变得燥热难堪。我向自己所在的二栋公寓楼跑去，看到了停车场的地上入口。"谁能想到这块地下，有个如此巨大的停车场，关键是这才是避暑胜地啊，方便又近。"我这样想着，"可是又有谁愿意在这种黑暗潮湿的地方蹭凉意，大概也就我这样想吧。"

　　晚上我难得奢侈了一把，没有设置空调时长，外面施工地这几天也安静下来，我陷入沉睡，连续一个月没有下雨的酷夏，居然在深夜开始下雨。睡梦中我来到地下停车场，这里变成一片汪洋，而此刻的我正成为一尾鱼往停车场中间游去，这里没有任何标志物，只能凭借着白日的感觉往前游。我的身后，逐渐涌现出巨大的黑色的漩涡，正在吞噬前进的我。只有不断往前游去，可惜我也不知道最后怎么样了，也许我逃离了这个漩涡，也许我被卷入其中，或者就这样完结。梦就是这样毫无逻辑，接下来好像跳向了其他梦，或者好像没有继续做梦，昏昏沉沉睡了一晚。

又是一个上班日，楼道的位置依旧被工作的工人占领，而那扇通往楼道的门被关上了，大概是物业终于发现这有扇打开的门。当然对我来说，遗憾不是没有，我始终没有去楼道看看那有什么，当然如果我想去看的话，我的地下还有一条通道。

上班的日子就是那样，夏日更难熬而已，楼道关闭后我也没有中午在那偶尔驻留的日常活动了。而我终于在同陈姐给我介绍的相亲对象见面之前，得到了一份待遇比目前好的工作，最起码应该是不用省着空调费出来吃早餐了。当然夏日最难熬的时间段差不多快步入尾声，可能我并不大需要再开着空调也能入睡，那大概我能够早餐吃得更好一点。

我也找好了新工作地点附近的房子，公寓即将退租，在这之前我得去物业把房子的水电费缴清。我对这栋公寓唯一不舍的就是充满人情味的保安大爷，在楼下大厅和大爷说起要搬离后，他热心地要再带着我去物业一遍，表达上次让我一个人去的歉意。盛情难却，他看着室外的阳光，又带我从地下停车场去。这次他没有中途接到电话离开，而对我来说，地下停车场依旧是那样，只不过一些不知道闲置多久的车上，灰尘又更厚了。

而我也没有再想，这里能不能通向楼道，要不要去看看那里到底有什么，或者那里什么都没有。反正不管楼道有什么，我都要离开这里了。

雾里的信息

一、2020

无锡的冬天，大多数时候都是雾蒙蒙的，太湖里的水被湖面上越冬的候鸟，挥动翅膀，扑腾扑腾将水汽扇进城市，于是一层又一层的寒纱轻飘飘地堆叠在无锡城内，从门窗的缝隙间，溜进人家里。这是水做的城市，空气里是散不尽的水珠，有时候太阳照样升起的早晨，水珠里会含着阳光的温度，容易让人误以为它们是温暖的，走进这样湿润中的人，才能拆穿水珠们的伪装。

张若兰就是在这样一个早晨登上了回四川的飞机。

2020年初的一场突如其来的疫情，将她所有的安排暂时打乱。前天她还在和同事一起吃年夜饭，今日匆匆踏上归路。疫情的影响导致所有的服务行业都要关门，正常情况下她整个春节都要上班。张若兰在一家澡堂当领班，负责管理店里的服务员和登记来洗澡客户的信息，春节是服务行业生意最旺盛的时候。

来泡澡驱寒的人能铺满等候大厅，熙熙攘攘，员工们在铺满地暖的室内从早到晚忙个不停，灵活地穿梭在不同客人间，像水坑里的泥鳅钻入淤泥间，窜出洞口又卷入另一个口子，搅起的淤泥散开又沉淀，幻化成室内仿佛肉眼可见的污浊热气。如果真的想要过年回家的话，也不是没办法，只要在年关前辞职就好，等待过年后用工荒，澡堂自然会再招聘一批人，那时候再回来就好，2018年春节她就是这样干的。

她在候机室等待时想起曾经对侄女说过，不是我离不开陈顺隆，是他离不开我，他很怕我回到四川之后，一去不回来。陈顺隆在小年时候就回家过春节了，他要在家过完元宵后从江西老家回无锡，略微休整几天后捯饬着自家开着的小物流公司，准备开张。其实陈顺隆的老家，也是张若兰的老家，他们也正是因为老乡的关系而认识。

二、2000—2005

2005年的春天，在上海打工的张若兰怀孕了，然而很不幸地是宫外孕，必须得打掉。张若兰心里也说不上难受，她和丈夫原本也没有准备生二胎。她是远嫁女，嫁去了四川，当时哥哥们都劝她拦着她，不让她去那么远的地方，可是那时候年轻，敢爱敢恨带着无所畏惧的冒险嫁了，也更多是怄气。

他们是通过汕头工友介绍认识的，丈夫长得白白净净，有南方人少见的高挺鼻梁，村里的老人们往往会不大喜欢这种长相，觉得太秀气，吃软饭，可是他职业是厨师，正正经经考过厨师资格证。还有一点老人们也会反对的，丈夫也姓张，叫张小成，哪怕是二十一世纪都要迈入小康了，同姓不婚仍然是择偶的一条标准。

不管四川是不是够远，家里也没啥长辈，张若兰不管不顾，还是嫁了。没有收到彩礼，也没有陪嫁品，酒席在家潦草请了几桌人就这么完事了。四川太远了，去一次各种转车车费要五六百，差不多是半个月的工资，张小成家里做酒席的时候，张若兰这边一个亲人都没有，也不是没有不难受过，可路是自己选的，她告诉自己没啥好难受的。

上海做手术和住院费用对于外地打工的人来说太高，回四川也不方便，她和张小成商量后，联系了二哥二嫂。张若兰一共四兄妹，大哥张盛亮，二哥张盛明，三哥张盛耀。二嫂刚好在家带着侄子侄女读书，准备回娘家的县城做手术，术后在二哥家修养一个月后回上海。如果丈夫一起跟着来的话夫妻两人都没有收入了，反正宫外孕也是小手术，那边有嫂子照顾，张若兰一个人回了江西。

发现张小成出轨是她回上海后的十天左右，就是那么俗套狗血。她和张小成是住在上海某景区老饭馆的员工宿舍，那天他洗澡去了把手机落在床上，张若兰听到手机响以为来电话，刚要按起来却发现打开了手机短信。信息内容十分露骨，甚至还有那边发过来袒胸露乳的彩信照片，而这个人她认识，还是张小成的同乡。

张若兰翻着信息，推断出他们早有来往，尤其是她回老家做宫外孕手术那段时间，约见面了好几次。手术刀割开她肚皮的时候，张小成可能和那女人躺在床上做那档子事，此刻揪心的痛比手术麻醉效果消失后还痛。张小成的出轨其实早有预料，他嘴甜，平时老和其他女员工打打骂骂，有其他相熟关系好的女工友和她说过，你得注意下你老公。张若兰总是笑笑回应，他人就这样，这种德行，不会的，和其他人闹着玩的。其实只有自己知道自己不舒服，哥嫂问她张小成在外面打工怎么样的时候，张若兰也会说挺好的，每次和二哥打电话，那边都会说，若兰你和小成要好好过日子，张小成也会凑过来，二哥你放心吧，我会和她好好过日子的。

她也提醒过张小成别这样。张小成和她嬉闹，若兰你也不是不知道，我就逗她们玩呢。

"你就是这样逗我玩呢把我追到的，娶到了免费的媳妇。"张若兰怼他。张小成回道："你也知道现在哪个女的不爱钱，也就若兰你愿意嫁我，没啥好处那些女的不会往我身上爬的。"夫妻间嬉闹着，张小成就往她身上爬。

也不知道是怎么把这些短信看完的，她往那边打电话，歇斯底里骂了一通："刘小英你臭不要脸，有老婆也往上凑，亏我当初还帮你一起找工作……"接着污言秽语骂了一通，从外貌到生殖器都骂上口了，在城里打工这些年，也把自己当城里人，平时文明语说多了，还以为忘记了脏话，骂出口才发现自己本质上是那个敢和村里泼妇一起骂街的农村人，她嫁去四川在那边带儿子住了两年多，学了一口四川话，骂着骂着变成了客家话。

刘小英开始没吭声，后面把电话挂了，张若兰接着打，那边按掉，她和手机杠上了，疯狂打过去，那边也一直按，直到张小成从公共澡堂回宿舍。张若兰拿着手机大声质问他，刘小英有错，张小成也不是什么好东西。公共宿舍住房隔音不好，她也不怕工友们笑话，要是怕别人说，瞧别人眼色过活，她也不是张若兰了。张小成那张白净的脸，好不容易因为洗个澡冒出红晕变成煞白，也不要脸，穿件白T恤短裤就跪下来抱着张若兰的腿求着原谅，鼻涕眼泪都说来就来，保证再也不敢了，当面删除了和刘小英的短信和联系方式。

她也是脑子不清楚迷糊了心，就那么原谅了张小成。那之后张小成老老实实，还主动交手机给张若兰检查，她在床上不让张小成碰自己，硌硬得慌，前几天张小成还老老实实，见她不愿意也没怎么继续下去，十来天后就忍不住缠着她。张若兰半推半掩就让他得逞了，张小成在她身上喘息的时候她嗤笑着，男人啊就想着那档事。

虽然说张小成会主动上交手机给她看，接下来几个月的电话交费内容也正常，但张若兰就是觉得不对劲，不知道是不是婚姻里一旦失去了信任就难以为继，即使没有证据也会变得敏感不相信，很多男人会想着女人这种生物天生就是疑神疑鬼，他们实在是不了解女人，女人的直觉往往比证据更可靠。

　　直到那天她收到短信说："你有QQ吗？短信两毛钱一条有点贵，我们可以加，没有的话我可以帮你申请一个。"张若兰才恍然大悟。张小成是个喜欢追求潮流的人，文化水平不高，中专去学了厨师，在一干打工人员里面也算高学历了。会穿衣打扮，买东西大手大脚，去年打工的钱换了个可以上网有QQ的诺基亚，以前还给她申请过一个号，张若兰不怎么用，当时张小成还告诉她自己的密码和他的密码一样。

　　事实和她料想的一样，怎么能相信男人不再出轨的蠢话，他们QQ聊天记录显示在那次出轨后保证的没几天，张小成为了提防她，每次聊天记录时间都不长。就在半个月前她和工友去外面玩了一天，他又约了刘小英去宾馆。

　　毫无疑问又是一次巨大的争吵，张小成的保证不管用了。张若兰想着，既然你敢出轨，我也敢，凭什么你在外面玩得开开心心，我就要一肚子窝火。

　　她给那边发短信："做吗？这周约，我来找你，如果不行就算了，当我发错了。"那边急忙发过来短信："又和你老公吵架了啊，你可以来无锡玩几天，放松下心情。"没有正面回答张若兰的问题，张若兰也想着放松几天，同意了。

　　他是陈顺隆，做宫外孕手术回江西的时候车上认识的，张若兰好几年没有回家了，因为是老乡，路上聊得比较多，之后留下了联系方式。上次张小成出轨的时候，她心里难过，因为远嫁，做女儿时期的朋友很多都失去联系了，她不也不敢和哥嫂说，路是自己选的啊，可是她看起来再强硬，心里也会难受难过，她也是个女人，是第一次在婚姻中遇见这种状况，也会手足无措。她不知道和谁说，就想起来了陈顺隆。

三、2020—2017

飞机从无锡往重庆机场飞去，没几个小时就抵达。疫情下所有的城市都暂停住脚步，张小成的家四川东南部的某个城市，毗邻重庆，大多数时候她都会选择从重庆转车回去。嫁去四川这么多年，每次和别人介绍自己也说是江西人。按照国人常见的看法，除开出生嫁人成为某地的人，更重要的是要有一套自己的房子，有了房才算真正有家。张小成和公婆在县城里住的房子是自己这些年攒钱买的，房产证上也只写了张若兰名字，但那不是家。

大年初二晚上到达家里，这个时间点着实尴尬，错过了小年夜和春节的日子就像打完鞭炮热闹过后只剩下呛人的硝烟和迸落的碎屑，热闹是没有的。

公婆对她还是一如既往的热情，斥责张小成没有去接她。张小成接过她行李，唤了句"若兰你回来了"。他脸上胖了些，让他那张白脸看过去油腻腻的，但还是能骗到不知情的人，不知道他也快步入中年人行列。

疫情在发酵，城市不断加大戒严，全家人被限制在家中无法出门，张小成也没法出门和狐朋狗友一起去玩。儿子张希成绩不好，初中毕业后去学了厨师，如今在厦门实习没有回家，也滞留在那。公婆开着电视，也不知道是啥剧情，貌不合且神离的一对夫妻抱着手机分坐在沙发两头各玩各的，偶尔瞥过电视，想要点评也插不上嘴。

　　一家人很少在春节这个对于中国人来说具有特殊节日意义的假日相聚了，2018年的春节，张若兰辞职回老家过年，她已经十八年没有回家了。

　　张若兰想要回老家过年的念头产生很多次了，在前几个年和二哥二嫂提起的时候，哥嫂基本上拒绝，二嫂那边说，嫁出去的女儿是不能回娘家过年的，会影响娘家的财运。"二嫂这个都不知道是啥时候的话，就是生怕女儿会再回家要走娘家啥东西吧，所以编出来个理由干脆不要嫁出去的女儿再回来。"

　　"若兰你这样说话我就不喜欢了，我啥时候不让你回家过，你其他时候来我不也好好招待你吗，之前宫外孕做手术也是我照顾你，只不过是过年真不能来，都是我们这边的习俗，老一辈的东西要遵守。"那边二嫂还在苦口婆心说，话语中隐约有薄怒。

　　"二嫂我这不是开玩笑吗。"张若兰回，内心想着可去你妈的垃圾规定，垃圾老一辈的习俗，这种东西就该作古。

　　这几年只要她提几次，对话就会在她和二嫂或和二哥之间发生。可是对于张若兰来说，她也只是想回家过一次年啊。

反而是大哥没有那么多忌讳，叫张若兰直接住在他家："你二哥二嫂确实比较注意这些，你实在想要来的话，那就住我家这边，过年期间就别去你二哥家了。"

其实二哥后面也松口过："你要来过年，带着张小成一起，你一个人来不像话，哪有过年回娘家不带丈夫的。"张若兰拒绝了，理由是他在四川，两个人一起来不方便，当然更深层次的原因彼此也心知肚明，自然兄妹俩不欢而散。大哥同意后，张若兰也没有再和二哥聊起。

等准备好这些后，张若兰就向洗浴公司辞职，收拾好东西在小年夜前坐着陈顺隆的自驾车回来了。她经常隔个一年左右就会回到老家并住上一段时间，对于家乡的变化并不会陌生，过年总归是带上了不一样的色彩，这个时间点回去居然产生一种近乡情怯之感。

房子还是那样的房子，不过是多增加些许红色；人还是那些人，不过就外出工作的人回来了，多了热闹。可就是这样子，张若兰也由衷地感到欢喜。回来这几天她也确实没有去见二哥，可张若兰明白，不消说二哥也知道她来了，自己回来的那天，大哥叫二哥一家去他家吃饭，二哥只让自己的女儿来了。张若兰也知道二哥心里不舒服，他不喜欢陈顺隆，可哪能想得到二哥憋了动作。就在张若兰等几天要过年的时候，他打电话让她来家里吃饭。

二哥张盛明把张小成从四川叫来了，这还是张若兰这几年来第一次见张小成本人，她平时一年也回四川一次，但张小成在四川别的城市工作，知道她回来也不会专门回来。在饭桌上二哥对张小成说："小成虽然咱们离得远，不常见，但是呢你是我的妹夫，这辈子我也只认你这个妹夫。"二哥不常讲普通话，讲方言张小成又听不懂，这口普通话真是半洋半土。"二哥我知道，你对我好，支持我。"张小成回应。

张盛明的意思也摆得很清楚："小成我不是不让你们在这过年，你们夫妻一起来我很欢迎，但是让若兰一个人来就不行，我这个妹妹不懂事，你要多担待她一些。你呢今年就把她带回家，明年你们两夫妻带着张希一起来过年，哥哥我十分欢迎你们一家人来过年。"

张若兰听着自己的行程被他们安排，一直喝饮料的她也发声了："我不回去，我来都来了，我要在这里过年，去乡下过元宵看龙灯。"

"张若兰，我是你哥。我叫你回去就回去，是不是连二哥的话也不听了。"二哥声音大起来了。张若兰知道二哥生气了，自己有些不甘心，但还是妥协了。

于是在腊月二十七的下午，收拾了下东西回四川了。年关的车票难买，几乎是大巴火车轮流倒回到了四川，到达四川婆家那边是二十九号的晚上。张若兰是为了过年而回家，但是十八年了，她始终没有再在家乡过过一次年。

　　对于张若兰来说，二哥不止一次承担这种对自己选择的破坏者角色，然而对于二哥那种近似于父亲的角色，哪怕自己即将40岁也无法摆脱来自父辈的强权。她回四川一直憋着一股气，而冲突的爆发就在除夕夜。

　　除夕夜张小成的一群狐朋狗友来约他去KTV唱歌，张小成顺口问她去不去，这些年他们的社交圈基本上不重合，她不认识张小成的任何朋友。待在家里没事，她同意了。

　　中年人的社交早已感觉不到尴尬为何物，虽然张小成那群朋友她压根不认识，但反正都是来玩的。而真正让张若兰气愤的是张小成，直接和那边朋友带来的一女的聊着聊着就勾肩搭背，他的那群朋友们也熟视无睹的模样。张若兰倒是要看看他们能扯到什么地步，在哪开始喝酒，可越喝酒就郁闷，越郁闷就越难过，张若兰暗骂自己真的是没出息，快四十岁的人，都和张小成分开七八年了，还为这没本事的卵蛋难过。

　　直到张小成还拉着那女的对唱起《纤夫的爱》，哥哥妹妹地唱起来了，一群人还叫好。张小兰跑过去直接关了机子，驼红着脸，眼神迷蒙，在KTV五颜六色的闪光点下她直开口骂："你们要不要脸，男的老婆在这里，女的也跟着，还一群老男人叫好，都不是什么好东西。"场面一度尴尬，张小成放下话筒忙拉着她对大家道歉："不好意思她喝醉了，不好意思哈，我先带她回家，改天请客。"张若兰被张小成拉着走,她嘴里嚷嚷着没醉,坐在出租车上就哭起来,张小成倒也没有发火,也没怎么管她。

到家后她就大哭起来,给大哥打电话:"哥我真的很难受,我和张小成真的没法过下去了。"

张盛亮也急了:"是不是张小成打你了,还是怎么欺负你了?把电话给张小成。"张若兰就只抱着电话一直哭,一直重复着:"我和他真的没法过下去了,真的我好难过啊。"张盛亮听着张若兰在那边哇哇直哭,也不见她说什么信息,就指挥着小儿子打电话给弟弟张盛明,让他问问张小成怎么回事。

此刻已经快到十二点了,张盛明知道后赶紧给张小成打电话,电话接通了,张小成说没啥事,就是喝多了。张小成的爸妈听到张若兰的哭闹声来赶紧安慰张若兰。张盛明让他把电话给张若兰,张若兰听到是二哥的电话,话换了几句:"二哥我真的很难受啊,我和张小成过不下去了,我真的不想和他了。我知道我自己很任性,做错了很多事情,你是不是不要我了,不喜欢我了。"

张盛明本来已经睡觉了,接到大哥那边来的电话匆匆起来,本来迷糊还在睡眼,听到妹妹在那哭一下子就惊醒了,继而又听到张若兰这么说,也难受起来。"你永远是我妹妹,我怎么会不要你呢。"他很少说出这样的话。

"可是哥,我要离婚啊,日子真的没法过了。"张若兰继而说道。

"可是婚真的不能离啊，你们还有小孩，不能离婚啊。"张盛明也哭了，他心疼妹妹，可是却不允许妹妹离婚。

十二点到了，他们两兄妹所在的小城市没有禁鞭炮，小区里开始有人放，接着远处的也响起来了。噼里啪啦的鞭炮声，远的近的，响的不响的，都那样不真确地成为兄妹二人的背景音，新年到了。也不知道是谁结束了这段电话，张若兰可能说着的时候，哭着抽噎着，疲倦了，就睡了吧。

第二天还在梦里的时候，接到了侄女的电话，张若兰算是很关心自己的后辈。侄女问："姑姑，你昨晚怎么了，是不是你公公婆婆对你不好？""我公婆对我挺好的。"张若兰说。

侄女接着问："那你为什么会哭啊，我以为是你公婆怎么对你不好了。"

"傻啊，我不是和公婆过日子，他们对我再好也不是我要过日子的人。"张若兰笑了。

"那你要离婚？昨晚你和爸爸说了要离婚。"

"离婚？不离，都现在还离什么呢，就这样过下去吧，昨天是我自己喝多了，发酒疯呢。"张若兰嘲讽自己道。

年初二她就踏上了回江西的火车，空荡荡的车厢里只有她一个人，她如此真切地第一次想陈顺隆。过完年来就变成了拜年，她如此真切地想要和家人过一次新年，却总是不如意。

四、2005—2010

发现张小成和刘小英还有联系的那周周末，张若兰买了一张前往无锡的火车票，她怒气过后就后悔了，但是会反悔就不是张若兰了。

陈顺隆在出站口接她，张若兰从过道向出站口走去时，她望了几眼才看到他。陈顺隆模样实在有些普通，和大多数人一样皮肤黝黄，因为常跑业务的关系，颧骨处被晒得暗黑，不高的个子，脑袋浑圆，内双耷拉着眼皮，显得没精神，但那双眼睛却锐利，显示出他走南闯北的经历。

要说张若兰也是胆子大，心里也没底，出站后陈顺隆帮她接过包，说带她先去吃饭，吃饭的时候再说下午和明天的安排。餐馆不在商业街，所在的地段并不繁华，在居民区的巷子里，是一家江西菜馆，多是服务于在外地工作的江西人。陈顺隆是个细心的人，她这一餐吃得很可心。陈顺隆给她说了安排，下午带着她去无锡街道走走，第二天去太湖，还有旁边的三国影视城。

他们就像朋友一样，聊起家乡的事情，听着陈顺隆这些年做小生意的经历。陈顺隆是1981年出生的，比她小两岁，大专毕业后开始做小生意，前几年过九江时候，还被当地码头的混混抢过揣在怀里的钱。真正让张若兰对陈顺隆心生好感的是，晚上他带着张若兰来了一家看起来安全干净的酒店，他订完房后带她去房间。张若兰觉得可能要发生什么，完成对张小成的报复时，可他却连门都没有进。他说了见面以来最语重心长的一段话："我知道你难过，不舒服，但是你是女的，出轨报复你丈夫这件事，怎么样都是你更吃亏，万一你遇到那种身体不健康的男的，或者其他会缠着你的呢？咱不舒服就先散散心，到时候看事情怎么解决。你早点休息，明天我来接你。"

"嗯好，明天见。"张若兰回应着，她低着头转身去开门，进去后挥手再见也没有抬头，她听着陈顺隆说着这段话到后面时心头一咽，这些天的委屈就出来了。张小成出轨的事情，亲近的人都不知道，也许工友们隐约猜出来了，成为茶余饭后，一天工作完后休息的谈资，她都不在意，只是想要找个人安慰安慰自己。外人看着她张若兰很厉害，邻里知道她从小打架很厉害，十五六岁敢去广东闯，工作上强硬，帮着老板把员工管理得好。可是说到底，她也是个女人。可她不能说，结婚前二哥对她说："你嫁去那么远，路是你自己选的，我也帮不了你什么，不管以后是好是坏你都要走下去。"

第二天早上陈顺隆来接他，带着买来的早餐，准备出发去清晨的太湖走走。清晨的太湖，水汽幻化成雾，湖岸边的苇草在雾里招摇。如果可以深入苇草里面，也许可以掏出几颗鸟蛋，那是她小时候干过的事情了。在这里，心中的浊气也混入雾区中，消失不见却又隐隐约约。不管怎么样，日子是自己的，还是要过下去，等回去之后好好解决这回事。之后他们又按照流程去了不少地方，在傍晚，她搭上了回上海的火车。

很多年后，张若兰走遍了大半个中国的各省市，成为同龄人中的旅游达人，时不时会在社交账号上发布在热门旅游点的"到此一游"的照片，也许是源于这次的无锡之行，趁着年轻好好享受生活，去看看不一样的东西。

回到上海后，张小成率先开口，询问她去哪里了，手机为何关机联系不上。他们还在冷战，张若兰没理他，自顾自收拾东西。张小成也憋了一股火，自己已经主动低头，而张若兰还是如此，也没有说话，拿起手机玩起小游戏。

如此一两个月下去，两人偶尔会说点话，谁也没有继续说起那天的话题。对张若兰来说张小成再次出轨的事情却一直恶心自己，实际上自己也没有想出具体头绪，对这样的生活厌倦却又有时深刻感受到无能为力。

这天晚上，她和张小成说笑了几句，他就来拉扯自己衣服，她也半推半就，也许就这样了吧，可等到两个人真的赤裸上阵的时候张若兰涌起恶心的冲动，仿佛在提醒自己有多窝囊。"你滚开点，我不想做了。"张若兰平静地说出这句话。

张小成当她开玩笑，继续抚摸着。张若兰感觉到自己鸡皮疙瘩都快起来了，用力推开张小成坐起来穿上一旁的睡衣。

"张若兰你莫名其妙，你这样难怪我会去找别人，就你这样不让我碰，难怪我会去找刘小英。"

你看男人的逻辑就是这么奇怪，总是能把自己的错摘到女人身上。"张小成你给我滚！"张若兰歇斯底里叫起来，惊亮了走廊的探照灯。

张小成气急败坏，想要回吼她又顾虑到面皮，结果压着声音变成说教腔："大半夜懒得理你，神经病。"响起窸窸窣窣穿衣声。

"离婚。"这个念头在疯狂涌出，不管怎样她都要离婚。她在网上告诉了陈顺隆要离婚的消息，也准备回去一趟和哥嫂说。这些天他们一直也有联系。出乎意料的是陈顺隆说着同她一起回去，他要回家办事。张若兰心中有奇怪的感觉，觉得陈顺隆对自己不一般，她想回复你没必要陪我一起回，但是又怕自作多情。

请好假后简单收拾了东西，张小成看到她在收拾东西也没有怎么理，以为又是心情不好出去玩几天，张若兰出门的时候对他说："张小成我回哥嫂家，我准备和他们商量我们离婚的事情。"躺在床上的张小成蹿得一下跳起来："张若兰你别太过分哈，别以为我不知道你自己也出轨了，这些天，天天在网上聊天，还和一个男的打电话。咱们一码归一码扯平了，也别拿离婚说事。"

"呸，看到我这样你也不说，是不是准备就这样粉饰太平装死？觉得我这样干就扯平了？你真的没心肝，还有老娘没出轨。"

说完把门一摔，走出去了。张小成想要去追，跑到楼梯间追上了张若兰，他拉着她不让走，张小兰挣扎，手里提包摔下地，来往的人多，都逐渐围绕起来看着他们，张若兰用四川话威胁张小成："要是你不放我走，我就说你出轨还要打老婆，看你要不要脸。"张小成听到这话一时羞愤难当，白脸变得煞红，抓着张若兰胳膊的手松动了，见张若兰张大嘴要说出的时候，放开了手，张若兰赶紧捡起提包走人了。

到火车站的时候陈顺隆已经在等她，他专门从无锡来到上海方便一同回去。火车上张若兰问起陈顺隆准备回家办什么事，陈顺隆的回答："离婚。"张若兰又惊又诧，怎么离婚都像赶集一样扎堆了吗，她隐约知道陈顺隆家里有个妻子，两人关系似乎不好，她没有主动问起过他家中的事情，或许潜意识里没有真正关心他。

这是陈顺隆第一次说起自己家里的事情。大专毕业后他在外面闯荡，家里人觉得他年纪大了，需要家里有个料理事情的人，又怕他在外面认识外地女人，就早早要给他定下来。父母就给选了周边一个居家能干，又长得讨长辈喜欢的人，陈顺隆也不想那么早结婚，但是父母威胁，外加当时也确实不懂事，也没有女朋友，也没有喜欢的人，也就这么将就着结婚了。结婚后聚少离多，妻子小学都没有读完，也没有出门见过世面，陈顺隆跟她一直无话可说。

陈顺隆自认为是个坦荡的人："我和我妻子没有感情基础，这样互相折腾也浪费时间，外加我有喜欢的人。"但说起自己的喜欢也会不好意思，本来看着憨的人，更憨了，"若兰我挺喜欢你的，你长得好看，人又能干，虽然小时候受了那么多苦，但是为人做事干脆利落。还有我不是为了你才离婚的，我也早有这个想法，你千万别自责愧疚，是我自己要离婚和别人没关系。"

"还有并不是因为她小学没有读完这个学历歧视，而是她不学习新东西。若兰你知道吗，你虽然文化不高，但是努力学新东西，学着手机键盘打字，电脑打字，在上海这样的大城市学着生存，而且能够活着很好。"

这是张若兰第一次听陈顺隆讲这么多话，之前一直以为他憨厚，也怪自己没仔细想，要是真那么忠厚老实怎么敢四处闯，自己已经因为张小成外貌迷惑一次了，长得好看的会骗人，没想到长得一般的还是会骗人，而且也第一次听到人这么夸自己，学习打字这种技能对于小学毕业的她来说，确实很难，但是这样的细节他都能注意到并且换成夸自己的话。

同行就是这样不方便，路上还这么长，总不至于不说话。"可我把你当朋友，离婚的话暂时没有再婚想法。还有，谢谢你，我都不知道自己会打字都算优秀。"

"没事，我也不着急。"陈顺隆回答，"我只是举例，你能干的地方还很多。"

火车还在平原上穿梭，山不高，湖多，田里的水稻也要成熟了。快到冬天了，天色也暗下来，而她接到了二哥打来的电话，她知道张小成会同二哥说自己要离婚的事情，已经做好面对二哥的准备，接起电话。

中国人说话办事总得寒暄几句才会在遮遮掩掩中进入正题，不喜欢把话说太绝太死，生怕没有回旋的余地。当然如果说气急了也会口不择言，直奔主题。她预想到二哥打电话给他时，必定先是问她最近怎么样，夫妻感情、婆媳儿子如何，即使他知道自己在来江西的路上，也会要自己先开口。而二哥开口却直接怒气冲冲来势不妙。

"张若兰你学出息了，书没有读到多少，学人搞网恋，还要闹离婚，我是这么教你的吗？你之前任性要嫁去四川我也同意了，说了要好好过日子不能任性，你安分了几年就这样？你嫁了就不准离婚，有我在你们就不许离婚，赶紧和网恋对象断了，这几天张小成也会来，到家再说。"

怎么也没有想到张小成恶意渲染还恶人先告状。"是张小成出轨，再说他撒谎嘴乱说话，我没有因为网恋离婚，那个是我朋友。"

"张小成有错，他保证不犯了，这次来我会要他保证，你和那个男的，你说你没网恋，男女之间怎么好证明清白？不管怎么样也别和那个什么朋友一起玩，损坏的是你的名声，你在火车上我不多说，回来再讲。"便把电话挂了。张若兰接电话时没有回避陈顺隆，旁边的人很容易听到手机音响传出来话。

"没事吧，要不要我帮着向你哥解释？"陈顺隆问。就像二哥说的，男女之间哪里方便解释，越解释越是一团糟。"不用了，等我回去和他们说。"说完便坐着养神。

经过二十多个小时他们回到了家乡，分道扬镳的时候都带着彼此的任务，也许当时他们怀着一腔热血，企图能够得到家人理解做出生命中一大决定。不久后他们都会发现，强大的血缘关系并非是与亲人最大的羁绊，而是在亲情里以爱的名义进行威胁。

这次爆发与二哥张盛明的争吵，超过当初她要嫁去四川那次。二哥坚决不同意他们离婚，即使张若兰说出张小成出轨的事情。二哥这样说："首先这个人是你选的，他说他会改，最重要的是，你们离婚了，小孩怎么办？"

"人是我选的，选错了不能离婚改吗？小孩我可以带，也可以留给四川那，爷爷奶奶带。"张若兰回答。

"不行，我坚决不同意，离婚的孩子有多惨，你不会不知道，我坚决不可能让你孩子年纪轻轻没有父母，我也不能接受我的兄弟姐妹们要离婚，我怎么教你的？做人首先要爱自己的家庭。"张盛明一副没得商量的口吻。

"是，我知道我要爱自己家庭，可是张小成都那样，我怎么和他过日子，我自己带孩子也可以啊。"张若兰申诉。

"不行，你要是敢离婚，就不要认我这个哥哥，我没有你这样的妹妹。"张盛明威胁。

"你简直不可理喻。"张若兰拿起放在桌子上的包，准备往外走。二嫂过来拦住："这么晚你去哪里，你哥就那样脾气，他对家人好，负责，关心你，说的是气话。"

张盛明对妻子说："你让她走，别管她。"二嫂夹在中间左右为难。"二嫂我先去外面住几天，等张小成来了再说。"张若兰回答，二嫂没有继续拦。

去街上订了酒店，张若兰收拾东西，知道自己到了进退维谷的地步，二哥要断绝关系的话不是威胁。他生平最嫌弃不负责任的父母，也厌恶夫妻离婚，所以自己结婚后，一直在努力给孩子提供一个父母双全的环境，因为他们兄妹都是父母离婚的受害者。

他们的母亲嫁给父亲后，生下三个儿子和一个女儿。母亲是被抱养给自己不能生育的姑姑一家的，叫他们爹妈，十六七岁的时候招婿，恰逢父亲家遇变故，娶不起妻子，于是当起了上门女婿。两个不到二十岁的年轻人结婚，什么都不懂，从1970到1979年九年间连续生下四个孩子，大哥和自己按照这边宗族的礼法，上了族谱，被白纸黑字写给了"外公外婆"，大哥从出生下来就被外公外婆养，被要求叫自己姑爷爷姑奶奶为爸妈，母亲又重新开始叫他们姑姑姑父。辈分搞得一团糟，而自己是个女孩，虽然名义上给了姑爷爷姑奶奶，但是他们嫌弃不要，父亲带着妻子和三个小孩回到了老家，没有继续当上门女婿，那边已经有了"儿子"，之前自己养了十六七年"女儿"的价值已经用完了。

当然知道这些事情是她稍微懂事时了，在她四五岁的时候，母亲闹着要和父亲离婚，她找到了真爱，她第一次懂得了爱情，对方是个带着四个孩子的鳏夫，平时喜欢招惹妇人，木讷的父亲不会甜言蜜语。母亲要离婚和父亲天天吵架，父亲不善言辞只当她无理取闹，八十年代初哪里有离婚的人呢？母亲的诉求无法满足，她受不了这个贫困的家，受不了木讷的父亲，她开始连家也不照顾了，不到十岁的二哥开始承担家务，学着做饭，三哥则是出名的捣蛋鬼，而自己只是个流鼻涕的女孩。

母亲变本加厉，开始打父亲，掐打骂一起，直到一次把煮饭的锅扔在父亲身上，洒了一地的米粮，而这是他们一家人一天的饭。父亲终于决定离婚，母亲不爱父亲，自然也不爱孩子们，于是她就这样去到鳏夫家里，带着他死去妻子留下的四个孩子，而自己生的孩子一个没要。

父亲原本城里的家没有了，回的祖籍还剩下地，家庭困顿，只剩下祠堂旁和兄弟们分的居所，他从小没有学过种地，收成不多养不活这么多孩子。二儿子懂事会操持家务，闹离婚这些日子，是二儿子早早接过母亲的任务；而那边已经有大儿子了；张若兰本来就按照这边礼法，给了前妻的母家，是前妻那边的人，于是张若兰成为被送出的对象。

那段日子是怎么过来的呢，老人们总喜欢说小孩子没有印象，记不住事。可是张若兰却记得清清楚楚，也许是因为太苦了吧。那边的"爸妈"不情不愿接受她后，她在没有扫把高的年纪开始干活，垫着凳子在灶台边伸入半个身子去洗碗，挨打挨骂是常事，家里的肉和零食基本上给了大哥，他们没有一起长大，平时这个家都是大哥作为老大，一切都是他的，他们不是一起长大的，大哥对这个多出来的妹妹没有感情。她哭过，可是没有用。

可即使这样，他们也嫌弃自己是个女的，最后又被扔去一个亲戚家里，自己只知道叫她婆婆，第一天来的时候，婆婆看着她全身乱糟糟的，满头都是虱子，她记得婆婆拿起一把篦子用力地梳她头发的感觉，好像是要把头发都扯下来的疼痛感，让她记到现在。最后虱子太多了，被她全部剪完，成了一个光头。婆婆对她凶巴巴的，但是不会随便打骂她。

婆婆所在的村，离父亲和二哥所在的村子近，二哥砍柴的时候会隔三岔五来看她，有时候带着小心珍藏快融化的糖豆，二哥是对自己最好的人。当然其实婆婆也不差，只是她后来身体也不行了，又把她送回姑奶奶家。那时候大哥也稍微懂事点，不会再怎么欺负她，只是欺负她的人变成了同龄伙伴，他们笑自己没有爸妈。张若兰就是那个时候学会反抗的，第一次打人后她发现他们不敢再说她，而晚上等待她的便是其他家长找上门，姑奶奶不会维护她，只会在找上门的家长面前打她。

可是她没有改，因为只有打架，同龄人才不敢继续取笑她，即使知道会被姑奶奶打，渐渐也名声在外，张若兰这个女的，没爸妈没教养，会打人。有次又因为打架的事情被姑奶奶打，这次打得凶了，她跑了。她已经知道去二哥家的路，那天晚上有月亮，在山上看得特别大，照亮了山上的山路。

她到达二哥村镇的时候，灯火差不多熄灭了，她敲门，是二哥起来拿着油灯开门，看到她身上已经被夜露打湿，整个头发耷拉在头上。她把姑奶奶打她的事情告诉了二哥。肚子咕咕叫起来，知道她没有吃饭，他去生火给她做了个香葱炒饭。她对二哥说，我不想回姑奶奶家了，我们家人为什么不能住在一起。从小脾气很好一直笑着的二哥哭了，他说好，我会带你，明天和父亲说。

第二天早上，二哥在吃早饭时向父亲提起了这个要求，父亲拒绝了，强硬要求二哥送自己回去。二哥无法反抗父亲，张若兰很失落，在送她回去的路上，哥哥说，妹妹你等着，二哥一定会让我们一家人一起住的。她说好，哥哥你要快点。二哥送回去，姑奶奶看在二哥面子上没有继续打她。之后几年，她每次被姑奶奶打的时候都会跑回父亲家，最后又被二哥送回来。她问过很多次："二哥，我什么时候才可以回来啊？"甚至开始失望，她知道也许二哥只是骗她而已。

终于在她十二岁的时候，二哥践行了这个诺言。因为父亲没有钱交学费，成绩优异的二哥辍学，开始成为家里的劳动力，而她的要求就是接回妹妹，父亲同意了，而她终于重新有家了。

因为知道没有父母的小孩多可怜，二哥一直对家庭充满高度责任感，绝对不允许自己的兄妹离婚，也不允许子辈们遭受没有父母的悲惨命运。正是因为如此了解二哥，张若兰才想到把离婚想得太过于乐观了，而二哥，是自己最亲的家人。

这两天她待在宾馆的房间，除开偶尔出门吃饭，她不知道该干什么，陈顺隆没有联系她，也许他也不顺利吧，离婚不是一件容易的事。而张小成也到了，二嫂打来电话，叫她回去。

这是一场关于他们的"审判"，大哥大嫂，三哥三嫂都来了，可想而知她要离婚掀起来怎样一番腥风血雨。显然二哥是这场"审判"的发起人以及最主要的决策者，张小成没有离婚的意向，而这场风波变成彼此各打二十大板。张小成保证和刘小英断得干净，张若兰也不许再提离婚，也不许"网恋"。要说张小成人前要脸，可到关键时刻油嘴滑舌本事不少，各种向哥哥们保证。张若兰仿佛观赏了一出闹剧，只有她是主角，而且没有人把她当一回事。"审判"的整个过程，她没有说话，也没有反抗，没有人在乎她是否反常，或者知道她很反常，也没有言语。最后她再解释了和陈顺隆的关系只是普通网友，并非因为他要离婚，不管有没有人信。

确实陈顺隆这边不顺，父母以断绝关系威胁，妻子则闹着要自杀，她说我知道即使你外面有人，我也不在乎，并且结婚几年后父母期待已久的孙子来了，妻子怀孕，更是不可能离婚。就在"审判"结束后的不久，他打电话告诉张若兰，带着愧疚表示自己没办法离婚了。"好巧，我也是。就当我们之前说的是开玩笑。"张若兰说，"我们是朋友。"

好像那确实只是一场婚姻里常见的风波，张小成也许真的和刘小英断了，但是她也不那么在乎了，张小成确实有意识克制自己和女同事的关系，但是总会在不经意间流露出本性，见到她在又会小心翼翼地克制。陈顺隆和她聊天，说起自己的近况，生了个女儿，他父母有些失望，但是这个是一胎，也没什么大不了。

工作几年下来，张若兰管理了张小成一般的工资卡，也小有积蓄，张小成有了自己开饭店的想法。至于刘小英，她在2006年的时候就找到新的男朋友结婚了。要是回四川开饭店，张若兰绝对不同意，张小成是个人精，说着去她江西老家开店，张若兰心动了。和哥哥嫂子们说了，那边也同意，帮忙选址装修，在城里找到了一家转让的店面。

于是在2009年的春天，他们开始装修，几个月后开业，因为选址匆忙没有调查，外加这么些年过去，也颇有人生地不熟之感，认识的人不多，熟客少，没几个月就折本了。于是又重新回了上海以前的饭店工作。2010年的春节，张小成决定留在四川，他不想再在上海，饭店工作里的饮食和他擅长的不搭，为了适合上海人的口味，川菜进行了不同程度改良，虽然张小成人品确实不咋样，对做菜确实有追求，他要留在四川，做正宗的川菜，而张若兰选择回到上海，那里才有工作机会，更重要的是，她知道，如果这个时候选择留在四川，她这一辈子也就在四川了。

五、2017—2010

2017年的清明假期，在侄女的多次邀请情况下，张若兰来了侄女读大学的城市旅游。侄女张星泗是二哥的女儿。张若兰没有女儿，其实也并非仅仅因为这个和侄女关系好，大哥还有两个女儿，大女儿她还从小带着她长大过一段时间，后来她出来工作，也带过她几年，要说亲也该更和她亲。不得不承认的是二哥把女儿培养得不错，成绩还行，最主要也是懂得感恩，自己经常托人给她带过零食衣服，也给过其他小辈，每次只有她会专门打电话给她表示感谢，她从高中有自己手机后就会在每个过年时候给自己拜年，平时也会和她打电话。这样久了，要不偏心也难，这次来这里玩，也是侄女从来读大学后开始叫她来的。

山里的风景很好，她走得快，张星泗跟不上，坐在凳子上起不来。"姑姑，我们今天已经走了一万多步了，我真的走不动了，你怎么还能走？"

"这算什么，这些年到处玩，我之前走长城一天三四万步。"张若兰回道，又想起曾走长城的时候，那时候体力还真好，现在快到四十岁了，也明显感觉自己体力不及之前。

"你怎么去了那么多地方啊，北京海南云南到处玩，感觉社交网站到处会去玩又有时间的都是大爷大妈们，你还有哪些地方没有去过吗？"张星泗捶着腿继续问道。

"去玩当然要趁年轻，难道要走不动的时候去吗？我可不像你爸妈，为了你和你弟都一直省钱不愿意玩。我可要趁年轻的时候多看一些地方，记住这些时候。等我老了回四川就没有机会了。"她这样说道。

"可是，那如果你回四川的话，陈叔叔他怎么办？"张星泗有些难为情，但是她确实知道陈顺隆的存在，而且还和他相处过一段时日。

"不知道啊，走一步算一步喽，到时候我老了，也许陈顺隆也放手了呗。"她开起玩笑，自嘲一番，拉起陈星泗，"快走了，等下天都黑了我们都没有爬完山。"

张星泗想也许不会，去年冬天放寒假后，姑姑邀请自己去了无锡玩，住的地方她说是陈顺隆在无锡租的房子。陈星泗知道姑姑去了无锡，但是不知道和陈顺隆住在一起，受过的教育还有父母的教导都在告诉她，姑姑这样做是不对的，可是当社会上的道德规则都加在自己亲人或者爱人身上，总会找到合适的理由去"逃避"这套潜在的枷锁。对于尚未真正经历社会，人际关系简单的张星泗来说，知道这样是不符合社会所应该崇尚的价值观的，但是她却不会去责怪姑姑。她是读中文专业，"出轨"作为文学母题一直存在，《安娜·卡列尼娜》《包法利夫人》主人公都是出轨的角色，而不能仅仅用道德去衡量她们出轨的行为。但是她们和姑姑是不一样的，不久后她读到了哈代的《无名的裘德》，姑姑和陈顺隆，就像是苏和裘德，他们相爱却无法在一起。当时老师在解读作品的时候，说苏和裘德是时代的悲剧，崇尚宗教的英国让他们无法离婚，同时受到宗教信仰的枷锁，而现在基本上没有这种情况。

当时陈星泗想要反驳，不，现在还有这种情况，这是宗教的枷锁换成亲情的枷锁，他们以爱的名义进行绑架，但是她不能说，她知道即使是崇尚自由的二十一世纪，也有一些人无法离婚，而她不能把姑姑的事情说出来，没有人会想要知道内情，只看得到一对没有离婚的夫妇各自离开家庭在一起，没有人会在乎他们是不是新时代的苏与裘德，当然这个是陈星泗自认为的，说出来很多人会不赞同的。苏和裘德都学识渊博，俊男美女，而姑姑和陈顺隆，文化水平并不高，姑姑年轻时候可以说是清秀可人，现在肚子上都是游泳圈，而陈顺隆这些年因为生意场上的吃喝，变得大腹便便。

晚上和姑姑一起睡觉，看见她换衣服时候，肚子上累积了三层游泳圈，陈星泗去捏肚子上的肉，笑着说姑姑你怎么肚子上都是肉，该减肥了。

姑姑拍开她的手："是啊你看我肚子上都是肉，脸上也是皱纹，可是陈顺隆还没有嫌弃我。"

张星泗是第一次如此细微感受到陈顺隆对姑姑的好："姑姑，

叔叔他对你很好吗？"

"是啊，很好。"张若兰这样回复，"我们其实是搭伙过日子，就像有个家一样。"

几天后，陈顺隆出差回来了，带着放假的姑姑和她一起玩，张星泗看到他在过马路的时候会把姑姑和自己拦在没有车的那边，外面吃饭的时候会先给姑姑摆好碗碟。有天姑姑去上班了，他带着自己去买菜，专门挑着姑姑喜欢的菜。自己的爸妈也许够恩爱，爸爸爱妈妈爱自己子女，他也没有做到这么细。

张若兰和张星泗这对姑侄关系那么好的原因，也许是因为张若兰积攒了接近十年的话，第一次可以和亲人诉说。

在2014年的冬天，张星泗因为一个比赛来到上海，张若兰还留在上海饭店里工作，她跟着姑姑住在员工宿舍里面。张若兰接到了张小成的电话，他们虽然讲着四川话，张星泗还是能听出些什么。电话挂完后，陈星泗问是姑父的电话吗，他在四川干什么啊。

"他在四川当流氓，流流浪浪。"张若兰回答。

在家乡话里这并非是他当流氓的意思，而是指对方无所事事。"那姑父找你干什么呢？"张星泗问。

"他网上看上了一双一千来块的球鞋，说自己没钱要我帮他买。家里的房子也是我这些年攒钱买的。"张若兰说起这个就好气。

"怎么他这样啊，他不是工作了吗，怎么会一千块都没有，那房产证写的是你的名字吗？"陈星泅好奇，她听过父母说起姑父不务正业不留钱，姑姑四川买的房子都是她攒钱买的。

"吃喝嫖赌花光了呗。"张若兰嗤笑，"当然，房产证只有我的名字，他倒是想加名字，我没有那么傻。"

"我都不知道他是这样的人。"张星泅第一次面对长辈们这样说。

以往积攒的，还有今晚对张小成的怒气，迫使她打开话匣子，第一次在晚辈面前说出这些，她说起了第一次知道张小成出轨的难受："你不知道他和那个女的话多恶心。"说起来张小成下跪道歉又死不悔改再次出轨，她当时想着要报复，结果遇到陈顺隆，再后来她要离婚的事情，虽然后面和好了，但是感情也难回来，外加后面张小成还是继续招惹过其他人，张若兰也懒得计较了。对于陈星泅来说，姑姑要离婚的时候自己还小，只隐约听到姑姑网恋要离婚的事情，导致父母一度对网络忌讳万分，对她耳提面命不能离婚。

那天晚上陈若兰在被子里说出这些事情，陈星泅第一次看到一向爱笑乐观的姑姑哭，或许应该是说第一次看到长辈在自己面前哭，不知道如何安慰，只能拍姑姑的背，小心安慰："别难过了，都过去了。"

"我才不会难过，都过去了，我一点都不难过。"张若兰声音还带着哭腔，她如是说。

"那陈顺隆是个什么样的人，你可以和我说说他吗？"张星泅问。

"你见过他的，前两年国庆他回家路过上海来看我，问我要不要帮忙带东西回去，然后我托他带零食回去给你，他又添了些其他零食给你。"张若兰说，"我宿舍的这几箱零食也是听说你要来专程买给你吃的。"

这样一说张星泅想起来了2012年国庆节给自己送零食的人，当时姑姑说托着朋友带回来的。

"还有床上的电热毯，也是他买的，我也就是一说上海冬天冷，隔天网上就搜到了，真的很久没有这么一个人对我那么好了，以前你爸爸也对我好，现在也好，关心我，不过是有了自己家庭，你们是他心中第一位了。"

"姑姑，我以后也会对你好的。"张星泅郑重说道，在黑夜中掷地有声。

"好好好，我记住了。"也许是敞开心扉，就想把很多年的事情也说出来，说出那些不甘心，"你知道吗，我在结婚前谈过男朋友，都要结婚了，你认识的，就在我们老家镇里的章和伟。"

张星泅隐约听过姑姑有个很要好的男朋友，都快要结婚了还是分手了。讲出这些，张若兰也是释怀了。"当时我们快要结婚了，我们是工友，他人很温柔，会帮我做事。你知道他家庭好，爸爸是老师，妈妈读过高中，他爸妈呢嫌弃我们家是单亲家庭，觉得门风不正，又觉得我凶，小时候会打架出名，这样的媳妇要不得。"

"然后呢？就这样了吗？"陈星泗追问。

"是啊就这样了，他不敢反抗父母，就和我分手了。当时我们要谈婚论嫁的消息传得那么广，我不要面子的吗，一气之下我打工认识了张小成，又见得他长得好，像章和伟一样，我也抱着他像章和伟的心态再加不想在家乡被人取笑，就匆忙嫁去了四川。最后才知道识人不清，也知道了不要那么在乎别人的眼光，好好过好自己的日子。要是我不怕被笑，也不会远嫁了。"在被子里，张若兰说出来了曾经的不甘心。

"姑姑，2010年章和伟好像离婚了。你还喜欢他吗？"张星泗问。

"喜欢，怎么不喜欢，喜欢那么多年，我这辈子也就这么喜欢过一个人，不瞒你说，他离婚的时候，我有想过和他重新在一起，可他早没有这个心思，而且啊，第一次他都不敢反抗父母，离婚了条件也不差，他父母还会反对第二次，年纪大了折腾不起啊。"似是遗憾，又像是释然。

陈顺隆对自己真好，他长得不好看，如果要想从她身上得到些什么，却快十年来也没有什么要求，怎么有这么傻的不图回报的人呢。

说完这些好像深夜两三点了，姑侄也困得入睡了，第二天张若兰又恢复了领班管理的干脆利落，昨晚深夜的对谈成为彼此心照不宣的过去，她催着张星泗起来陪她去送绣好的十字绣，这是她帮老板的妹妹绣的，每天下班后绣这个，花上半年时间绣完了一副巨大的骏马图，可以拿到七八千块钱。

从2003年跨入上海算起到2015年，她已经在这里待了十二年，三分之一的生命见证摩登上海的变迁，张若兰决定离开上海，去别的地方工作。陈顺隆提出建议让她来无锡，只希望张若兰不要离那么远，他没有想着张若兰会同意，一时欣喜若狂，张罗着重新帮她找房。

"不用再浪费租金了，一起住吧。"张若兰终于做了决定。陈顺隆有些为难，最后还是重新租了一间两居室，帮她找了在澡堂当管理的工作。

他们默契地没有提及彼此离婚的事情，在这个城市里生活得像一对普通夫妻一样，搭伙过日子，在江水湖地的南方冬天抱团取暖。张若兰没有要过陈顺隆的钱，她主动提出要补房租，被陈顺隆拒绝，后来不了了之，彼此后来默契没有提钱的事情，但是吃喝住行上总是陈顺隆多付出些。陈顺隆有些患得患失起来，张若兰这样子做就像是随时会离开一样，总想做些什么能够挽留，他开玩笑似的对张若兰说："你给我生个儿子吧。"陈顺隆的妻子在2012年又生了个女儿。张若兰拒绝："你自己有老婆，找你老婆生去。"不知道陈顺隆家里是什么时候知道她的存在的，她也默契地不去打扰他的家人。有次他带回自己姐姐做的腊肠，吃完后意犹未尽，来年陈顺隆姐姐就多做了一些。

反而陈顺隆代替张小成的位置，开始在大哥三哥面前出现，渐渐地好像他们已经接受了这样的情况，陈顺隆也确实像承担作为妹婿的责任。当然只有二哥一家，他们也知道了，但是从来不提他们的事情，就当不存在，也不允许陈顺隆上门。

六、2020

差不多春天要来了，川西南已经起雾了，县城远处群山的半山腰起都升起雾气，江西赣南的丘陵，延绵不断却不像这样会起雾。在四川待了一个多月，很久没有在四川待这么长时间了，也许老了以后，在这里终老确实是个不错的选择。而无锡也终于解禁，张小成省内的工作比她开工早，上个礼拜去工作了。其实并不赶着开工，也许只是和待在家里的张若兰无话说，又显得尴尬。

他们分离久了，确实无话可说，彼此早不会过问对方。同样他们平静得不会争吵，躺在一张床上时侧着头玩手机。

这些天她和陈顺隆网上有联系，他催着张若兰赶紧回来，有次不小心他发到关于自己儿子的事情，赶紧把消息撤回。是的，陈顺隆妻子在2020年初给她生了个儿子，这是他妻子挽留的手段，她认为不能给陈家绝后，也是作为自己的保障。张若兰不会怪陈顺隆，他的儿子自然是妻子生，这些年也没有想过要他什么。陈顺隆虽然不爱妻子，但是作为一个传统的中国男人，又是做生意的，其实也开始急儿子的事情，没有拒绝妻子的提议，终于第三胎怀了儿子。陈顺隆扭捏和张若兰说，反而张若兰大大方方地祝福，搞得他像不开心，后面也基本不和张若兰说起家庭消息了。

真正来说，张若兰不在意，也许陈顺隆觉得张若兰不爱他。

爱是什么呢？

在无锡解禁后的一天，张若兰坐上大巴回程，大巴车在群山穿行，渐渐从山坳里冒出雾气，大巴速度减缓，她拉开玻璃，在空旷的大巴车里呢喃一句："我想你了。"

没有人听到，只有山间的群雾，带着讯息，升起飘远又消散。

秋水时至

一

秀丽村里三十一岁老处女宋秋水将要有位丈夫了，傀儡师对她说，哪怕是只要形容出他的模样，便会使人沉湎于过去的回忆。从傀儡师那离开后，她就陷入一种难以名状的态势当中，她感受到自己的心脏在激烈跳动，从脸颊到身上都躁动起来。她想到自己就要有一位丈夫了，他是健全的，无瑕疵的，外貌是傀儡师给她的馈赠。自己在村里不会因为找不到丈夫被人在背后指点，不会三十一岁还在背后被人叫老处女。好吧其实她不大懂这些意思，只是想到有一位丈夫后，村里人不再用那种让人不舒服的眼光盯着自己，当然如果有一个丈夫也能够让母亲刘兰芳开心些。

她压抑不住自己的喜色，但是又不知道如何表达出一些要从身体喷薄而发的东西，嘴巴虽然尽力想要发声，复杂的字词又蹦不出来。于是走在回家路上，她不断对走讨的人说："我要有丈夫了。"

　　村民们不信，摇摇头，当她在做白日梦，显然秀丽村里没有一个人相信她，回应她的寥寥无几。秋水原本雀跃的心情变得焦躁，她着急得扯着头发，为什么他们不相信呢，该怎么证明自己真的有这样一位丈夫，明天从傀儡师那带回来给大家看吗？可是这也太迟了，秋水第一次如此耐不住性子，必须今天就得让他们相信，该怎么让村里人相信，秋水想不出一个好办法。

　　但秋水又发痴了的这个消息在村里不胫而走，宋天明家那个嫁不出去的大女儿要在明天变出一位丈夫呢，中午一群带着看热闹心情的村民来到秋水家中，企图逗弄这个手足无措的女人。

　　秋水真以为他们是来看自己丈夫的，向他们解释道："我真的要有一位丈夫了，明天我就会带回来。"人群里爆发出哄堂大笑的声音，任是秋水再迟钝也反应过来他们并不相信自己。她一时间又羞又怒，像是结巴了般，焦躁得话都要说不出来，两团红晕升上双颊，那双纯净的眸子像是要落出水来。见她急得要哭跺脚了，人群笑得更大声了，这完全就是个孩子样，谁信孩子说的话。

　　这时平日里游手好闲最爱逗弄秋水的张二狗发话了，他扯掉嘴巴里嚼着的狗尾巴草："秋水你说你要有个丈夫了，现在出现不了，那你总得和我们说说他啥样吧。"人群又开始起哄："对呀，你给我们说说他长咋样啊。"

　　秋水调动语言，词汇匮乏的大脑茫然一片，无法将未来丈夫的模样与实际上的事物联系起来，更不知道用比喻这种方法来形容，如果她能够产生联想的话，小学语文也就不会超不过十分。但她还是试图说出将来丈夫的样子，只能借用村中人的样貌来说，有谁的身材，有谁的眼睛，有谁的鼻子，有谁的嘴巴，最后倒是让她说得有模有样，只是全然忘记了傀儡师叫她不要轻易去形容出丈夫样貌的嘱咐。

她的形容干巴巴的，没想到躁动的人群被秋水说得痴醉起来，一群看热闹的满意而归。他们陷入美好的回忆中，闭着眼昏沉走回家，散发出一种香味，是诱惑的香味，闻到的人像溺水后抓住了空气，嘴巴鼻子都被调动起来，大口大口地吸着氧。

住在秋水坡上的王阿婆是最早闻到这种味道的人，王阿婆已经很老了，没有人知道她还有没有亲人，和她差不多同年纪的人早就入土了，村里其他还年纪大点的知道，王阿婆以前有丈夫，就是刚结婚就参军去了，到现在还没有回来，其他和她一样丈夫参军没回来的妇女都改嫁得差不多，就剩她一个人。有劝过她改嫁的，她说丈夫还在，不嫁，要等他回来。至于以上这些对话是否发生过，没有谁能打包票。

之前有过人员来调查百岁老人情况，她会张开那口仅剩不多牙齿的嘴说道，我是甲戌狗年壬申月己未日结婚的，你数数我门口的青石板，刻了多少天横线就过了多少年。有办事人员蹲在青石板前数着划下的横线，用今年的日期减去青石板上的条数，也有手忙脚乱计算着阳历和阴历的换算，最后借助现代计算机推算出她结婚的日子是1934年8月16日，到现在差不多百岁了。

　　她看着这群小崽子们来到秋水家，本准备在他们哄闹中驱赶掉他们，她对秋水带着满心怜爱，她没有儿女，将一腔母爱给了这个看着长大的，单纯的，一直像孩子的女人。却没想到隔壁突然安静下来，就继续干着手上的活计。王阿婆是村里做鞋最好的好手，坚持用最传统的方法做鞋，用泡了十年的黄麻和葛根，经过三个月的反复鞣制纳成鞋底，收集一百个人的棉布旧衣服重新捶打浆洗混合，直到捻起的任何一丝细小的棉碎都含有一百个人的旧衣服的材料，将这些重新纺织成布，再用十月刚成熟的五倍子种子染成黑色做出鞋面。

　　她坚信用这种方法做出的鞋子可以走上两万五千公里不会破，当年她送丈夫参军时就带着五双鞋。曾经有村里的好心人穿着她的鞋子验证过，他重走王阿婆丈夫走过的路，走完两万五千公里后在陕北的那个终点小城打电话给王阿婆，告诉她鞋子还是完好的，只是话音刚落就发现鞋底脱落，之后好心人又从陕北小城走回来，到王阿婆门口时，黑色鞋面散出的毛边让鞋子看起来布满菌落，原本厚实的鞋底已经磨平，它们见证着鞋的主人走过的万里路程，只是他一走进王阿婆家里鞋底又脱落了，这个故事一度成为周边的传奇。王阿婆更坚信自己的丈夫哪怕走遍了大半个国家，自己给他纳的鞋足够支撑他走回来，她也相信，丈夫会回来。

　　她一直靠做鞋营生，当然这些年基本上没有人买手工鞋子，但是她依旧这样坚持，有些做了送人，没有人要就放在家里，渐渐地没有任何一个人要她做的鞋子，她也不恼，继续纳鞋底，谁也不知道她家里到底堆了多少双鞋子。不过前段时间手上的活变了，开始绣衣服。她手上的布料如今很少见，褪去色泽的布看过去有些暗淡，但王阿婆说这个是她陪嫁的布料。

对于她这种接近百岁的老人来说，活得太久经历很多事情，很多不大重要的记忆就被她选择性地忘记，如果所有事情都记得的话对她来说倒是个不小的负担。她闻到了一种香味，气味是印在身体里的本能反应，即使过去很久，只要再次闻到，就能调动躯体感官，唤醒沉睡的回忆。

香味是从秋水家门口开始散发的，刚开始聚集在秋水门口的那群人听完秋水说话后陷入回忆，其他村民只要遇见这些散发回忆味道的村民就会被传染，回忆的气味愈发浓厚，渐渐地闻到这些气味的人也被传染了，在村门口田地上犁田的宋叔停下手上挥向老黄牛的竹鞭，整个秀丽村都被这种气味包围着，而所有的人都陷入回忆之中。

对于王阿婆来说时隔多年再次闻到这股味道，她叹气，嗫嚅着嘴唇叹气，这啥傻妞，可是又不知想到了啥，她笑了笑，眼周附近下垂肉褶被调动起来，双眼不像一般老人那样浑浊，而是罕见的清明，谁年轻时候不傻哦，转身回了屋里加快手上针线活的速度，衣服就快要完工喽，加把劲今晚日头下山前做好收尾。

与此同时动物们也被传染，最先闻见这种味道的是秋水家房梁上的燕子，衔着蜻蜓的母燕子归巢正准备喂给嗷嗷待哺的小燕子，小燕子们忘记了去抢食而陷入昏睡中，甚至刚刚还在母燕子喙上挣扎的红蜻蜓，偌大的双眼也变得无神。宋叔无力挥鞭下的老黄牛，有了喘息时间终于逃过主人的鞭子，漫无目的地合上双目。乃至植物们，如被抽去脊椎骨似的呈现耷拉的姿态，甚至木质的屋梁，也发出时间浸润已久的松香，这种味道是只有大雪压过红豆杉后，秋后成熟的红豆杉种子在树上干燥被白雪覆盖后才会发出的气息。

秀丽村内所有的东西都陷入回忆之中，只有秋水例外，她察觉到整个村子似乎变得很安静，连恼人的苍蝇都停靠在扇叶上不动。

当不久后陷入昏沉的村民们醒来聊起让他们陷入回忆的味道时，秋水表示自己没有闻到过。

二

秋水在母亲刘兰芳肚子里时候，遭到的待遇就不大一样。上个世纪下半叶，是"祛魅"的年代，在崇山峻岭的小山村交斥着蒙昧与文明。当然谁都承认文明是个好东西，一些被继承下来的传统某种程度上在文明面前充满了羞愧感，特别是一些被认为是糟粕的传统，秋水就是糟粕传统的产物。她的父母是亲表兄妹，她的母亲幼时失怙，从小被姑姑带大，最后和表哥祝天明有了感情，便被姑姑做主结婚了，于是一朝姑姑成了婆。

这可是近亲结婚加童养媳，真是糟粕中的糟粕。村里人不知道为何不能近亲结婚，但是听说城里人都不兴这样，说是这样子会生出怪胎，农村人怎么也想不明白，往上数谁家里没有个亲戚表哥表妹结婚的，也没见怎么出过事啊，但是城里人有文化，他们说是对的那就是对的，于是议论声在秋水父母背后响起，母亲刘兰芳腆着大肚子走在路上的时候，这种议论达到了高潮。

"生下来的孩子肯定缺胳膊少腿。"

"没屁眼啊。"

"养不活多久的。"

"可能还是个死胎呢。"

他们不惮用最大的恶意涌向还未来到世上的秋水，她是在某个露水打湿河岸边残枝败叶的早上来到这个世界上的，当刘兰芳腆着肚子站在漫过水的堤坝上甩洗衣服，温热的血水从她腿根中流出，顺着两侧的大腿流入水中。血被水冲散成丝条状，如同点了个胭脂在水中晕染开来，随着血水渐多，缓慢的流水来不及冲散，被其他妇人发现大声叫唤，刘兰芳才知道自己要生产了，便感觉到一股巨大的生命力要破开下体。别看其他妇人背后嘴碎，碰到人命时候还是一同帮助刘兰芳，一个妇人帮着收拾刘兰芳的衣服，两个人搀扶着她往回走。可秋水大概是太着急来到世界上，还没有离开水边就迫不及待要钻出来，在几个妇人的掩护下，随意在岸边干燥处铺上两件衣服，秋水就出来了。刘兰芳的婆婆在家里做早饭等着媳妇回家吃饭，却没想到还带回个孩子。

秋水出生的速度成为村里传奇，可是从帮忙接生的妇人嘴里听到让村民们失落的消息，她生得白白胖胖一点都不像农村娃，四肢健全没有缺陷，帮忙接生的妇人还专门往她屁股墩瞧，真的有屁眼。

随着秋水健康地出生，他们一家人迎来一段安生的日子，背后的议论声减少，当时叫得最欢刘兰芳肚子里可能会是怪胎的宋三嫂子没有了声音，还被不少人打趣，她又是羞又是恼："我这不是被城里人给骗了吗。"秀丽村的人也就随口调侃，最后该干啥还是干啥去了。

躯体健全的秋水给他们一家喘息的时间，刘兰芳哪里不知道他们背后的议论，年少失去双亲寄人篱下养成她谨小慎微的性格，不敢与村子的本地人相争，她听到村人对女儿最恶毒的诅咒，她暗抽抽想着幸好秋水的出生打了那些人脸，走路在外都能硬气一些了。

然而当秋水的同龄人大多数都学会说话的时候，三岁的她只会说出单字表达，比如"吃""要""抱"等最基本满足生存需求的动词，唯一能够例外说的重复的字就是"爸爸爸""妈妈妈"。于是之前消磨隐去的议论声再起，刘兰芳只能默默流泪，感叹自己命苦。

刘兰芳的男人天明也叹气，这样子可不行，得赶紧再生一个。

夜里雨淅淅沥沥地下，夜里被尿憋醒的秋水醒来，啊啊啊叫唤，没有人理她，挣扎醒来的秋水只能朝父母的床头望去，她听见父母那边传来的声音。恰逢一道白色的闪电在窗前亮起，她看见父亲骑在母亲身上，母亲大汗淋漓喘息压抑着声音，炸破耳膜的雷声传来，秋水感觉脑壳里被棒槌捶了一下，嗡嗡生疼便扯开嗓子大哭起来。雷声和女儿的哭声把刘兰芳从情欲中拉起，她推开身上的丈夫，扯起床边凳子上的确良，往另一边的床上抱起女儿。

那之后，秋水迟缓发育的语言系统如同感召神迹，奋起直追两个月就赶上了同龄人，就当刘兰芳以为她能继续进步，也许变成一个天才时，秋水慢了下来。观察了一个月，发现秋水也是有进步的，就像她的同龄人一样。刘兰芳发现自己也怀孕三个月了。

秋水开始变正常无疑给了夫妻俩信心，他们期待肚子里的孩子出生。

七个月后他们又生出第二个女儿秋云，秋云的成长就像其他普通孩子一样，让这对夫妻半悬着的心终于落下。

父母叮嘱秋水要照顾妹妹，两姐妹感情倒是好。秋水到年纪上学堂，起初是妹妹在家等姐姐回来，不过也就等了三年就和姐姐一起上学去了。

秋水还是没有如愿长成一个拥有正常智力的孩子，等秋云正式上学，秋水还在读一年级。秋水无法理解蚯蚓一样的字符之间放上一根木棍或者一根架子就会变成另一个蚯蚓，更别说要区分好写在格子里面一种叫"字"的东西。她上了三年的一年级，以前一起上课的同学换了一茬又一茬。刘兰芳和祝天明也只能直叹气，两个没文化的睁眼瞎也没法自己教女儿。

秋水的同学变成了妹妹秋云，秋云表现出与秋水截然不同的读书天分，每次考班上第一和姐姐倒数第一成为村里老师口中最明显的反差，妹妹的成绩好歹安慰了刘兰芳夫妻。秋云要外出读初中了，可姐姐还在读小学，实在是村里老师看不下去，要是按照成绩秋水再读个十年还是一年级，也就让她顺着姐姐一起升班，考不上初中也只能在小学待着，于是秋水开始等放学回家的妹妹。

三

秋云第一次离开家去镇上上初中的时候，告诉秋水可以在村口的槭树下等她回家，等秋云走了她就一直站在那里等。乌落月升，群鸟归巢，羸弱的秋蝉和着稻田的蛙声。

刘兰芳等到开饭也不见女儿回来，询问村里人才知道秋水还在村口，秋水不知疲倦地如同枯木一样竖立着，任是凭刘兰芳怎么拉也不愿意回去。夜深露重，好说歹说也劝不回去。刘兰芳只得叫上自己男人一同把她拖回去，一到家又跑出去，说着答应了妹妹要在村口等她回来。夫妻俩只得又跑去村口拉秋水，可一到家放开她，秋水愣是马上跑没影，两口子在深夜和女儿陷入了反复拉锯当中，幸亏是大半夜没人看见，不然不知道得怎么传。村口就像是磁极，让秋水这块磁铁拼了命往那冲，夫妻俩这点阻力，哪里能拦得过磁极对磁铁吸引的自然规律，等他们精疲力竭时，天亮只能随她去。

秋水反常的举动让村民们疑惑，其实也见怪不怪，毕竟像她这样脑子不聪明的人不做出点出格的事情村里都少了新闻，所有人都好像等着秋水做出出格的举动。刘兰芳想着这样让秋水等在那也不是办法，虽然夫妻俩的脸面在村里早没了，让她晚上矗在村口也不是办法，再一次把秋水拖回家后把她手脚都捆在床边的支架上，秋水罕见没有闹起来，一天没合过眼的夫妻陷入沉睡，等到天光睁眼发现对面床的支架没有了，失去着力点的木床只剩下床板，七零八落散在地上。刘兰芳是真的被气得心肝都疼，操起竹篾赶去村口，看到秋水全身被寒露打湿，手脚上还有挣脱出床梁的勒痕，麻绳还挂在上面，显然她挣脱捆绑就来村口等妹妹。谁也不知道十五岁的秋水哪里来的那么大蛮力愣是挣脱出束缚。

刘兰芳终于屈服，让赶集的村民给在镇上寄宿读书的秋云捎口信让她请假回家，也许只有秋云能够说服秋水。一场风波过去，秋云的解释让秋水知道，只需要妹妹离开家五天后再去村口等她就可以。

很多年后等秋云去上大学，匆忙间忘记告诉秋水等待的周期该变了，五天后秋水就在村口等了五天又五天。槭树要落叶了，秋水头顶上的那一大片叶子还堪堪给她遮掩着日晒，一道深秋的雨水洒下，却不能为之挡雨，被雨水浇灌的头发如春笋一样疯长，过路的候鸟将黑缎作为休息中间站，而她的日光就看向村口那道目力之极的道路，这是秋云离开的地方，也是秋云归家的方向。

很久后归家的秋云告诉秋水不要再等她了，她要去找工作，并不能给她归家的确切日期，秋水并没有抱怨，用那双初生孩童般的眸子看向妹妹，如同之前每一次答应秋云的承诺应了一声好。秋云面红耳赤闪躲开姐姐的目光，秋水和秋云两姐妹不再像往常一样形影不离，秋云一年偶尔抽空回家也选择待在家中。秋水大多数时候孤身一人，不过她有过一个短暂的朋友。

陈笑颜是在一个无所事事的周末和秋水讲上话的，起先是陈笑颜在村里一块空地上加入孩子们的跳绳游戏，她看到秋水一个人站在那望着，虽然早听过秋水事迹，动了恻隐之心招呼她过来一起玩。之后她们便这样子相熟了，秋水对于陈笑颜来说，是个很适合的聆听的伙伴，很多时候都是陈笑颜一直说，而秋水安静听着，刚开始陈笑颜一股脑朝秋水说话没有得到回应，还以为她没听自己说话，但只要看着秋水的眼睛，就知她一直看着自己。陈笑颜母亲知道后对于女儿和秋水交好的事情颇有微词，陈笑颜对此解释她人还是很温和的，并没有其他人所说的那么痴傻疯癫。当然这位母亲很快便要求女儿和秋水保持距离，因为女儿和秋水走得近的消息成为村里的新闻，她可以作为参与者去制造一场捕风捉影的消息但是却不能容忍自己的女儿成为别人谈资，何况村民口中更多是恶意的揣测，他们觉得正常人哪有和傻子一起玩的，只有傻子才和傻子配一对。这位极其在意女儿名声的护犊者警告女儿不许与她来往："你知道外面都怎么说你吗，说你脑子有问题才和秋水一块玩，你找谁玩不好要和她一起。""可是……"陈笑颜辩解。母亲没有给她辩解的机会，一锤定音。

那几天陈笑颜没有去找秋水，意外的是秋水第一次来到陈笑颜的家中，并向陈笑颜的母亲打了招呼。母亲讪讪回应瞥向陈笑颜，她有些尴尬，庆幸秋水看不懂自己和母亲的互动。母亲找了借口拉着陈笑颜进房间质问女儿为何把秋水带回家，陈笑颜对于秋水突然来到自己家里也是茫然，表示并不是自己带来的。母亲见女儿不是撒谎的样子要求她赶紧带着秋水离开，以后不要让她再来自己家中。

"我们去你家吧。"陈笑颜带着秋水离开，刘兰芳和宋天明前两年已经开始外出打工了，他们要趁着年轻给自己攒养老本，也带着秋水出去过，但是不知道什么原因她又回来了。夫妻俩见秋水这些年没啥奇怪的举动，且能够正常地照顾自己，平时她住在村上方的奶奶偶尔也会过来照顾她，邻居的王阿婆也可以互相照应，就同意她回家待着。

秋水问陈笑颜为什么这些天没来找她，陈笑颜心有愧疚仍面无改色说道自己即将要升学，没有足够的时间外出。"以后你别来我家了，我怕要读书没时间陪你玩，有时间我会来找你的。"秋水用那平静的目光看着陈笑颜，一如既往地答应每个人对她发出的要求。

四

陈笑颜在那次之后，再也没有去找过秋水。

母亲发现陈笑颜丢在二楼角落还未来得及丢弃的卫生棉，她认为女儿传染到秋水的痴傻，才有收藏的癖好，她歇斯底里地怒吼，脑补出一场大戏，恐惧女儿变成秋水那样的人。陈笑颜只得耐心解释是因为半夜起来更换早上忘记遗弃。母亲勉强听进去陈笑颜的解释，警告她再也不能去找秋水。

细想秋水并没有做出哪些伤害他人的事情，蠢笨曾是她身上的关键词，来源于她读到十五岁还没有小学毕业。只不过她做的两件事实在让村民们印象深刻反复拿出来说，说的次数太多以至于让村里人记忆都开始混淆，好像她真的干了些什么不得了的事情，其实细想就能知道她并没有干太多出格的事情，可是谁在乎呢。

第一件出格事情就是在村口等了半年秋云回家，这件事坐实她是个傻子，听不懂别人说的话；而第二件巩固秋云身上"疯"这个标签的事情，却和她的一次怪异收藏有关。

在一个天微微亮褪去暑意的初秋清晨，刘兰芳从二楼踏着木楼梯往阁楼上走，楼梯发出的嘎吱嘎吱声震动屋檐下停靠的雀儿，它们哗的一下扑棱棱展翅飞走，惊醒了周边还在睡梦里的人。家里米缸见底了，她得去阁楼上的粮仓挑谷碾米，稻谷是收获不久的早稻。阁楼上覆盖着的就是悬山顶，阁楼内的空间位置由中间向两边降低，她走上阁楼后弯着腰。这里没有窗户，只能看到穿过瓦缝的光像没有力气一样晃悠着照射到阁楼里，整个空间明明暗暗不甚清晰。而刘兰芳鼻子闻到稻谷放置发热后散发出的味道，不能简单用阳光和谷物结合发酵后的产物来形容这种或者暂时可以称之为香味的东西，这种味道更像一个成熟的少女，她的身躯已经摇曳生姿，但是又是不谙世事的，诱惑着人赶紧抓上一把在鼻子下狠狠嗅着。刘兰芳闻过很多次这样了的味道，但她在熟悉的味道里又感受到以往不一样的气味，像是有一丝丝血气在空气中若有若无地飘荡。

走近谷仓，她伸直佝着的身体，掀开盖，上半身探进仓里，开始用簸箕舀起谷子，舀了几次后，她的手触碰到一团东西，谷子都黏在上面，还有干涸的血腥味。阁楼上光看不清，又没有安灯，刘兰芳走下楼梯看到卷成一团的卫生棉，还能看到干涸的经血，半年来这个家里只居住过两个女性，不用思考就知道罪魁祸首是谁。她边吼叫出秋水边迈着步伐小跑去秋水床边抓她起来，脚力踏着木质楼层通过房梁让整个房子晃动。睡眼惺忪的秋水被抓到二楼上阁楼的楼梯处，她看着母亲让她指认扔在地上的卫生棉，那是她前几天刚藏好的。母亲让她说话，秋水说是我放的。刘兰芳死死盯着秋水，余光瞥到秋水背后裂开的墙缝，隐约间又像是藏了卫生棉，她推开秋水，果然从墙缝里扯出，原以为谷仓里的只是例外，现在看起来秋水藏了不少。

她开始崩溃，问秋水到底还藏在了其他地方没，秋水说还有。刘兰芳让女儿带她找出来，这才发现，以往视线的盲点到处都是卫生棉。秋水就像是爱藏起玩具的孩子，在屋檐角、在木桌与墙夹角处、在房梁空隙、在家里任何一个看不到的角落里都藏着带着经血的卫生棉，从十六岁第一次月经初潮来后，她就开始这个真正带着血腥的游戏，到刘兰芳发现时这个游戏已经进展了五年。刘兰芳跟着秋水把这些将房子包围的卫生棉都收拾了一遍装在蛇皮袋里，最后在厅堂前，她气得颤抖手指，指着这一堆本该遗弃的卫生棉："我不是教你要扔掉吗？你做什么要到处藏在家里！"

"不知道，"秋水低着头，低声答道，"我也不知道。"

刘兰芳加大声音，话是吼出来的："我再问你一遍，为什么不扔掉要到处乱放在家里？"

"啪嗒"一声，一只刚出生皮包骨的燕子幼鸟掉下来，浅灰色的绒毛上还沾着血迹。这窝燕子是曾在秋水黑缎长发上停靠过的候鸟后代，自秋水离开槭树不在那等候了，燕子循着秋水的气味找来他们家里。也不知道是刘兰芳的声音声波穿透力太强震动了房梁上的泥窝让边沿的幼鸟掉下，还是边沿的幼鸟被这一声给吓得落下来。

秋水没有回应刘兰芳，而是选择捡起燕子。这一掉落，让刘兰芳看到燕巢中最后一片卫生棉，这让她彻底崩溃了。"我再问你一遍，为什么要这么做！"

秋水捂着燕子不说话，刘兰芳用巴掌拍打秋水后背："你说不说，你到底要干吗？"秋水的回应只有"不知道，不知道"。她加大手掌打秋水的力度，秋水被拍打得站不稳，手里还捧着燕子。

这时家门口已经聚集过一些人，他们听到了刘兰芳的吼声来到这，看着一地用过的卫生棉，还有刘兰芳要打秋水的态势，显然对这些情况一脸蒙，第一次见好脾气的刘兰芳发这么大的火。

"你知不知道，我让你不知道。"此刻刘兰芳是个歇斯底里的母亲，这件事情彻底压垮二十多年来一直忍受的脆弱神经，她忍受流言蜚语，忍受着智商缺陷行为怪异的女儿，她无法看到女儿任何进步，还时不时增加一些让常人难以理解甚至恶心的怪癖。

她用力用巴掌拍打着秋水，想要把这些年受的委屈还给带给她屈辱的人，秋水极力稳住晃动的身体，任由母亲打。门口看热闹的人见刘兰芳打过火了，也忙过来拉开这对母女。刘兰芳左右手都分别被两个邻居拉住，她蹬着双腿试图往前继续打秋水，嘴里嚷嚷着："别拦我，别拦我，今天她要是不说清楚，我要打死她。"只见秋水主动走到刘兰芳面前："婶母们你们放开我妈，让她打我吧。"两个拉住刘兰芳的人也不知道怎么说好，刘兰芳听她这么一说，看到不闪躲的女儿，停下挣扎，拦着的人随之放开刘兰芳，她走到秋水面前，高举着双手，作势要打下来。秋水站着，也不闪躲，刘兰芳的双手重重落下，轻轻拍下，她搂着女儿大哭起来，捶感受到后背的湿润，还有耳畔的号啕大哭声，自己也哭出来。

五

好像那天的事情就这么结束，之后秀丽村的人口中又多了一件秋水的谈资，说起她的时候都是"啧啧啧，居然把带有经血的卫生棉到处藏，让这种污秽的东西……脑子有病哦"。

自那之后十年间，秋水都没有再做一些怪异的事情，后面很多人开始离开秀丽村，见过外面世界其他新闻的村民，已经对秋水见怪不怪。哦对了，秋水嫁不出去倒是真的，成为村里的老处女。宋天明和刘兰芳招不到上门女婿，穷小子都觉得秋水脑壳有问题影响后代，哪怕据说他们夫妇走了以后把一切都留给秋水一家，这些年两个年轻力壮肯干的岳父母，肯定给女儿攒下不少家底。但是这些年搞来搞去，秋水还是没嫁人。

村民们听到秋水说明天要有一个俊俏好看的丈夫，就当她又发痴了，过了十年安稳生活，怕是又要犯病了。陈笑颜也是离开老家五年后再次听到秋水的消息，她刚好回秀丽村办点事，在邻居家吃完中饭就和母亲回城。

"妈，秋水还没有结婚吗？"她问一边还在家中收拾打扫的母亲。

"没有啊，她这样子的谁敢娶啊。"母亲回，"对了，我记得你以前还和她玩得好，也不知道怎么会和她这种人玩，你还记得不，你也像她一样乱藏卫生棉。"

"妈！"陈笑颜恼，"我说了是忘记及时扔，和她没关系。"撇下打扫工具，一边坐去。陈笑颜听到村民说，秋水要有丈夫了，她想起以前和秋水一起玩的时候，秋水和她说过的相亲对象，以往都是自己说，这次讲述者变成秋水，那是她唯一一次听到秋水说这么多话。

"我之前和我妈在县里做工的时候，她经常同我说和她一个朋友带我去玩，结果都是去别人家中，有个手没有手指，说是给我的相亲对象。还有之前一个，腿没有了。不然就是眼睛瞎了一个的，看起来好可怕啊。"这是陈笑颜在秋水家时候，她对自己说的，"我都要吓死了，怎么会有没有手指的人。"

"后来我再也不愿意和各种阿姨婶婶一起出去了，我知道她们要我介绍对象，要把我嫁给那样子的人。"

"我才不要嫁人，一辈子都不要嫁人。"

"他们都说我脑子有病，只能嫁给那样子的人，你觉得我真的脑子不好吗？"

"还有以前他们说我在我妈肚子里时候，可能也是没手没脚，要是我这样子，我妈不知道还要不要我，我这样说那些没有手脚的人是不是不大好？"

秋水一股脑说出那么多话，逻辑清晰，不像是会出自她的嘴中，那时候的秋水已经25岁了，在村里已经是个大年纪。秋水傻吗？陈笑颜想起第一次来秋水家中，下意识查看角落，是否真的现在还有隐藏卫生棉的癖好。可到嘴上说出的话变成："没有啊，都是那些人乱说的，你很好，真的很好。你看你全身完整，是健全的没有缺陷。"秋水听到陈笑颜这么说后则笑得十分开心，二十五岁的年纪，已经让她眼角开始长细纹，但是看着她的笑，就知道她灵魂将永远比躯体年轻。

陈笑颜那次和秋水约定以后由自己去找她，但是不久便随父母搬出来秀丽村，偶尔回来的时候，她撞见过几次秋水，秋水总是一脸惊喜叫着她："妮子你回家啦，来我家玩吗？"陈笑颜总是以各种理由拒绝。她年岁大了，外面看得多，也就开始理解母亲当初不让她再和秋水这样的人玩，但是她又是羞愧的，为自己失约感到羞愧，也为必须受制于某种不成文的社会约定而羞愧。

午饭间秀丽村一群无所事事看热闹的青年从陈笑颜门口走过，她听到这群人要去秋水家看热闹，她想了想，继续做着手上的事情，不久后闻到一阵香味，迷迷糊糊好像又看到当初和秋水一起玩的日子。

秀丽村的人在第二天的一阵风雨后醒来，空气中的香气早已消失殆尽，他们所有人在醒来后都说是闻到一阵香气后便睡着了，可每个人说起的气味都是不一样的，他们为这个气味到底是什么争论不休起来，有人说是小时候第一次吃肉的肉香，也有说是果香，刨木花的香，松林里野生菌子的香，林林总总。但相似的是他们都说自己做了美梦，但是这个梦和以往不一样，更像是回想，都是以前发生过的事情。

第二天秋水要带丈夫回来的日期到了，但却没有人去追问秋水的丈夫在哪，因为王阿婆去世了。是秋水发现的，她手上带着傀儡师赠予的傀儡来找王阿婆，却发现大中午王阿婆没有在厅门口缝制东西，门又没锁，推开门找她，只见她在床上穿上这些天一直在缝制的衣服，安静躺在床上，双手交合放在胸前，旁边还放着她这些年做的鞋子。怎么叫都叫不醒，秋水知道王阿婆走了，两年前奶奶也是这样离去。

她喊来周围的邻居一起帮忙，王阿婆把自己收拾得很体面，其他丧葬要用的东西基本上自己已经备全，尤其是身上那件寿衣，任谁看了一眼都会说走得体面。

陈笑颜和母亲耽误了一天，现在要出发了，母亲提起王阿婆身上那件寿衣："以后要是你爸先走了，我也要用自己陪嫁的布料做一件寿衣，这样子我以后去了地下，就能够找到他。"在赣南的乡村里一直流传着的习俗，阿婆们要用陪嫁的布料做件寿衣，否则百年后到下面家里人会认不出自己。

而秋水在帮王阿婆整理遗物烧给她的时候，看到一只已经泛黄的傀儡，和自己手上的对比起来，前者显然很老旧。再后来等所有事情忙完，还有些看热闹的人记得，问秋水你丈夫呢？她会拿出傀儡师给她表演完后送给她的傀儡展示给他们看："喏，这是我丈夫呢。"

村民们说，秋水是真的疯了，可是谁知道秋水是真疯了还是变聪明了呢。

寻找一棵树

很多时候李老头会巡视城市中每一棵他看到过的树，这里摸摸，那里敲敲，倒是把影视剧里鉴宝的姿态学了八九成。可是城市里的树早已经不能给他任何惊喜，在他外出闲逛几次之后就发现把城市里大多数树给认齐全了。因为能用来当景观树的也就那几种，南方城市里的行道树无非就是樟树、榕树、枫树等诸如此类，除了具有观赏价值又高大遮阳的树。我与他一同外出的时候，他偶尔念叨着："别看这些树长得这么壮，里面劈开一看都是空心的，都是中看不中用，火一烧就被烧得干干净净。"李老头并不是要教我什么做人道理，他的话没啥深意，确实对他而言这些树都是不中用的，在他看来栎树才是有用的。如果恰好是撞上有烦心事的时候，我会怼上李老头一句："这些树不需要有用，他们也不被烧，这里是城市。"

李老头的举动让很多人误以为他曾从事于林业有关的工作，他是我爸，是个地道的农民，农民一辈子根在土地上，和树倒是没有那么深联系。他有点不一样，兼职当卖炭翁，每到冬天就去到山林，将一捆捆青绿色的栎树燃烧，变成根根分明的黑炭。他的炭大多是卖给我们村里种植莲子的大户，莲子烘干需要炭火，但是当交通便利后，卡车轰隆隆声里，伴随着冲天的黑尾气，北方佬带来一箱箱黑金，走街串巷在村里的每个角落中吆喝，当地人发现用煤烘干莲子比用炭来得省心又便宜，只用不到两年时间就彻底抛弃了李老头的炭。与此同时是当地随着经济水平提高，很多人都搬进城里，留下来的人家也不再烧炭取暖。且烧炭是个熬人的活计，没有三四天悉心照料完不成，稍有不慎引发山火，乡政府也就不大允许乡人冬天去山里烧炭。李老头的炭销路在我高中时候就急转直下，近些年我工作后开始接济家里，让他不用再那么辛苦，他已经有好些年不怎么烧炭了。

我不明白李老头为何执着于寻找一棵栎树，在城市里开始这种近乎徒劳且无效的游戏。他忘记了这里是城市，城市中不需要这种枝干瘦弱、椭圆形的叶子上布满锯齿、页背覆盖一层灰色绒毛的树。即使有，李老头又能对它做什么呢？

有次傍晚我们一家人去河边散步，我与妻子推着几个月大的儿子小木头在前面走着，李老头和母亲跟着在后面。路过烧烤摊，看着店主熟练斜起掀开烧烤架，夹出炉中烧尽的炭又迅速换上新的，同时还不忘给架子上的肉刷上辣椒粉，整个动作行云流水一气呵成，李老头却对店主使用的炭啧啧称奇："我烧了几十年，都不能把炭烧得那么整齐没有骨结。"他这样子说。"那你也不看看，人家是工业流水线上烧制，你那就是小作坊。不对，你那连小作坊都算不上，就是个土窑，怎么可能比得上工业品。"我回道。李老头顿时神色郁郁，撇嘴不说话。妻子给我使眼色，我赶忙说："当然这种工业炭烤出来的味道哪里有手工炭做得好吃，肯定没有那么香，不然我们去尝尝试试这个味道，肯定比不上爸之前家里烤的来得香。"李老头眼角升起笑纹："算了，外面的哪里有家里做的卫生，改天我和你妈去菜市场买材料回来烤。"

现代的某些人为了显示特殊，认为使用的手工品比工业产品好，以此来显示自己不一样的品位。李老头不在此列，他是真心认为手工品就是比外面工业品来得好，他这次来城里带来用炭烘干的莲子，一再强调炭烘焙的莲子吃起来就是比煤烘干后来得香。对此我不置可否，于我而言，两者之间我吃不出任何区别。

我知道李老头想念他的故土，那也是我从小生长又在外出求学后离开的地方，如果不是不得已，他不愿意轻易离开那。因为儿子的出生，母亲来到城里照顾刚生产的妻子，李老头也跟着来瞧孙子，但是几个月后妻子得重新回到职场。小木头太小，如果请个保姆则会让家庭经济捉襟见肘，我与妻子也不大放心外人照顾。和妻子商量后，不得已请母亲继续留在城里照顾孩子，父亲回家收几亩稻子后，舍不得母亲又来到城里，只是他也没闲着，在城里的小商场管理处干活。

记忆一再回到我曾经生长过的山村，也是李老头这辈子都没怎么挪动过的窝，要说起他，就离不开家乡。它是位于东南丘陵深处一个再常见不过的村落，一面靠山，三面环水。早些时候没有修桥得涉水渡河才能走到通往村外的一条土路上，遇到暴雨天气涨水，连渡河都是问题。可就是这样交通不便的地方，聚落着三四百户人家。同一宗族的人围绕祠堂分散而居，我家就位于祠堂前两排，村口第二排。走出村口就是大片平地，这是丘陵中难见的平坦地方，种上稻谷、莲子。等到七月份的傍晚，天空布满一片片撩人的火烧云，下面是金色的稻浪，无数莲叶组成绿色的玉盘接受天上赐下的余晖，被照耀的莲花害羞地垂下花苞，娇滴滴等待着黎明前再次绽放。不久后就是星子洒落在夜幕，一片蛙声响起。工作后我来到城市，只有过年时候偶尔回去，家乡不再有机会再见，这种场景在城中没有。后来它没落于一户户人口的外迁，断壁残垣的祠堂疯长野草，从地底深处钻出的常春藤爬满一些人家的外墙，分不清青砖到底是被日晒雨淋击碎还是被藤蔓抓裂。记忆就此打住，要是再回想下去必定没完没了，作为一个理工男，这是我少有的矫情时刻。我享受着现代城市带来的种种好处，这些过去的记忆不足以来撼动城市在我心中的地位。

李老头的经历实在乏善可陈，这是和他性格分不开的。"李老头"这个称呼可不是他年纪大后村里人或者我给这么叫的，他年纪轻轻时候就有了这个称号。大抵是爷爷奶奶早年离异，爷爷拉扯着他和叔叔长大，这种情况下村里同龄人也对他们有些排挤，没啥朋友，最后长成孤僻不爱说话的性子，没有年轻人该有的朝气蓬勃。与之相反，叔叔养成了上房揭瓦，下河捉鱼的模样，整日里找不着人。爷爷身体不好，家庭重任早早压在李老头十三岁的肩膀上，小学毕业后随之辍学，开始下地干活。为了补贴家用，十五岁开始便和村人去山上砍伐松木，熬夜走着上百里的山路去隔壁县城卖，换来爷爷的一帖膏药。少年的脊梁就这样被生活压弯了，习惯性成了低着走路，看上去更像个老头子，于是李老头这样的外号就叫出来了，一直叫到他真正变成一个老头。

我想李老头能把烧炭这份工作干活，也正多亏了他的性格。我没有烧过炭，但是从李老头的经验来看，这是一份极其需要耐得住寂寞的活计。我们村周边的低矮山上多长着松木，要到深山当中才能找到栎树，砍伐到足够的栎树后，烧上一窑的炭至少需要三四天，其间要不断照顾，防止火星冒出。等到正式要烧炭那几天，李老头让母亲把家里的铝盒装上饭，午饭和晚饭直接在窑边解决，等到深夜回家，清晨又匆匆而去。就是在我不知道的某个山林当中，他对着窑洞一坐就是一个白天，深林中无人言语，陪伴他的只有林中森木，还有窑中及附近被他砍下的栎树，如果不是寡言的性格，谁能够只与窑中燃烧出沉闷的火声做伴呢？就在这样的寂静声中，他度过很多个这样的冬天。

十二三岁的我曾经央求过李老头，让他带我一起去烧炭，被他严词拒绝，这是他少有的严厉时刻，他在生活中充当一个寡言的父亲，很少会对我摆脸色，只是也很少与我谈起一些话题，更多时候是母亲充当了严父的角色。母亲年少大方美丽，追求者甚多，据说是外婆为了防止在外打工追求者甚多的母亲远嫁，放出消息要在村里给她找一个丈夫。一时村里适龄男人闻风而动，纷纷托着媒婆上门，父亲也在此列，而在这里，他的条件并不优秀，甚至可以说是最差的，可出乎意料的是外婆看上这位年轻的后生，认为他踏实稳重。我记得自己在上学几年后，我有一种强烈阅读的渴望，只要是布满文字的手写页或者印刷墨体的文本都会忍不住读上一遍。我翻遍家中角落，找到母亲陪嫁的柜子中有一沓信件，邮寄人落款书名都是"李书文"，就是李老头的姓名，每封信中至少有两页，每页都写得满满当当，我零星还记得"亲爱的绣，上次给你写信，你很久没有回我，让我忧心""你不要不理我""我就是厚脸皮，不然怎么能娶到老婆"。"想你"这几个字是信中最频繁出现的，大概李老头把半辈子要说的话都写在信上才追到了我的母亲。

我并不是真正想要了解李老头的烧炭过程，只是好奇想要跟着一同玩耍，虽然刚刚被他拒绝时有些生气，马上就被我抛之脑后。直到一次误入深林，我开始对李老头的烧炭事业有了具体概念。

那是一个冬日的下午，我与村中的同龄人一同前往山里砍拾干枯的树木，从田埂中穿过，直到沟壑边割完稻子的田地也开始消失，我们便往山间小径行走，爬上一个山头后又上了更高的一个，有经验的同伴招呼大家在周围分开捡拾枯木，每个人占据一个地方，最后谁先捡完就到我们分开的地方集合，一起来的人就此分开捡柴火。

丘陵上覆盖郁郁葱葱的松木，西伯利亚的寒风无法带来霜雪令其褪色，但也令马尾松变了色调，它们不复展示出夏日层层叠叠晕染的墨绿，因为缺少水分，松针变成一种带有褐色调的绿。马尾松底下的灌木显然没有那么幸运，干燥又失去阳光，让长在它们身上的小叶片都开始枯萎。在每一棵松树下，都掉落一圈松针，成为它划分领地的依据。我在砍伐灌木枯枝的过程中不自觉地深入密林，等我捆好足够的柴火往回走的时候，已经找不到来的路程，想要按照记忆往回走，可是到处都覆盖着层层叠叠的松针，盖住回去的路。

马尾松凹凸不平的树皮表面像支离破碎的黄土高原，在某个被忽视的裂口中流出清洌的松脂，在冬日的阳光照射下反射出琥珀色的光，同时整片松林散发木头的味道，是木匠刨木花时候有的气味。松林安静，连我厌恶的北风也消失不见，在干燥的空气里，所有的植物都给人一种即将要烧焦的胶着感。我的内心生出恐惧，不得已只得往山下走，希望能够发现一条蜿蜒的小道。为了开路我扔下柴火，用镰刀在灌木丛开路。

幸运的是我走到缓坡的一面，下山途中并不困难，等我视线逐渐开阔，发现已在山坳当中，只要走出山坳，旁边就是一条路，道路旁边无甚田地，应该是素日里砍柴的村人走出来的。在我不经意地转身间看到后面，整整齐齐堆叠着被砍下的青树，他们枝干干净，显然被削去分支，只剩下树冠上椭圆如卵状的叶子。树干才有一拃大小，层层叠叠被堆起，将整个山坳分成两半，而树干堆起的高度远超过我的身高。我才看清，原来山坳中的另一半山上，都长满这种树。

在我眼前的这堆树，砍去枝节的过程中，有些树皮也被撕去，年轻又饱满的躯干里流出苦涩的汁液，很快就有人为我解惑这些树叫什么。我撞见了来砍柴的舅婆，得知我和同伴走散后迷路。她用来做柴火的松树已经砍好，这次是准备把晒干的枝干劈好带回家。"你要和我一起去，还是留在这等我？""我还是留在这等你吧。"我答。

"对了舅婆，这些树是什么，为什么要砍这么多，和你一样当柴烧吗？"在舅婆离开前我指着山坳那堆树问道。

"栎树，是栎树，别人砍好用来烧炭的。"舅婆声音在坳谷间回荡。

原来这就是与李老头相伴的栎树，等待他们的是熊熊烈火，难怪流出苦涩的泪。

来到城市的李老头，这个冬天栎树在他生活中缺席。今年的冬天过于漫长，春节有些特殊，所有人都响应号召宅在家中，李老头和母亲原本打算回老家除尘的计划被搁置。正月十五后公司还没有正式通知上班，我与妻子将工作转移家中，但因为业务受到影响，预计整个二月收入锐减。房贷、车贷、孩子的开销及四个大人的伙食费，算下来是一笔不小的开销。晚上我在房间和妻子商量，是否动用家庭应急资金用来补贴一下，妻子赞成了。我计算了，如果节省减少一些开支，目前存款上的金额还能撑两个月。那笔资金也不多，但是用来防止遇到突发事件启用的。

我对着正蹲在儿童床前给小木头盖被子的妻子说："这次咱们挪动应急资金的少部分，我预计两个月公司后业务差不多恢复，就能补回去，万一形式还是不能好转，这期间我先接些私活，熬夜写几个程序补贴家里，毕竟爸妈还在，不能说让他们跟着我们省，再说伙食上也实在省不下多少。"

妻子靠上床头，"我年终奖过几天收到，看看有多少，反正或多或少总能改善下经济情况。"

第二天早餐后抱着小木头在沙发上逗乐，母亲拿来存折："里面有6万块钱，是这两年你爸攒的，我也没挣什么钱，你爸让你收着。"

"妈，这钱我不能要，之前买房首付的时候还给了我，这些钱你们自己用。"我想起三年前买房临时超出预期首付，当时有些焦急，考虑是再找一套便宜些的还是就向亲戚借钱补上缺口。我开口向父母借10万，李老头却拿出30万，虽然我不清楚家庭具体的收入，但是他们两个等我毕业后家中才有余钱，两个种地的收入怎么可能有这么一笔钱。李老头解释："你就收着吧，这里有你的一半钱，都是你工作后给我的，我和你妈种地还能养活自己，你的钱就帮你存着了。"

"这是你们的养老钱，我那就拿一半。"为人子女我有些羞愧，而我也记不起工作五年来给家里有没有接近15万，如今为了城里买房还得动用老人家的钱。

"让你拿着你就拿着，我和你妈还有手脚能挣，再说你们以后不是还会养我们吗，我的以后还不是你的。"李老头命令道。

最终我接受了这笔钱，它解决了我的燃眉之急，同时也让我原本的计划没有那么捉襟见肘，我暗下决心要把这笔钱还给父母。但那笔钱我还没有还，李老头又给，这次绝对不能再要他们的钱。我看向厨房里忙碌的李老头，他常给母亲打下手，如今正弯着腰在水池边洗碗。

妻子也上前同我一起拒绝，我们没要他们的钱，最后也没动用家庭应急资金。幸运的是我和妻子的公司业务受到的影响不大，工资没有减少，不久后我和妻子开始去公司上班。随着解封，街上的人逐渐多起来，但是李老头工作的商城受到影响，商铺大量倒闭，自然管理处不再需要那么多人，刚来没多久的李老头成为裁员对象。

这些天李老头都早出晚归，在周围晃悠找工作，晚上我回家换鞋的时候还能看到他鞋子上的一些泥印，大概是跑了许多地方。国内疫情尚未彻底结束，在外还不是很安全，我担心李老头身体，便叫他不用着急，在家多待一些天。当然这样说效果会不明显，我说："爸，疫情还没有结束，你年纪大了在外面不安全，知道你的心好，但咱们家里不缺你去挣的钱，最重要的是咱们家里有个小的在。"最后一句话才对李老头来说是最有效的，这才是他的软肋，之前因为小木头不喜欢他身上的酒味，他把这仅存的爱好戒掉了。

果不其然这个方法奏效，李老头答应了。

"爸，不是不让你出去，你要是在家里闷，可以去人少的地方走走。"

"嗯，好的。"他答应。

不经意间我们父子之间开始微妙的权力转换，尤其是春节发生的事情加速这些变化，在各种高新科技的防疫措施面前，他和母亲一切听从我的指挥，我向他们多次解释病毒传播原理，如何应对，他们无法理解，最后都被我变成命令，对他们说不需要怎么去深入理解，只要听我的就可以。我开始成为家长，李老头和母亲则成为学习技能的孩子。

之后一些时日，李老头不再早出，我回来的时候看到他鞋子干净地摆在鞋架上。直到一个下午，我去给城郊的一家房地产公司送工程项目的文件，完成后准备驱车回家，去取车的时候，看到李老头从工地旁的一条运输材料的小道出来。

"爸，你怎么在？"我叫住前面的李老头。

李老头有些支支吾吾："我就是来这边走走。"

我立刻想道："你不是背着我们来工地干活吧，你年纪这么大了，还来工地上。"我对李老头的"阳奉阴违"感到生气，但也气自己，因为自己还让李老头来工地卖苦力。

"不是，不是。"李老头连忙挥手，他也有些急，"我真的没来工地上干活，我真的就是来这边散步看看的。"

显然这个借口我不信，我准备让他领我去工头那边问问。

"我真的是来这散步的，我……我……是来这边看树的。"他说。

"看树？"

"是，一棵栎树，我之前确实有想过去工地找些活干，但是工地嫌我干不了很多重活，不划算，再加你这段时间不让我去找活，我也没准备去干，但是之前来这边的时候，我看到旁边工地坡上有棵栎树，这些天我都是来看这棵树的。"李老头解释，这是他罕见地说了这么一大段话。

我沉默，在思考李老头这段话的可信性，往工地旁边望去，不远处的坡上，隐隐挺立着一棵树。

"你要不要同我去看看。"李老头问。

想起大一那年寒假回家，母亲有事外出，李老头即将出门时候问过我："你要不要同我去看看烧炭。"

"好，我同你去。"这句答应，是两个时空的回答。

一样是李老头在前面带路，去往那棵树的路不好走，具体来说这里没有路，工地施工挖出的黄土堆在斜坡上，沿着一条人走过却明显没有把高高低低黄泥压实的线走，我可以猜到，这条远不能称之为小径的路正是李老头这些天来回形成的，鞋上的黄泥就是证明，只是这几天他回家后洗刷掉后重新放在鞋架上。还好距离不远，上坡后就是一块平地。"喏，就是这棵。"李老头指着给我看。

我在平地上看到一棵年轻的，正值青年的栎树，它的枝干并不粗壮，用我的手掌进行测量，已经有两拃大，其中一侧长出分支，共同组成巨大的树冠，隐隐有成为大树的趋势。

春日刚来临不久，栎树依靠着晚霞，春日的晚霞隐隐有夏日火烧云的姿态，惊涛拍岸，席卷而来。李老头就站在不远处望着它。旁边工地推土机的轰隆隆声带着要推平所有一切的宣告，不久这里又有大楼席地而起，仿佛我又听到了北方佬开着一嘟一嘟的轻卡匆匆而来，我看向李老头，他正出神，欲言又止，终于没有打扰他。

来到城郊看栎树这件事变成我们父子之间心照不宣的秘密，只是没想到我预感的事情发生得这么快。半个月后李老头在餐桌上罕见地喝起自己酿的米酒，我陪着他喝上一杯这种被我童年当饮料偷喝的东西，饭后又跑去阳台上吹风，我把小木头辅食交给妻子后走上阳台。

东南风带着太平洋的温热的水汽，让双颊愈加发烫，在这个春风的夜晚中，我把一杯温开水递给李老头。李老头闷沉出声："我今天去散步的时候，看到栎树被砍了，是施工队砍的，他们要开这片地了，树在那里不方便。"

"嗯，我知道了。"我开始充当那个倾听者的角色，倾听李老头的叹息，"要不明天我看看能不能移植去别的地方。"

"没事算了，这个麻烦，我也就是和你说说。"他这样答。

次日下班回家途中，绕路来到了这里。我看它的枝干被圆整齐锯下，树根被挖起，分支被砍下，凌乱地堆叠在一起。倒下的两天里树冠快速萎缩，锯齿的叶子失去锋利迅速蜷缩，明明在春日里，它却像熬不过冬天的老人。它一生在这里成长又倒下，用树根、枝干、分支、树冠书写自己的墓志铭。在见到这棵栎树的时候我就预知到它的结局，我送去的工程图上这块地在规划当中，我居然对只见过一次面的树生出恻隐之心，来到这里，在十几岁迷路的冬日，我早已看到被砍伐后堆叠在山坳当中如小山般倒下的栎树尸体。

李老头曾砍下无数栎木，却也对城市这样一棵树不舍。我围观过栎树的葬礼，是这场典礼的参与者。李老头带我去看烧炭的那天，他将栎树整齐塞入窑洞当中，里面有些边角无法企及，他矮小的身了钻入洞穴，让我塞一些给他。等一切准备就绪，他点燃了引火的松针和枯木。不一会儿，从洞穴口另一旁的小洞冒出翻腾的青烟与水汽，在一片"炸雷"声中，是叶子和细枝条在喘息呻吟。火越烧越旺，我看到洞穴当中的火正从枝叶向枝干蔓延，眼睛盯久后让我觉得自己也在其中被灼烧着，我随之闭上眼睛。里面的栎树还很年轻，但是生命就要结束，等待他们的是几天几夜的炙烤，待燃烧到只剩下枝干，余温散去变成黑色的木炭。但是此刻并不是作为树的真正死亡，它们还会在炉火中再次被点燃，这才是它们的使命，待最后一缕温度离去后会散落成草木灰，这是它对大地最后的馈赠。

它馈赠给我们家的还有财富，李老头正是依靠烧炭供养我读书，甚至在我工作后，依旧是靠着这些炭解决了城里买房的燃眉之急。

今天心血来潮，整理工作来第一张工资卡的转账记录，看到工作五年来给"李书文"的转账记录有4万，另外两张卡分别还有2万左右的记录，远远少于李老头拿存款给我付首付时候说的我工作以后给他转了将近15万。等我大学毕业家里开始有盈余收入，李老头这些年种地的收成好卖稻子也最多2万，怎么也算不到他能攒下30万。而我买房以后，没有再给他钱。

休息间我给母亲打电话问这笔钱的来源。李老头在小区物业找到了工作，今天是他正式上班的第一天，昨天是他去和那棵树告别的日子。

"没想到你会问起这个事，我都快忘了。这个是你工作后，你爸冬天烧炭挣的。你之前叫你爸别再去烧炭了，这个活累，他也就没告诉你，怕你知道生气。他也是好意，你别怪他，因为他想着，你工作后准备要在城里买房，这些我们也不懂，帮不了你什么，城里房价高，我们也只能多赚点钱。"母亲电话那头解释。

"不是，炭不是我初中时候就销路没以前好吗？你们去烧到那么多炭能卖去哪里？"我既疑问，又愧疚，可除开愧疚，什么也不能干。

母亲说："你工作后，这边人生活水平提高了，他们觉得煤烘出来的莲子没有炭来得香，用炭烘干的莲子也能卖得比煤贵，工业炭也不知道是什么木头烧出来的，说没有咱们土方法知根知底烧出来的栎木炭好，村里乡下种莲子的人就重新买咱们的炭了，我看你爸冬天辛苦，也偶尔跟着他一起去砍栎木。"

"那春节间你们准备给我的6万块是不是也有烧炭的钱。"我追问。

"是的。"

挂完电话后心里始终不是滋味，于是下班后来到这里。终于明白李老头为什么执着于在城市里寻找这样一棵树，为何在我说手工炭比不上工业炭后生气，他一直没有远离过栎木。我的否定是对他在每个寒风凛冽的深山中无言劳作的嘲讽，而我也应该庆幸或对自己来说是一件讽刺的事，正是有这样一群追求"特殊"的人，才能让李老头烧的炭重新打开销路，能够得到栎木馈赠的财富，解决我的燃眉之急。

为人子女我做得实在太少。

将一切准备好后，在一个浑黑的夜晚，我开车带李老头出门来到工地那，工地今天没有加班，但不少大楼的地基已见雏形，影影绰绰不大明显，再过不久，这块坡地即将夷为平地。他有些不解，我在后车厢把工具搬出，递给他一把手电筒。"爸，你在前面带路，我搬着这些上去。"

"你还带我来这做什么？"他问。

"等下你就知道了。"

栎树已经被搬走，挖出树根的地方有个巨洞还证明它曾经存在这里。往李老头站着看这棵栎树的位置方向走了十米左右，摆放好三脚架和摄影机，调试好延时摄影的参数。最后拿出道具，一只手拿着白色的光棒，一只铁棍上顶端缠绕橙色的LED小挂灯。我对李老头说："爸，你看着相机屏幕，我让这棵栎树重新活起来。"

"怎么可能？"他疑问，将信将疑走到摄影机显示屏后。

"你就看着吧。"我一边说，随之走向树的位置。

一切准备就绪，工作这些年，工程建模锻炼了我的立体思维，也是第一次用专业所学为家人做一些事。我开始挥动白色光棒，在摄影机的屏幕中，记忆中那颗栎树的主干、分支、大分叉在随之一一缓缓呈现，屏幕里有了白色树干的轮廓，之后我举起缠绕小挂灯的棍子，它的枝条叶子开始长出来，之前的模拟早已成竹在胸，随着肌肉记忆的再现，我的动作越来越熟练，橙色的树冠逐渐成形，最终屏幕里定格完成一幅光绘的栎树照片。

后记

　　说起一件自己好笑的事情，在我写作的一开始，没有取得任何小成就的时候就想过这个问题，当然现在也不算取得什么值得说出口的小成绩。这种焦虑一直伴随着我，总觉得自己不能够继续写下去，也许是因为某天灵感的突然消失，也许是因为生活工作没有时间，也仅仅可能是自己不再想写。

　　说起来真的矛盾，我既然害怕不再写作，怎么又会不想再写。其实归根结底还是源于不自信，从误入写小说开始，我一直在怀疑自己有没有写作的能力。身边缺少老师的指导，更多是同龄人之间交流，我也不知道该怎么去证明。于是发期刊是证明自己可能有写作能力的方式，也算幸运，我发表的期刊不多，但都是在我很怀疑自己的时候，获得期刊的认可。

　　比如第一次在《萌芽》发表青春小说，随后陆续又在一些青春期刊发文，后来随着年纪增长，自然而然涉足现实社会的话题，但是在向传统文学期刊的写作中，屡屡碰壁，直到2020年在《草原》上发表出真正意义上第一篇现代小说。后面依旧不是很顺利，但是目前带来的鼓励显然能够支撑我继续写下去。7月份看到江西省作协发出来的"8090"书系征稿，抱着试一试的心态投稿，也是为了给自己七年来的写作做一个总结，很幸运入选。

入选后也一度惶恐羞愧，其中很多作品过于青涩，觉得自己还达不到出版水平。内心深处仍是万分感激这个机会，它鼓励我，不要害怕不再写，你可以写得再久一点。

李杏霖

2020年11月13日